난 소중해요

지은이 | 한은성
펴낸 이 | 권순남
펴낸 곳 | 마야출판사

1판1쇄 인쇄일 | 2007년 6월 5일
1판1쇄 발행일 | 2007년 6월 8일

등록일자 | 2004년 8월 19일
등록번호 | 제310-2004-00015호

주소 | 서울 노원구 상계1동 1071-2
전화 | 02-2091-0291
Fax | 02-2091-0290

지은이와의 협의하에 인지는 생략합니다.
잘못된 책은 구입한 곳에서 바꿔 드립니다.

값 9,000원

978-89-5974-124-3(04810)
978-89-5974-122-9(세트)

난 소중해요
2

한은성 지음

차례

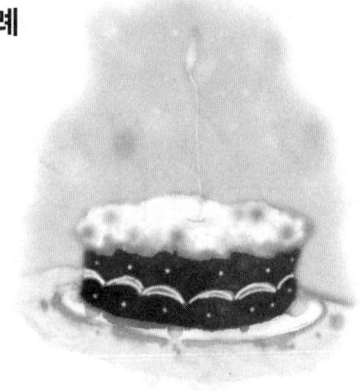

1. 게임의 승자_007
2. 또 다른 선택_032
3. 행복한 여자로 만들어 줄래요?_057
4. 누군가와 함께하는 기분_094
5. 평범한 사람들의 데이트_119
6. 그들의 과거_153
7. 얼굴은 마음의 창_178

8. 그녀의 전남편_208

9. 그의 분노_231

10. 그녀와 자존심의 무게는?_251

11. 사랑하지 말 것을……_280

12. 그가 보인다_304

13. 자존심을 이긴 사랑_331

에필로그_356

작가후기_383

1.게임의 승자

 그녀는 6시 30분까지 데리러 오겠다는 원철을 기다리며 외출 준비를 했다. 거울 앞에 보이는 그녀의 얼굴은 무척이나 단조로워 보였다. 짧은 커트 머리에 윤기 없는 얼굴, 왜소한 체구는 그 어떤 남자에게도 매력을 풍기지 못할 정도였다.
 이제까지 그녀는 자신의 외모를 신경 쓰며 살 만한 처지가 아니었다. 그저, 이렇게 살고 있는 것만으로도 감사할 수 있는 삶일 정도로 고단했기 때문이다.
 "화장을…… 해볼까?"
 그녀는 거울을 들여다보며 중얼거렸다. 갑자기 왜 자신의 외모에 신경이 쓰이는지는 알 수 없었다. 하지만 그녀는 자신도 모르게 화장대에 있는 화장품들을 얼굴에 바르고 있었다. 결혼했을 때는 단 하루도 화장을 하지 않은 날이 없었다. 화장을 하고 얼굴을 들여다보던 그녀는 입가에 슬며시 미소를 지으며 말했다.

"조금 나아 보이네."

그녀는 옷장에서 검은색 정장 바지와 하얀색 블라우스 한 장을 꺼내 받쳐 입었다. 정말 단순하고 평범하기 그지없는 옷차림이었다. 준비를 마친 그녀가 자신의 모습을 거울에 비춰 보는데 전화벨이 울렸다. 조 선생이었다.

"네, 선생님."

-지금 아파트 앞에 있어. 준비 다 했어?

"네, 지금 내려갈게요."

그녀는 전화를 끊고 재빨리 집을 나섰다. 그녀가 엘리베이터를 타고 내려가 밖으로 나가자 입구에 차를 세우고 있던 원철이 클랙슨을 눌렀다.

빵-

그녀는 미소를 지으며 그의 차로 다가가 옆 좌석에 몸을 실었다.

"많이 기다리셨어요?"

"아니. 근데 희수 씨······."

"네?"

"화장······ 했어?"

"이, 이상해요?"

망설이는 눈빛으로 묻는 원철에게 그녀는 얼굴을 붉히며 물었다. 그가 자신의 변화에 대해 알아줬다는 사실보다 혹시나 그에게 이상한 괴물로 보이면 어쩌나 하는 걱정이 앞서는 그녀였다.

"어, 이상해."

"……그, 그래요?"

그의 이상하다는 말에 그녀는 순간 당혹스러움을 감추지 못한 채 말까지 더듬었다. 그러자 원철은 입가에 슬며시 미소를 지으며 물었다.

"저, 실례지만 누구세요?"

"네?"

"너무 예뻐서 못 알아볼 뻔했어. 평소에도 그렇게 좀 하고 다니지 왜?"

"선생님……."

"아주 좋아 보여."

좋아 보인다는 그의 말 한 마디에 그녀의 얼굴에는 금세 미소가 번져갔다. 그러자 원철은 차를 출발시키며 물었다.

"피곤하지는 않아?"

"전혀요."

"어제보다 얼굴이 더 좋아 보이긴 한다."

"나오기 전까지 먹고 자고만 했거든요."

"잘 했어. 피곤할 때는 푹 쉬어 줘야 해. 그나저나 오늘 괜찮겠어?"

"뭐가요?"

그녀가 원철을 바라보며 묻자 원철은 걱정스러운 듯이 말했다.

"성진욱 씨, 말이야. 오늘 저녁 자리 불편하지 않겠냐고."

"뭐…… 감사의 표시라니까 그냥 가볍게 생각하고 다녀오면 되겠죠."

"그래, 그냥 그렇게 가볍게 생각해."

그녀는 어제 진욱이 자신의 집에서 점심을 먹었다는 말을 그에게 하지 않았다. 어제 그와 식사를 했기 때문일까? 그에게 두려움 대신 친근함이 느껴졌다. 그도 처음부터 화려한 사람은 아니었다는 동질감 때문일까? 아니면 어린 시절 불행했던 동지애 때문일까? 그것도 아니면 이혼 경험이 있는 사람으로서의 친숙함일까? 친근함의 원인은 알 수 없었지만 성진욱이라는 남자가 조금쯤 가까이 느껴지는 게 사실이었다.

'지금, 무슨 생각을 하는 거지?'

그녀는 그에게 느껴지는 친근감을 떨쳐 버리려는 듯이 고개를 흔들었다. 그들이 약속 장소인 호텔에 도착해 로비에 차를 맡긴 후 호텔 식당으로 들어가자 종업원으로 보이는 남자가 다가와 물었다.

"예약하셨습니까?"

"아, 저……."

"내 손님인 것 같군."

"아, 사장님."

뒤에서 들려오는 진욱의 목소리에 그들이 고개를 돌리자 마침 홀에서 입구 쪽으로 걸어오고 있던 남자가 재빨리 다가와 허리까지 숙이며 인사를 했다.

"이 지배인님 오랜만이군요?"

"외국 출장이 길어지신다고 들었는데 돌아오셨습니까?"

"보시다시피. 그건 그렇고 내가 준비해 두라는 방은 준비해 뒀습니까?"

"네, 준비 됐으니 가시죠."

지배인이 몸을 낮추며 이야기하자 진욱은 곁에 서 있는 조 선생과 희수를 바라보며 말했다.

"갈까요? 준비가 다 된 것 같은데."

그의 얼굴에는 자신감이 넘치고 있었다. 고아로 자란 사람 같지도, 고등학교 중퇴한 남자 같지도 않았다. 생긴 것도 그렇고 옷을 갖춰 입는 센스도 그렇고 사람을 다루는 모습도 그렇고, 어딜 보든 재벌 집 도련님처럼 보일 뿐이었다.

'설마, 어제 했던 말들이 모두…… 거짓말이었나?'

어제 자신에게 유년 시절을 이야기할 때와는 너무나 다른 당당함에 그녀는 그를 의심의 눈초리로 바라봤다. 그러자 이동하는 길에 진욱이 물었다.

"왜 그런 눈으로 바라보는 거지?"

"제가, 뭘요?"

"내가 마치 사기꾼이라도 되는 듯한 눈길로 바라보던데."

"그런 적 없어요."

그녀는 딱 잡아뗐다. 그건 동생 희정에게 배운 방법이었다. 너무나 순진해 거짓말도 제대로 못하는 그녀가 걱정이 되었었는지 거짓말을 해야 할 일이 생기면 무조건 딱 잡아떼라고 했다. 검사들도 범인 취조할 때 처음에는 딱 잡아떼는 범인의 말을 믿지 않지만 그 시간이 길어지면 길어질수록 아니라는 범인들의 말을 믿게 되는 경우도 있다고 했다. 하지만 진욱은 그런 적 없다는 그녀의 말에 너무나 쉽게 수긍했다.

"그래? 아니면 말고."

그녀는 더 이상 아무런 말도 하지 않은 채 지배인을 따라갔다. 그들이 안으로 들어가자 진욱이 의자를 하나 빼낸 후 그녀에게 말했다.

"이리로 앉지."

진욱의 행동에 그녀가 원철을 바라보자 그는 말없이 고개를 끄덕였다. 그녀는 마지못한 듯 그가 서 있는 곳으로 걸어가 자리에 앉았고 그녀의 옆자리에는 진욱이 앉았다. 그리고 그녀의 맞은편에 원철이 앉았다.

"사장님, 식사 준비할까요?"

"아, 한 명 더 올 겁니다."

그의 말에 조 선생과 희수의 눈이 동시에 진욱에게로 향했다. 그 때 짧은 노크 소리와 함께 문이 열렸고 그들의 눈길은 다시 입구 쪽으로 향했다. 입구 쪽으로 눈길을 돌린 희수는 믿을 수가 없었다.

"성진욱 사장…… 언니?"

"어서 와요, 박 검사님."

"희정아……."

그 자리에서 놀라지 않은 건 조 선생과 진욱뿐이었다. 조 선생은 무슨 영문인지 모르기 때문에 놀라지 않았고 진욱은 주관자였기 때문에 놀라지 않았다.

"박희정 검사님과 아는 사이인가?"

그녀가 동생의 이름을 부르자 옆에 앉아 있던 진욱이 물었다. 그녀는 놀란 표정을 감추지 못한 채 고개를 끄덕이며 말했다.

"동생이에요. 그런데 어떻게 된 거죠? 희정이가 왜 여기에 있는 거예요?"

"친동생? 아파트에 같이 사는 친동생이 박희정 검사라고?"

"네."

"그럼 희수 씨가 박희정 검사 친언니?"

"네. 그런데 사장님께서 우리 언니를 어떻게 아시는 거죠?"

문가에서 놀란 얼굴로 희수를 바라보던 희정이 테이블 쪽으로 걸어와 진욱에게 물었다.

"일단 앉아요."

"네."

희정은 비어 있는 쪽으로 걸어갔고 앉아 있던 원철이 자리에서 일어나 희정의 의자를 빼주었다. 그 모습을 보며 희수의 심장이 멈추는 것 같았다. 그녀에게는 단 한 번도 의자를 빼주며 신사적인 모습을 보인 적이 없었다. 그런 그가 처음 만난 희정에게는 신사적인 모습으로 최대한의 친절을 베풀었다.

희정은 어깨가 드러나는 검은색 원피스에 검은색 긴 머리에 웨이브를 넣고 섹시함과 귀여움이 물씬 풍기도록 화장을 한 채 그 자리에 나타나 그녀와 너무나 비교가 됐다. 희정은 당연한 듯이 고개만 살짝 숙이며 말했다.

"감사합니다."

"뭘요."

"언니, 정말 어떻게 된 거야? 성진욱 사장님하고 아는 사이야?"

"그게……."

입은 열었지만 어떻게 대답해야 할지 몰라 그녀가 망설이고 있는데 진욱이 그녀의 말을 가로챘다.

"박희수 씨가 내 생명의 은인입니다."

"언니가요?"

"네. 실은 얼마 전에 자동차 사고가 나서 응급수술을 했는데 그때 피가 모자랐대요. 맞나요, 조 선생님?"

"아, 네. 맞습니다."

아무런 말도 하지 않은 채 앉아 있던 조 선생은 진욱의 질문에 고개를 끄덕였다. 그러자 진욱은 만족한 듯 희수를 사랑스러운 눈길로 바라보며 말을 이었다.

"그런데 희수 씨가 수혈을 해서 날 살렸다고 하더라고요."

"언니, 정말이야?"

"어? 어."

그녀는 마지못한 듯 대답했다. 그러자 희정은 환하게 미소 지으며 말했다.

"성 사장님, 우리 언니한테 신세 톡톡히 지신 것 같은데요?"

"그래서 신세를 갚게 해달라는데도 들어주질 않네요."

"우리 언니 그런 거 가지고 생색내는 사람 아니에요. 사장님이 우리 언니 잘못 보신 거예요."

"그런가요?"

"그럼요. 이 세상에 우리 언니 같은 사람은 아마 다시없을 거예요."

"언니 사랑이 끔찍한 분이 어째서 언니가 병원에 있을 때는 간병인에게만 맡겨 뒀었습니까?"

화기애애하던 분위기가 원철의 한 마디에 싸해졌다. 원철은 화기애애하던 분위기에 찬물을 끼얹는 성격의 소유자가 아니었다. 그런 일을 할 사람은 오히려 진욱이었다. 그런데 둘이 뭔가 바뀐 듯한 향기를 풍기자 희수는 놀란 얼굴로 원철을 바라보며 급하게 입을 열었다.

"선생님, 그건……."

"그렇잖아. 그리고 우린 오늘 또 다른 손님이 있는 줄도 몰랐는데 어떻게 된 겁니까? 이런 경우 성진욱 씨께서 먼저 희수 씨나 저에게 양해를 구해야 하는 거 아닙니까?"

"후후, 내가 실수를 한 것 같군요. 오늘 약속을 정해 놓고 몇 시간 전에 박 검사님한테 연락이 왔어요. 오늘 시간을 내달라고. 얼마 전에 박 검사님하고 접촉사고도 있었고 해서 거절할 수도 없고, 그렇다고 날 위해 애써 주신 조 선생님과 희수 씨와의 약속을 연기할 수도 없어서 불가피하게 자리를 이렇게 만들었습니다."

"접촉…… 사고라니요? 희정아, 무슨 말이야?"

진욱의 말을 듣고 있던 희수는 접촉사고라는 말에 깜짝 놀라 진욱과 희정을 번갈아 가며 바라봤다.

"별거 아니었어. 그냥 말 그대로 가벼운 접촉사고였어."

"너, 그런 말 안 했잖아."

"언니 걱정할 것 같아서 그랬지."

"괜찮아? 어디 아픈 데는 없어?"
"없어. 그 정도는 정말 아무것도 아닌 사고야."
 하지만 걱정스러운 그녀의 눈빛은 사라지지 않았다. 그 때 희정이 경직된 얼굴로 자신의 곁에 있는 원철에게 손을 내밀며 악수를 청했다. 그러자 원철은 희정이 건넨 뜻밖의 행동에 그녀의 얼굴과 내민 손을 번갈아 가며 바라봤다.
"내민 손, 부끄럽게 할 건가요?"
 희정은 언제 어느 순간에든 당당함을 잃지 않았다. 희수는 그런 동생이 부러웠다. 자신과는 상반되는 모습에 그녀는 항상 초라한 쪽에 서 있었기 때문이다. 원철이 마지못한 듯 그녀의 손을 잡자 희정이 자신을 소개했다.
"박희정이에요. 희수 언니 친동생이고, 검찰청에 있어요."
"조원철……."
"알아요. 우리 언니가 일하는 병원의 유능한 외과 닥터, 잘생긴 외모에 친절하고 자상하기까지 해서 병원 간호사들의 사랑을 한 몸에 받고 있는 귀공자 같은 조원철 선생님이시죠?"
"어떻게……."
"귀에 딱지 앉도록 들었어요."
"누가……."
"누가 했을 것 같아요?"
 희정의 눈길이 희수에게로 향했다. 그러자 원철 또한 눈길을 희수에게로 돌렸다. 그녀는 순간 얼굴을 붉게 물들였다. 그러자 원철은 희정을 바라보며 조금 전과는 달리 피식 웃어 버렸다. 그 모습을 보며 희정이 말했다.

"귀공자 닥터라서 그런가? 인상 쓰는 것보다는 웃는 편이 더 매력 있네요. 아, 그리고 언니가 병원에 있을 때 언니 곁에 간병인만 둔 채 가보지 못하는 내 심정이 어땠는지는 언제 술 한잔 하면서 알려드리도록 하죠. 지금 이 자리에서 이야기하기에는 어울리지 않는 주제 같아서요."

"그럼, 기다리죠."

그들은 누가 먼저랄 것도 없이 다음 약속을 잡았다. 희수는 첫 만남부터 너무나 자연스러운 원철과 동생 희정을 바라보며 뭔지 모를 불안감이 가슴속에서 피어올랐다. 그녀가 불안한 눈길로 둘을 지켜보고 있는데 곁에 있던 진욱이 마음에 들지 않는 말을 내뱉었다.

"오늘 함께 만나길 잘한 것 같군요. 두 분, 은근히 잘 어울려요."

그녀는 진욱의 말에 원철이 아니라고 말할 줄 알았다. 하지만 그는 부인하지 않았다. 그건 희정 또한 마찬가지였다. 그녀의 가슴에 피어난 불안감은 그녀를 더욱 깊은 수렁 속으로 끌고 들어가는 듯했다. 그녀는 순간 비참함을 느꼈다. 그 때 문이 열리고 종업원이 음식을 가지고 들어왔다.

"내가 알아서 주문해 뒀는데 두 분 상관없으시죠?"

"네."

희정과 원철은 동시에 대답을 했다. 하지만 그녀가 아무런 말도 하지 않자 진욱은 그녀를 바라보며 부드러운 목소리로 물었다.

"당신은?"

"……상관없어요."

종업원 3명이 들어와 그들의 테이블 위에 금세 음식을 세팅했다. 종업원이 나간 후 진욱은 주관자답게 와인 병을 집어 들며 말했다.

"이렇게 만난 것도 인연인데 와인 한 잔 할까요?"

어제는 동질감이 느껴지던 그가 오늘은 이질감이 느껴졌다. 진욱이 순간 그녀와는 다른 세계에 있는 사람처럼 느껴졌기 때문이다. 그는 그들의 잔에 와인을 따르고 자신의 잔에도 와인을 채우려 했다. 그러자 조 선생이 그의 손에 있는 와인 병을 빼앗아 들며 말했다.

"제가 따라 드리겠습니다."

"그러시죠."

조 선생은 진욱의 잔에 와인을 적당히 따랐다. 진욱은 말했다.

"뭘 위해 건배할까요?"

"정의사회 구현을 위해!"

"지금 형사 모임인 줄 압니까? 또 다른 만남을 위해, 어때요?"

희정의 말에 조 선생이 핀잔을 주며 의미 있는 말을 내뱉었다. 그들의 모습이 마치 몇 년은 본 사람들처럼 너무나 자연스러워 보여서 희수는 아무런 말도 하지 못한 채 고개를 떨궜다. 그 모습을 바라보던 진욱이 끝을 맺었다.

"또 다른 만남을 위해가 좋겠네요."

"오늘따라 성진욱 씨와 제 의견이 잘 맞는 듯합니다. 병원에서는 그다지 잘 맞는 의사와 환자는 아니었는데요."

"후후, 앞으로도 이렇게 잘 맞아줬으면 좋겠군요. 자, 그럼 건배합시다. 또 다른 만남을 위하여!"

"위하여!"

진욱의 말에 다들 와인 잔을 들어 올리며 건배했다. 그리고 그녀는 말없이 식사를 시작했다. 하지만 음식이 제대로 넘어갈 리가 없었다. 그녀가 음식을 잘 먹지 못하자 진욱은 고기를 그녀가 먹기 좋도록 잘게 썰어서 그녀의 앞에 가져다 놓으며 말했다.

"왜 이렇게 못 먹지? 음식이 입에 안 맞나?"

"아니요, 괜찮아요."

"그럼 많이 좀 먹어. 당신은 너무 말랐어."

"성 사장님, 우리 언니 좋아하세요?"

그의 자상한 행동을 보고 있던 희정이 빙빙 돌리지 않은 채 직

설적으로 물었다. 갑작스러운 동생의 질문에 놀란 그녀가 고개를 들어 올리고 놀란 눈길로 희정을 불렀다.

"희정아!"

"왜? 실례되는 질문인가?"

"아니, 별로 실례되는 질문은 아닌 것 같군요."

식사를 하던 진욱은 들고 있던 포크와 나이프를 내려놓고 몸을 의자 뒤로 기대며 여유로운 얼굴로 이야기했다.

"박 검사가 잘 봤습니다. 나, 박 검사 언니한테 관심 있어요. 그것도 아주 많이."

"그만해요."

"그런데 언니는 이래요."

하소연하듯 희정에게 털어놓는 진욱에게 희정은 말했다.

"언니는 마음이 없는 모양이네요. 언니 마음이 없는 만남은 저도 허락할 수 없어요."

"그렇게 생각하지는 않아요. 내가 알기로 여자는 마음에 없으면 남자를 자신의 집에 들여 놓지는 않으니까."

"성진욱 씨!"

그의 말에 그녀는 가슴이 철렁 내려앉았다. 그녀가 다급하게 그의 이름을 부르자 그 모습을 보고 있던 희정이 믿을 수 없다는 얼굴로 물었다.

"지금, 우리 집에 갔었다고 말씀하시는 건가요?"

"어제 희수 씨 집에서 점심 함께 했어요. 카레라이스를 만들어 줬는데 음식 솜씨가 아주 좋더라고요."

"언니……."

그녀는 몰랐었다. 그에게 점심 한 번 차려 준 일이 이렇게 일파만파 커져서 그녀에게 도끼가 되어 날아올 줄은 꿈에도 몰랐었다. 그녀는 걱정스러운 눈길로 원철을 바라봤다. 원철 또한 희정과 마찬가지로 매우 놀란 눈이 되어 그녀를 바라보고 있었다. 그들은 그녀가 입을 열기를 기다리고 있는 것 같았다. 하지만 뭐라고 해야 할지 그녀는 떠오르지 않았다.

"그건, 그러니까 그건……."

"희수 씨 집에서 점심을 함께 한 게 그렇게 큰일입니까?"

그녀가 말을 이어가지 못하자 진욱이 물었다. 그러자 희정이 말했다.

"처음이에요. 언니가 남자를 집에 초대해서 식사 대접을 한 게."

"희정아, 그런 거 아니야."

"하하하, 그래요? 그럼 나 혼자만의 생각은 아닌 것 같군."

"성진욱 씨!"

진욱은 정말로 기쁜 듯이 웃고 있었다. 하지만 그녀의 눈에는 그의 웃음이 무척이나 가식적으로 보였다.

'나쁜, 사람.'

그녀가 그를 살짝 흘겨보는 사이 짧은 노크 소리와 함께 그의 비서가 안으로 들어왔다.

"사장님."

"아, 가져왔나?"

"네."

"나가 봐."

비서는 하얀 봉투 한 장을 진욱에게 건넨 후 방을 나갔다. 그는 먼저 희수를 바라보며 물었다.

"희수 씨, 다음 주 금요일에 뭐 해?"

"그건 왜요?"

"내 파트너로 초대하고 싶은데."

"네?"

함께 점심 식사를 했던 것에 대한 진실은 감춘 채, 집에서 식사를 함께 했다는 것만 부각시켜 사람을 우습게 만들어 버린 그가 미워 짜증스럽게 대꾸했다. 그런데 또 무슨 말을 하고 다니려고 파트너로 초대한다는 것일까?

"다음 주 금요일에 연예계 상반기 결산 파티가 있는데, 뭐 그다지 큰 파티는 아니고 이쪽 업계 사람들과 상반기를 결산하는 의미에서 모이는 조촐한 파티야. 그때 희수 씨가 내 파트너로 참석해 줬으면 좋겠는데."

"시, 싫어요."

그녀는 그 파티가 어떤 파티인지 알고 있었다. 딱 한 번 참석해 본 적이 있었기 때문이다. 그녀의 몸이 살짝 떨려왔다. 그 모습을 본 것일까? 희정이 말했다.

"성 사장님, 그거 제가 가면 안 될까요? 그렇지 않아도 그 파티 초대장을 구하고 싶어서 성 사장님을 뵙자고 했던 건데."

"후후, 미안하지만 안 되겠는데요. 대신 박 검사는 조 선생 파트너로 참석하면 어떨까요?"

그는 말을 하며 원철의 앞에 비서가 가져왔던 봉투 한 장을 내밀었다. 원철은 놀란 눈길로 봉투를 집어 들며 진욱을 바라봤다.

"오실 수 있습니까?"

"하지만 전 그 파티와는 상관도 없는 사람이고……."

"상관없다고 참석 못할 건 아니죠. 가죠."

원철이 거절하려는 낌새를 보이자 희정이 재빨리 그의 말을 막았다. 희정의 적극적인 태도에 원철은 얼떨떨한 얼굴로 고개를 끄덕이며 말했다.

"그래요, 그럼."

"희수 씨는?"

원철의 허락이 떨어지자 이번에는 진욱이 그녀에게 압력을 가했다. 하지만 그녀는 단호한 얼굴로 말했다.

"싫어요."

"왜 싫다는 거지? 그렇게 부담스러운 자리도 아닌데."
"언니, 참석하는 게 어때?"
"뭐?"
 자신이 왜 참석하지 않으려고 하는지 잘 알면서 희정은 그녀에게 참석하라고 말했다. 그 말에 그녀는 양미간을 찌푸리며 동생을 바라봤다. 희정의 눈빛은 무척이나 도전적이었다. 희정은 다시 말했다.
"참석해."
"희정이, 너……."
"내가 있잖아. 언니 혼자라면 모르겠지만 내가 있으니까 참석해."
"싫어."
"성 사장님, 그날 언니 갈 거예요. 그러니까 걱정하지 마세요."
"희정아!"
 단 한 번도 그녀의 뜻을 거스르려 하지 않던 동생의 갑작스러운 강압은 그녀를 혼란스럽게 했다. 하지만 희정의 표정은 단호했다. 남들이 있는 자리에서 자매끼리 말다툼하는 것도 추해 보일 것 같아 보여 그녀는 더 이상 아무런 말도 하지 않았다. 그러자 진욱이 말했다.
"그럼 나는 박 검사만 믿고 있으면 되는 건가?"

"네. 어쨌든 저도 그 파티 때문에 뵈려고 했는데 감사하네요."

"감사는 무슨, 감사는 조 선생한테 해요."

"그런가요? 고마워요."

"고맙기는, 뭘요."

희정의 감사 인사에 원철은 얼굴까지 살짝 붉혔다. 그 모습을 보며 희수는 알 수 있었다. 원철에게 매일 보고 싶고, 매일 목소리 듣고 싶은 여자가 생긴 것 같다는 것을. 집을 나서기 전 그녀는 기분이 좋았다. 하지만 지금 그녀의 기분은 최악이었다. 그 후로 무슨 이야기를 했는지조차 기억할 수 없을 만큼 그녀는 그들의 대화에 참여할 수 없었다.

"조 선생, 다시 한 번 말하지만 병원에 있는 동안 신세 많이 졌어요."

"별말씀을요. 저보다 오히려 희수 씨가 고생이 많았죠."

"이 아가씨한테는 두고두고 보상할 생각이에요."

호텔 로비로 나와 그들이 대화를 나누고 있는데 진욱의 차가 먼저 로비로 들어오고 그 뒤를 이어 조 선생의 차가 들어왔다. 그녀는 재빨리 조 선생의 차 쪽으로 발걸음을 옮겼다. 하지만 그녀는 진욱의 손에 의해 다시 제자리로 돌아갔다.

"뭐 하는 거예요?"

그녀는 소리쳤지만 그는 그녀의 투정 따위 관심 없다는 듯 무시하고 희정에게 물었다.

"박 검사, 차 가지고 왔어요?"

"아니요, 안 가지고 왔어요."

"조 선생, 미안하지만 박 검사 좀 바래다줄 수 있겠습니까?"

"그러죠, 뭐. 어차피 희수 씨 바래다주러 가야 하는데."

"아니, 박 검사만 데려다 줘요. 다음 주 금요일에 만날 약속도 잡고 하려면 어디 가서 조용히 차라도 한 잔 더 하고 헤어지는 게 좋을 것 같은데."

그는 배려심 가득한 얼굴로 말했다. 그의 손에 잡혀 옴짝달싹할 수 없는 희수는 그를 원망 섞인 눈길로 노려봤다. 그 때 희정이 그녀에게 물었다.

"그럼 언니는 어떻게 할 거야?"

"희수 씨는 내가 바래다줄 테니 걱정하지 말아요. 나도 희수 씨하고 차 한 잔 더 하고 싶으니까."

"언니, 괜찮겠어?"

"어? 어……."

그녀는 마지못한 듯 고개를 끄덕였다.

"그럼 먼저 갈게요. 둘 다 다음 주 금요일에 파티 장에서 봅시다."

"네, 들어가세요. 언니, 집에서 봐."

"그래."

그녀는 희정에게 대답하며 슬쩍 조 선생의 얼굴을 바라봤다.

하지만 조 선생은 이미 그녀를 보고 있지 않았다. 그녀의 동생 희정을 바라보고 있었다. 그 때 진욱이 뒷문을 열고 그녀의 팔을 붙잡았다. 그녀는 눈을 치켜뜨고 진욱을 바라본 후 말없이 그의 차에 올랐다. 그리고 진욱이 차에 오르자 그의 비서는 차를 출발시켰다. 그녀는 한쪽 창가 쪽으로 몸을 붙인 후 그를 바라도 보지 않았다.

"이승우 씨 내 집으로 가지."

"네, 사장님."

자신의 집으로 가자는 말에 그녀가 조용히 말했다.

"난 근처 아무 데나 내려줘요."

"아니, 그냥 내 집으로 가."

그제야 그녀는 진욱을 바라봤다. 하지만 곱지 않은 눈길이었다. 오늘 밤 그녀를 멍청한 인형으로 만들어 버린 것도 모자라 그는 그녀를 자신의 집으로 데려가려 하고 있었다.

"내려줘요!"

"가만히 있어."

"난 성진욱 씨처럼 비겁한 사람 싫어요. 그러니 성진욱 씨 집에 가야 할 이유도 없어요."

"그럼 이유를 하나 만들어 줄까?"

"뭐라고요?"

"박 검사 즉, 네 여동생은 네가 날 집으로 데려가 점심 식사를 함께 했다고 알고 있는데 오늘 밤 박 검사의 질문 공세에서 피하려면 일찍 들어가지 않는 게 좋지 않겠어?"

"그렇게 만들어 놓은 사람이 누군데요?"

그녀는 원망 가득한 눈길로 그를 쏘아봤다. 하지만 그는 별 상관없다는 듯 그녀에게 말했다.

"그러니까 뒤처리까지 깔끔하게 해준다잖아."

"누가 뒤처리 해달래요? 그럴 거라는 거 알았으면 말을 그런 식으로 하지 말았어야죠. 같은 말이라고 해도 '아' 다르고 '어' 다르다는 거 몰라요?"

"알아도 몰라."

"뭐라고요?"

"난 내가 원하는 걸 갖기 위해서는 때론 아는 것도 모르는 척하고, 모르는 걸 안다고 말할 때도 있어. 그게 이제까지 내가 살아온 방식이고, 지금도 그렇게 살고 있고, 앞으로도 그렇게 살 거야. 그러니까 너도 내 방식에 익숙해지도록 노력해봐."

"⋯⋯내가, 잘못 생각한 모양이네요."

그의 말을 듣고 있던 그녀가 나직한 목소리로 말했다. 관심 없는 듯 창밖을 내다보고 있던 그가 그녀의 말에 고개를 돌리며 물었다.

"뭐가 말이지?"

"난 어제 성진욱 씨의 마음을 봤다고 생각했어요. 모두 다 본

건 아니지만 그래도 마음의 한 조각을 봤다고 생각했고, 내가 느끼고 내가 생각해 왔던 것처럼 나쁜 면만 가진 사람은 아니라고 생각했어요. 그런데…… 내가 실수한 모양이에요."

"그건 널 갖고 난 후에 보여줘도 늦지 않아. 네가 나한테 오면 하나하나 보여줄 테니 기대해."

"미안하지만 난 성진욱 씨한테 가지 않아요. 절대로!"

"오늘 못 봤어?"

"……."

가지 않겠다는 그녀의 말에 진욱은 비웃음 가득한 목소리로 그녀에게 물었다. 그가 묻는 질문의 뜻을 몰라 그녀가 아무런 말도 하지 않자 그가 말을 이었다.

"내 보기에는 조 선생이 박 검사한테 푹 빠진 것 같던데? 게다가 박 검사 또한 조 선생이 싫지 않은 것 같아 보였고 말이야."

"그래서요?"

"서로가 마음에 들어 하는데 언니의 이기심 때문에 동생의 행복을 빼앗는 파렴치한 짓은 하지 않겠지?"

"뭐, 뭐라고요?"

기가 막혔다. 누가 누구더러 파렴치한이라고 하는 걸까? 그녀는 경멸을 담은 눈길로 그를 쏘아봤다.

"그렇게 볼 것 없어. 틀린 말이라고 생각하지 않으니까."

"그래서 어쩌라고요? 내가 중간에서 둘을 엮어 주기라도 하라는 건가요?"

"그것도 나쁠 것 없겠군. 난 생각 못했는데."

"웃기지 말아요. 희정이는 독신주의자라고요."

"알아."

"안다고요?"

뜻밖이었다. 도대체 진욱은 동생과 얼마나 밀접한 관계에 있을까? 그녀는 문득 궁금해졌다.

"본인이 그러더군, 독신주의자라고. 하지만 그건 어디까지나 눈에 콩깍지가 씌기 전의 얘기지. 남자든, 여자든 누군가한테 혼을 빼앗기면 자신의 다짐이나 맹세 같은 건 금세 잊어버리기 마련이야. 내가 너한테 혼을 빼앗겨서 싫다는 널 갖기 위해 수단과 방법을 가리지 않듯이 말이야."

"내 이름을 걸고 맹세하지만 난 성진욱 씨가 무슨 짓을 하더라도 성진욱 씨한테 가지 않아요. 절대로 가지 않을 거라고요."

"마음대로."

그녀는 그를 향해 언성을 높이는 반면 그는 너무나 여유 있는 모습이었다. 그녀는 그런 진욱을 때려 주고 싶었다. 당신이 뭔데 날 이렇게 비참하게 만들어 놓냐고 그를 원망하며 모든 화를 그에게 풀어내고 싶었다. 하지만 그녀는 자신의 입술을 깨물며 그를 향한 눈길을 창밖으로 돌려버렸다. 마치 다시는 보고 싶지 않은 사람을 외면하듯이.

2. 또 다른 선택

 토요일 저녁, 늦게 집으로 돌아간 그녀는 희정의 방문을 열어 보았다. 희정은 아직 집에 들어오지 않은 상태였다. 시계를 보니 밤 12시가 넘어가고 있었다.
"아직까지 함께 있는 걸까?"
 그녀는 불안한 눈길로 나직하게 읊조렸다. 휴대폰을 들었다가 놓기를 몇 십 번은 한 것 같았다. 하지만 결국 전화를 걸지는 못했다. 그렇게 불도 켜지 않은 자신의 방에서 희정이 들어오길 기다리고 있는데 한참이 지난 후에야 현관문이 열리는 소리가 들렸다.
 거실로 나가려던 그녀는 포기하고 침대에 누웠다. 그리고 잠시 후 그녀의 방문이 조심히 열리더니 다시 닫혔다. 그 후 희정이 자신의 방으로 들어가는 소리가 들렸고 집 안은 고요해졌다.

그녀는 휴대폰을 켜고 시간을 봤다. 새벽 3시였다.

'설마…… 아닐 거야.'

그녀의 머릿속에서 최악의 상황들이 펼쳐졌다. 그녀는 고개를 좌우로 저으며 잠을 청하려 했다. 하지만 잠을 이룰 수가 없었다. 조 선생이 자신에게 여자로서의 매력을 느끼지 못하고 있다는 것을 알았을 때도 이렇게 잠을 못 이루지는 않았었다.

결국 그녀는 뜬눈으로 밤을 지새웠다. 희수는 퀭한 눈으로 자리에서 일어나 거실로 나가 커피를 내렸다. 입이 까칠해서 밥을 먹을 수 없을 것 같아서 사다 놓은 식빵을 토스트기에 넣고 구웠다. 식빵을 굽고 있는데 희정이 외출 준비를 끝마친 모습으로 거실에 나타났다.

"출근해?"

"어? 언니 일어났네. 어제 들어오니까 자고 있던데."

"응, 피곤해서 일찍 잠들었어. 그런데 너 오늘 안 쉬어?"

"일이 있어서 나갔다 와야 해."

"그래도 아침은 먹고 가야지."

"시간이 없어. 가면서 샌드위치 하나 사먹을게."

희정은 매우 바쁜 듯 현관 쪽으로 걸어갔다. 그녀가 현관 쪽으로 다가가자 구두를 신고 밖으로 나가려던 희정이 말했다.

"참, 나 언니한테 할 말 있거든. 저녁에 약속 있어?"

"어? 아니."

"그래? 그럼 저녁 같이 먹자. 한 8시쯤이면 들어올 거야."

"알았어."

"그럼 갔다 올게."

"응."

희정은 저녁을 같이 하자는 말을 남기고 집을 나갔다. 그녀는 현관문이 닫히는 순간 후회했다. 차라리 약속이 있다고 했으면 좋았을 걸, 하는 후회가 강하게 밀려들었다. 그 때 토스트기에서 식빵이 튀어나오는 소리가 들렸다.

그녀는 주방으로 들어가 토스트를 접시에 내놓고 원두커피를 한 잔 따랐다. 하지만 커피만 들어갈 뿐 씹어야 하는 빵은 입으로 들어갈 생각을 하지 않았다. 아니, 목으로 넘어갈 생각을 하지 않았다. 그녀는 결국 토스트 한 조각도 제대로 먹지 못한 채 포기하고 다시 방으로 들어가 침대에 누워 생각했다.

그렇게 오전 시간을 보내던 그녀는 피곤했는지 깜빡 잠이 들었고 울려대는 전화벨 소리에 잠에서 깨어났다.

"여보세요."

-희수 씨?

"선, 생님?"

-어.

조 선생이었다. 그녀는 재빨리 자리에서 일어나 목소리를 가다듬었다. 휴일에는 그녀에게 전화하는 법이 없는데 갑작스러운 전화에 그녀는 당황했다. 그녀의 잠긴 목소리로 짐작한 것일까? 조 선생이 물었다.

-자고 있었어?

"아, 아니요."

-그래? 나 희수 씨한테 물어볼 게 있어서 전화했는데 통화, 괜찮아?

"그럼요, 말씀하세요."

평소의 조 선생답지 않게 망설이는 기색이 역력했다. 그녀는 그때부터 심장이 두근거리기 시작했다. 혹시, 희정과 어젯밤 일이 있었다고 말하는 것일까? 그녀의 머릿속에는 불길한 상상들이 가득했다.

-저, 이런 말 어떻게 생각할지 몰라서 많이 망설였는데…….

"무슨…… 말씀이신데요?"

말꼬리 흐리는 건 그녀의 주특기였다. 언제나 당당한 남자 조 선생이 사용하는 말투가 아니었다. 그런데 그는 그녀와의 통화에서 말꼬리를 흐렸다. 시간이 지날수록 그녀는 숨이 막혀왔다.

-아, 진짜…… 희수 씨, 나 믿지? 나, 이상한 놈 아니라는 거 희수 씨가 잘 알지?

"그럼, 요. 무슨 일인데 그러세요?"

-희수 씨는 첫눈에 반하는 거에 대해 어떻게 생각해?

"어떻게 생각하다니요?"

-믿어?

첫눈에 반하는 사랑을 믿냐고? 아니, 믿지 않는다. 그녀는 아직 단 한 번도 경험해 본 적이 없는 사랑 법이었다. 게다가 그 사람에 대해 잘 알지도 못하는데 첫눈에 반한다니, 그건 불가능하다고 생각했다. 그의 질문에 그녀는 단호하게 대답했다.

"아니요."

-휴, 그럴 줄 알았어.

"그런데, 그건 왜요?"

-…….

"선생님?"

그녀의 질문에 조 선생은 잠시 아무런 말도 하지 않았다. 그녀가 다시 그를 부르자 그는 말했다.

-나, 사랑에 빠진 것 같아.

"……."

이번에는 그녀가 아무런 대답도 하지 못했다. 너무나 충격적이었다. 그녀는 두려워서 상대를 묻지도 못했다. 그녀가 아무런 말도 하지 못하자 그가 다시 그녀를 불렀다.

-희수 씨, 듣고 있어?

"……."

-희수 씨!

"아, 네. 듣고…… 있어요."

-안 물어봐?

"뭘요?"

뭘 물어봐야 할까? 그녀의 머릿속은 백지 상태였다. 바보 같은 질문에 그가 답답하다는 듯이 말했다.

-상대 말이야.

"……누, 군데요?"

-이 말을 희수 씨한테 해야 할지, 말아야 할지 어젯밤부터 쭉 고민했는데 얘기하는 게 좋을 것 같아서…… 그 사람은…….

"희정…… 이요?"

그의 입에서 동생의 이름이 흘러나오는 걸 듣고 싶지 않았다. 그래서 그녀는 재빨리 자신이 대답했다. 하지만 그 말을 내뱉는 순간 그녀의 이성이 속삭였다.

'박희수, 미쳤어! 모른 척하는 게 옳은 거 아니야? 왜 아는 척이야!'

-어? 희수 씨, 알고 있었어?

"아니, 저는 그냥……."

-맞아, 희수 씨 동생 희정 씨야.

"첫눈에…… 반했다고요?"

-응.

그녀는 목소리가 떨리고 있음을 느낄 수 있었다. 하루였다. 어제 저녁에 처음 보고 하루 만에 그는 사랑에 빠졌다고 했다. 그녀와는 5년을 함께 있었는데도 아무런 감정도 느끼지 못하던 그가, 단 하루 만에, 그것도 처음 본 순간 자신의 동생에게 큐피트의 화살을 꽂았다는 말에 그녀는 온몸의 힘이 쭉 빠져나가는 기분이었다. 그 순간 아침에 희정이 출근하기 전에 했던 말이 떠올랐다.

[참, 나 언니한테 할 말 있거든. 저녁에 약속 있어?]

동생도 자신에게 조 선생이 좋아졌다고 말하려고 했던 것일까? 그녀의 얼굴은 절망적으로 일그러졌다. 아름다운 희정을 보고 반하지 않는다면 그 남자가 더 이상한 사람이라는 걸 알면서도 자신이 4년 동안 품고 산 남자가 동생의 매력에 빠졌다고 하자 기분이 이상했다.

-희수 씨.

"네?"

-희정 씨 애인, 있어?

그녀는 그의 질문에 잠시 망설였다. 그녀의 두 마음이 싸우기 시작했다. 있다고 말하고 싶었다. 하지만 동생이었다. 동생을 상대로 이런 생각을 해야만 하는 자신이 싫었다. 그녀가 대답하지 못하자 그가 다시 물었다.

-설마, 있는 거야?

"아니요, 없어요."

그녀는 결국 자신의 양심을 속이지 못하고 진실을 말해 버렸다. 대답을 하는 순간 그녀의 눈에서 눈물이 흘러내렸다. 하지만 그녀의 대답을 들은 조 선생은 마치 복권에 당첨이라도 된 사람처럼 환호성을 내질렀다.

-정말? 정말이야?

"네, 없어요."

-하하하, 하하하. 진짜 다행이다. 밤새 걱정 많이 했는데.

그는 정말 사랑에 빠진 남자 같았다. 작은 일에 크게 웃고, 작은 일에 잠 못 이룬 채 고민하는 사랑에 빠진 남자.

"그러셨어요?"

그녀는 씁쓸한 얼굴 표정을 지으며 호응해 줬다.

'제 마음…… 전혀, 모르시는 거예요?'

묻고 싶었다. 하지만 자신의 동생을 사랑하게 됐다는 남자에게 그런 질문을 하는 건 너무 비참했다. 그래서 묻지 않았다. 아니, 묻지 못했다. 자신이 비참해질 것 같아서.

-희정 씨 어떤 남자 좋아해? 아니, 희수 씨 지금 나 좀 만나 줄 수 있어? 묻고 싶은 게 너무 많아.

"지금요?"

-응. 안 돼?

"그게 지금은 좀……."

만나고 싶지 않았다. 지금 그를 만난다면 그녀는 조 선생 앞에서 펑펑 눈물을 터뜨릴 게 뻔했기 때문이다.

―그래? 그럼 월요일에 잠깐 시간 좀 내줘. 그럴 수 있지?

"……네."

―아참, 희수 씨는 동생이 만나는 남자로 나…… 어떻게 생각해?

"네?"

―그래도 언니니까. 설마 내가 희정 씨 만나는 거 반대……야?

"아니, 그건…… 희정이가 결정해야 할 문제 같은데요."

―그거야 당연하지만 그래도 희수 씨 생각이 알고 싶어서 그래.

"저는…… 저는……."

조 선생의 질문에 그녀는 입이 떨어지지 않았다. 그녀의 마음은 반대라고 말하고 싶었다. 절대로 안 된다고 말하고 싶었다.

"설마, 반대야?"

―아니요…… 아니에요.

그녀는 결국 마음에 없는 대답을 하고 말았다. 그녀의 긍정적인 대답에 조 선생은 웃음기 가득한 목소리로 말했다.

―희수 씨는 내 편 들어줄 거라고 생각했어. 고마워.

"별말씀을요."

―그럼 내일 얘기해.

"네."

전화가 끊겼다. 전화를 붙잡고 있던 그녀의 팔이 힘없이 툭 떨어졌다. 말해 주고 싶었다. 희정은 남자한테 관심이 없다고, 결혼 같은 거에는 관심이 없고 즐기는 데만 관심이 있다고 알려주고 싶었다. 하지만 그 생각을 하는 순간 그녀의 이성이 말했다.

'박희수, 최악이야.'

그녀는 결국 자신의 바닥을 보고야 말았다. 남자 때문에 동생이고 뭐고 없는 자신의 바닥을 보자 자기 자신이 소름끼치게 싫어졌다. 전화를 끊고 두 손으로 얼굴을 감싼 채 눈물을 흘리던 그녀는 시계를 바라봤다. 저녁 7시가 다 되어가고 있었다. 희정은 8시쯤이면 들어온다고 했고 할 말이 있다고 했다. 그녀는 피해야 된다는 생각에 얇은 카디건을 걸치고 휴대폰만 든 채 방을 나섰다. 하지만 그 때 초인종 소리가 집 안에 울렸다.

딩동딩동.

그녀의 눈이 커다랗게 변했다. 그녀는 움직이지 못한 채 고민에 빠졌다. 하지만 지금 그녀가 피할 곳은 없었다. 그녀는 천천히 현관으로 나가 문을 열었다. 문 앞에는 희정이 머리가 젖은 채로 서 있었다.

"집에 있는데 왜 이렇게 늦게 나와? 자고 있었어?"

"어? 어."

희정은 재빨리 집 안으로 들어오며 짜증 섞인 음성으로 투덜거렸다.

"무슨 비가 이렇게 갑자기 내려? 완전 물에 빠진 생쥐 꼴이잖아."

"지금, 비와?"

"어, 비가 제법 많이 내려. 초여름 비인가봐."

"얼른 씻어. 감기 들겠다."

"응. 언니 나 씻고 나올 테니까 김치찌개 끓여 주라. 비가 와서 그런지 얼큰한 김치찌개 먹고 싶어."

"어, 그래. 알았어."

그녀는 김치찌개가 먹고 싶다는 희정의 말에 고개를 끄덕이며 주방으로 들어갔다. 그리고 잠시 멍한 얼굴로 서서 무엇을 해야 할지 생각하다가 냉장고를 열어 김치 한 포기를 꺼내고 냉동실에서 돼지고기를 꺼내 전자레인지에 넣고 해동시켰다. 그리고 어제 준비해 뒀던 육수 물을 꺼내 부은 후 고기와 김치를 넣고 가스레인지에 올려 끓였다. 그리고 몇 가지 양념을 준비해서 중간, 중간 넣어주자 잠시 후 집 안에 맛있는 김치찌개 냄새가 진동을 했다.

희정이 샤워를 마치고 나올 때쯤에는 전기밥솥에 올려뒀던 밥도 취사가 완료되어 김이 모락모락 피어오르는 하얀 쌀밥이 완성되어 있었다. 그녀는 어제 만들어 뒀던 밑반찬들을 꺼내 접시에 담아서 식탁에 올리고 저녁 먹을 준비를 했다.

"아, 씻고 나니까 너무 시원해."

"8시쯤 들어온다더니 일찍 들어왔네?"

"어, 좀 일찍 끝났어. 음, 맛있는 냄새. 역시 김치찌개는 언니가 최고야."

"최고는 무슨, 어서 앉아. 다 됐어."

"응."

그녀는 하얀 쌀밥을 그릇에 담아서 희정의 앞에 놓아 주고 돼지고기를 넣은 김치찌개도 예쁜 그릇에 담아 식탁에 올렸다. 그러자 희정이 재빨리 김치찌개 국물을 한 수저 떠서 입으로 가져갔다.

"캬, 소주 생각난다. 언니, 집에 소주 있어?"

"어, 줄까?"

"비도 오는데 우리 한 잔 하자."

"그래."

그녀는 냉장고에서 소주를 한 병 꺼내서 소주잔과 함께 식탁으로 가져갔다. 그러자 희정이 소주병을 열고 그녀에게 내밀었다.

"언니부터 한 잔 받아."

"나 내일 일찍 출근해야 하는데."

"에이, 나도 출근해야 돼. 언니만 출근하나?"

술이 넘어갈 것 같지 않았지만 그녀는 잔을 들어서 희정이 따라주는 술을 받았다. 그리고 희정이 들고 있는 병을 받아 들고 희정의 잔을 채웠다.

"자, 건배."

"그래, 건배."

그녀는 동생과 오랜만에 술자리를 했다. 그녀도, 희정도 소주잔에 담겨진 술을 한입에 털어 넣었다. 그리고 약속이나 한 듯이 김이 모락모락 올라오고 있는 김치찌개 국물을 떠먹었다. 술은 입에도 대지 못하던 그녀가 희정과 가끔 한 잔, 두 잔 하다 보니 술이 어느새 늘어 있었다. 그래서 그녀도 지금은 소주 주량이 제법 됐다.

"언니."

"응?"

"고마워."

"뭐가?"

"살아 있어 줘서."

"새삼스럽기는."

희정의 말에 그녀는 술병을 들고 자신의 잔에 따랐다. 그러자 희정이 말을 이었다.

"정말이야. 그때 언니 잘못됐으면 나도 어떻게 됐을지 몰라."

"실없는 소리 하지 말고 밥이나 먹어."

"아참, 언니 돌아오는 금요일에 성 사장님이 초대한 파티에 참석할 거지?"

"아니."

"왜? 그 개새끼 때문에?"

"희정아! 너 왜 가면 갈수록 입이 거칠어져?"

그녀의 동생 희정은 지금처럼 입이 거칠지 않았다. 하지만 검사가 되고 나서 그녀는 점점 입이 거칠어지기 시작했다. 그 정도 하지 않고서는 흉악범들을 다룰 수 없다고 이해는 하지만, 그녀는 너무나 쉽게 욕설이 흘러나오는 희정이 마음에 들지 않았다.

"그 개새끼, 내가 잘근잘근 씹어 죽여도 시원하지가 않아."

"그만해. 너 이러면 나 불편해."

"그날 성 사장님 파트너로 참석해. 언니가 성 사장님 파트너로 나타나면 그 새끼 긴장 좀 할걸?"

"왜 긴장하게 만들어야 하는데?"

"언니를 얼마나 무시했니? 지가 무시한 여자가 어떻게 됐는지 똑똑히 보여주라고."

"그러고 싶지 않아."

희정은 그녀에게 끊임없이 복수하라고 말했다. 하지만 그녀는 그러고 싶지 않았다. 그저 지금의 자기 생활에 만족했다. 그게 그녀가 선택한 행복이었다.

"왜? 아직도 무서워? 그 개만도 못한 새끼가 아직도 두려워?"

"남을 이용하면서까지 그런 짓을 해서 남는 게 뭐야?"

"세상은 서로가 서로를 이용해가며 사는 거야. 언니처럼 지고 지순하게 살다가는 항상 상처만 입게 된다고."

희정의 말에 그녀는 수긍할 수밖에 없었다. 벌써 조 선생의 전화 한 통에 상처를 입고 있었다. 하지만 그녀는 아무런 말도 하지 않았다.

"그냥 내가 상처 입을게. 그럼 됐지?"

"그럼 날 위해서라도 참석해 줘."

"뭐?"

"나, 그날 일 때문에 거기 꼭 참석해야 해."

"무슨 일?"

"어, 내가 프로덕션 비리 조사하는 게 있거든. 거기서 몇 명 만나봐야 할 사람이 있어서 성 사장님한테 초대권 부탁하려고 했던 거야. 초대권 없으면 들어갈 수 없거든."

그녀는 희정의 말을 들으며 걱정스럽게 물었다.

"너, 위험한 일 하고 다니는 거 아니지?"

"조사하는 게 뭐가 위험한 일이야. 어쨌든 내가 거길 꼭 들어가야 하는데 언니가 참석 안 한다고 하면 나도 가기가 좀 그렇잖아."

"성진욱 씨가 조 선생님한테 초대장 줬고 파트너로 네가 가기로 했잖아. 그러니까 그냥 가면 되지, 뭘."

"언니가 나하고 상관없는 사람이라면 모를까 내 언니라는 거다 아는데 파트너 신청한 언니가 거절한 마당에 내가 마음 편하게 갈 수 있겠어?"

 틀리지 않은 말이었다. 하지만 그녀는 참석하고 싶지 않았다. 혹시라도 자신을 알아보는 사람이 있을까 걱정이 되었기 때문이다. 그녀는 희정을 안심시키기 위해 말했다.

"생각해 볼게."

"생각하고 말고 할 게 뭐 있어? 잠깐 파티에 참석했다가 오면 되는 건데."

"희정아, 그러다 날 알아보는 사람이라도 있으면 어쩌려고?"

"뭐 어때? 언니 알아보는 사람 있으면 차라리 잘 된 거지."

 희정의 눈 속에는 복수심이 가득 들어차 있었다. 그녀는 항상 그게 안타까웠다. 그녀는 물었다.

"퇴근하고 와서 할 말 있다는 게…… 이거였어?"

"응. 왜?"

"아, 아니."

 그녀는 보이지 않게 안도의 한숨을 내쉬었다.

"근데 언니가 정말 성 사장님한테 수혈해 줬어?"

"어? 어."

"근데 왜 나한테 얘기 안 했어?"

"얘기했어야 했어?"

"아니, 꼭 그런 건 아니지만. 성 사장님이 꽤 고마워하는 것 같아서."

"누구라도 했을 일이야."

"누구라도, 는 아니지."

그녀는 진욱의 이야기를 하는 게 불편했다. 그래서 그의 이야기에서 벗어나기 위해 슬며시 희정을 바라보며 물었다.

"희정이 너, 결혼은 어떻게 할 거야?"

"또 결혼 얘기야?"

"또가 아니잖아. 너도 바쁘고 나도 바쁘다 보니까 결론을 못 내리는 것뿐이었지."

"결론은 무슨 결론? 내가 결혼 생각 없다는데. 아, 그보다 조원철 선생 있잖아."

"……조 선생님?"

희정은 그녀가 꺼낸 결혼 얘기에는 관심이 없는 듯했고 조 선생에게 관심이 있는 듯 눈을 빛내며 그의 이야기를 꺼냈다.

"꽤 매력적이더라."

"어?"

그녀는 순간 심장에서 두둥 소리가 들려왔다. 불규칙하게 뛰어대는 심장 소리가 희정에게 들리기라도 할까 그녀는 재빨리 소주를 한입에 털어 넣고 김치찌개 국물을 떠먹었다.

"근데 언니, 조 선생님 좋아했던 거 아니었어?"

"아니!"

반사운동이었을까? 이미 조 선생의 마음을 들어 버린 지금, 그녀가 자신의 마음을 들키는 날에는 정말 바보가 되어 버리는 상황이라는 걸 알고 있었기 때문인지 그녀의 대답은 너무나 다급하게 큰소리로 튀어나왔다. 그러자 희정이 놀란 듯 피식 웃으며 말했다.

"아니면 아니지 뭐 그렇게 정색을 하고 그래? 정말 좋아하는 거 아니야?"

"아니라니까."

"그래? 그럼 내가 한번 사귀어 볼까?"

"뭐?"

"어제 집에 들어오기 전에 술 한 잔 더 했거든. 근데 대화해 보니까 꽤 괜찮은 사람 같더라. 한번 연애해 보는 것도 나쁘지 않을 것 같아."

"너…… 결혼, 안 한다며?"

"응."

망설이며 물은 질문의 무게와 달리 희정의 대답은 너무나 가볍고 빨랐다. 그녀는 희정의 말을 이해할 수가 없었다. 그래서 다시 물었다.

"그럼 조 선생님하고 연애를 하겠다는 건 무슨 말이야?"

"결혼 안 하고 연애만 한다고."

"뭐? 박희정, 너 미쳤어?"

"뭐가?"

"도대체 결혼이 왜 싫은데? 뭐가 싫어서 자꾸만 싫다고 하는 건데?"

"그럼 언니는 결혼이 좋아?"

그녀는 자신이 평범한 가정에서 평범하게 태어나 평범한 나이에 평범하게 결혼했다면 결혼을 좋아했을 수도 있다고 생각한다. 하지만 그녀의 경우는 결혼을 좋아할 수 있을 만큼 평범하지가 않았다.

"……좋다고 생각하지 않지만 그렇다고 싫어하지도 않아."

"그렇게 당하며 살고도, 싫지가 않아? 언니야말로 어떻게 된 거 아니야?"

"뭐?"

희정은 기막힌 듯 그녀에게 소리쳤다. 희정의 반응에 그녀는 꽤 충격을 받았다. 그녀가 이혼한 후 단 한 번도 희정은 그녀 앞에서 그녀의 결혼에 대해 경멸의 빛을 띤 적이 없었다. 하지만 그녀는 순간적으로 느낄 수 있었다. 희정이 결혼을 싫어하는 게 자신의 불행했던 결혼생활 때문이었다는 것을. 그래서 떨리는 목소리로 물었다.

"나…… 때문이었니?"

"아니야."

"아니라고 해서 아닌 게 되는 문제가 아니잖아. 네 눈이 말하고 있어. 나 때문이었어?"

"글쎄, 아니라잖아. 난 그냥 내 마음에 드는 남자들과 즐기며 사는 게 좋아. 그러니까 언니 생각을 자꾸 나한테 강요하지 말란 말이야."

"희정아……."

"언제까지 결혼 가지고 사람을 잡을 건데? 언제까지 내가 언니한테 결혼 얘기 들으며 시달려야 하는 거냐고? 언니가 아무리 그래도 난 결혼 같은 거 안 해. 한순간 사랑이라는 감정 때문에 결혼해 더럽고 치사하게 사느니 난 즐기고 싶을 때 즐기면서 내 식대로 살 거야. 그러니까 제발 이제 그만해!"

희정이 그녀에게 이렇게 화를 내듯 언성을 높인 일은 그리 많지 않았다. 그녀가 놀란 눈길로 바라보자 희정은 앞에 놓인 술잔을 신경질적으로 입 안에 털어 넣었다. 그 모습을 바라보고 있던 그녀는 조용한 목소리로 물었다.

"내가…… 내가, 너한테까지 몹쓸 짓을 했구나?"

"아우, 진짜 미치겠네. 아니라잖아! 언니 때문이 아니라고 하잖아!"

"그럼 좋은 사람 만나서 결혼해. 나 때문에 네가 결혼을 싫어하게 된 게 아니라면 사랑하는 사람과 행복하게 살라고."

"그래, 언니 때문이야. 언니 때문에 결혼 같은 거 하기 싫어졌어. 됐어? 이제 됐냐고!"

그녀에게 소리를 내지른 희정은 자리에서 벌떡 일어나 거실로 나갔다. 희수는 거실로 나가는 희정을 바라보며 앉아 있다가 천천히 거실로 나가 희정의 곁에 앉으며 말했다.

"희정아, 난……."

"언니가 뭐라고 해도 난 결혼 같은 거 안 해."

"왜?"

"행복하지 않으니까."

"그게 무슨 말이야? 사랑하는 사람과 결혼하는데 왜 행복하지가 않아?"

"언니는 행복했어?"

희정의 질문에 그녀는 빨리 대답하지 못한 채 머뭇거렸다. 그러자 희정은 다 알고 있다는 듯 말했다.

"그것 봐, 언니도 행복하지 않았잖아. 그런 걸 뭐 하러 해? 난 내가 행복한 방법대로 세상을 살 거야. 그러니까 내 삶을 언니 마음대로 움직이려고 하지 마."

"난, 사랑하는 사람이 아니었잖아. 그런데 어떻게 행복할 수가 있어? 어떻게 행복하게 살 수가 있었겠어? 사랑하는 사람이 아닌데……."

"마찬가지야. 사랑이라는 감정이 얼마나 간다고 생각해? 결혼은 현실이야. 사랑이라는 콩깍지가 벗겨지고 나면 그때부터 현실을 사는 건 사랑했건 사랑하지 않았건 같은 거라고."

"아니, 다를 거야. 사랑하는 사람은 아무리 콩깍지가 벗겨져도 사랑하는 사람이야. 그러니까 많은 사람들이 결혼을 하는 거고."

"그래? 그럼 언니부터 행복해져 봐."

"뭐?"

그녀의 양미간이 찌푸려졌다. 행복해지라고? 그녀의 가슴속에 담아둔 사람이 자신이 아닌 희정에게 관심이 있다는데 행복해져 보라고? 어떻게 행복해지란 말인가? 그녀는 행복해지는 방법을 알지 못했다.

"언니부터 사랑하는 사람을 만나서 행복해져 보라고. 언니가 사랑하는 사람과 결혼해 행복한 여자가 된다면, 그땐 나도 결혼할게."

"너, 정말……."

"그것 봐. 언니도 못하는 걸 왜 날더러 하라는 거야? 난 언니처럼 착하게 살지 않을 거야. 내가 좋은 건 좋고, 내가 싫은 건 싫은 거야. 인생은 남을 위해 사는 게 아니라고, 언니가 간호조무사에 만족하는 거, 그거 언니 도움을 필요로 하는 사람들에게 도움을 주기 위해서라고 했지? 하지만 가끔은 그게 위선이고 가식으로 보인다는 거 알아? 언니는 사람들과 어울려야 하는 게 두려워서 사람들에게 도움을 주기 위함이라고 자신을 정당화……."

짝—

그녀는 자신도 모르게 손을 올려 자신에게 소리 지르는 희정의 뺨을 후려쳤다. 그녀의 몸이 부들부들 떨렸다. 처음으로 하나뿐인 동생에게 손찌검을 하자 희정은 눈 하나 깜빡하지 않고 그녀를 바라봤다. 그녀는 몸이 너무나 심하게 떨리는 통에 그 자리에 주저앉아 있을 수가 없어서 벌떡 일어났다. 그리고 여전히 떨리는 목소리로 말했다.

"미, 미안하다."

그녀는 한 마디를 남기고 현관 쪽으로 걸음을 옮겼다. 그리고 재빨리 아파트를 벗어나 밖으로 나갔다. 밖에는 여전히 비가 내리고 있었다. 비를 맞으며 밖으로 뛰어나간 그녀는 거리로 나가서 말없이 비를 맞으며 걸었다. 희정의 마지막 말이 그녀의 머릿속을 둥둥 울려대는 통에 그녀는 고개를 좌우로 흔들었다.

[언니가 간호조무사에 만족하는 거, 그거 언니 도움을 필요로 하는 사람들에게 도움을 주기 위해서라고 했지? 하지만 가끔은 그게 위선이고 가식으로 보인다는 거 알아? 언니는 사람들과 어울려야 하는 게 두려워서 사람들에게 도움을 주기 위함이라고 자신을 정당화…….]

그녀의 눈에서 흘러내리는 눈물은 하늘에서 흘러내리는 빗물과 섞여 사람들의 눈에 보이지 않았다.

[그럼 언니부터 행복해져 봐!]

언니부터 행복해져 보라는 희정의 말에 그녀의 가슴이 갈기갈기 찢어지는 기분이었다. 그녀도 행복해지고 싶었다. 다른 사람들처럼 평범하지만 행복한 삶을 살아내고 싶었다. 하지만 어려서부터 행복해 본 적이 없는 그녀는 행복이 무엇인지, 어떻게 하면 행복한 여자가 될 수 있는지 알 수 없었다.

비를 맞으며 길을 걷던 그녀는 옆을 지나쳐 가던 사람과 부딪혀 힘없이 바닥에 주저앉았다. 다시 일어나야 했지만 일어날 힘이 없었다. 집에서 마시고 나온 술은 그녀의 몸을 덜덜 떨리게 만들었다. 그녀는 바닥에 주저앉은 채 두 팔로 자신의 몸을 감싸 안고 얼굴을 묻고 울었다.

'나도 행복해지고 싶어. 행복한 여자의 삶을 살아내 보고 싶다고. 하지만 어떻게 해야 행복해지는지 몰라. 몰라서 할 수가 없어. 흐흑······.'

그녀는 서글프게 울었다. 그 때 시끄러운 빗소리를 뚫고 그녀의 휴대폰 소리가 들려왔다. 그녀는 새파랗게 변한 얼굴로 카디건 속에 들어 있는 휴대폰을 꺼내서 귀로 가져갔다.

"여보······ 세요."

-너, 왜 그래?

다 죽어가는 그녀의 목소리에 진욱이 놀란 목소리로 소리를 질렀다. 이 순간 조 선생이 전화를 걸어줬다면 얼마나 좋을까 생각했다. 하지만 그녀에게 전화를 건 사람은 진욱이었고 그녀는 물었다.

"행복이…… 뭐예요?"

-뭐?

"아니, 그게 아니구나. 어떻게 하면 행복해질 수…… 있어요?"

-……나한테 오면.

처음에는 무슨 말을 하고 있는지 모르는 듯 되묻던 그가 그녀의 질문에 대답했다. 그의 말을 들으며 그녀는 생각했다.

'당신한테 가면, 정말 행복해질 수 있을까?'

그녀가 아무런 말도 하지 않자 그가 말을 이었다.

-행복해지고 싶다면 와.

"나…… 행복한 여자로 만들어 줄 수…… 있어요?"

-얼마든지.

"……"

-박희수!

그의 말에 그녀가 아무런 대답도 하지 않자 그는 힘 있게 그녀의 이름을 불렀다. 금세 정신을 놓을 듯 위태하게 앉아 있던 그녀가 서서히 입을 열었다.

"나…… 행복한 여자로 만들어 줄래요?"

3. 행복한 여자로 만들어 줄래요?

-나…… 행복한 여자로 만들어 줄래요?

행복한 여자로 만들어 달라는 그녀의 말에 그의 얼굴에 환한 미소가 번졌다. 그도 행복이 무엇인지는 알지 못했다. 하지만 그녀가 자신의 곁에 있으면 그는 행복할 것 같았다. 아니, 행복까지는 몰라도 외로움에 치를 떠는 일은 없을 것 같았다.

"그럴게. 네가 원한다면 행복한 여자로 만들어 줄게. 지금 어디야?"

-……몰라요.

"근처에 써 있는 상호들 불러봐."

그의 말에 그녀는 천천히, 하지만 명확하게 근처에 있는 간판들의 이름을 불렀다. 그는 그녀가 있는 곳이 어디인지 대충 알 것 같았다.

"알았어. 어디에 있는지 알 것 같아. 거기 있을래?"

-네.

"조금만 기다려. 곧 갈게."

그는 전화를 끊으며 차 키를 들고 집을 나섰다. 그리고 집을 나가 그녀가 있는 곳까지 운전해 가는 동안 그의 머릿속은 그녀의 한 마디가 장악했다.

[나…… 행복한 여자로 만들어 줄래요?]

그는 운전하며 혼자서 중얼거렸다.

"얼마든지 만들어 주지. 이 대한민국에서, 아니 이 세상에서 가장 행복한 여자로 만들어 줄 테니 걱정할 것 없어. 넌, 내 곁에만 있어."

빗속을 뚫고 그녀에게로 달려간 진욱은 깜짝 놀라서 길가에 급정거를 했다. 그는 비에 흠뻑 젖어 길가에 쭈그리고 앉아 있는 희수를 발견했다. 우산도 쓰지 않은 채 뛰어내린 진욱은 도로가로 뛰어가 새파랗게 질려 있는 그녀의 두 어깨를 붙잡았다.

"너 여기서 뭐 하는 거야? 왜 이렇게 비에 흠뻑 젖었어?"

"난…… 나…… 흐흑……."

그녀는 결국 아무런 말도 하지 못한 채 울음을 터뜨렸다. 자신 때문이 아닌 다른 누군가 때문에 그녀가 울고 있다는 생각을 하자 그의 심장에 갈기갈기 찢겨지는 고통이 느껴졌다.

'젠장, 네가 이 여자를 이렇게 만들어 놓은 거야. 네가 그랬다

고!'

그는 자신을 질책했다. 하지만 그것도 잠시, 그는 그녀를 두 팔로 들어 올려 자신의 차에 태우고 재빨리 운전석으로 들어가 차 안을 따뜻하게 했다.

"괜찮겠어?"

"……괜찮아요."

그녀의 목소리가 떨리고 있었다. 괜찮지 않아 보이는데도 그녀는 괜찮다고 했다. 그는 재빨리 차를 몰아 근처 병원 응급실로 들어갔다. 병원으로 향하는 동안 그녀는 잠이 든 것 같았다.

"어떻게 된 겁니까?"

"비를 많이 맞아서 체온이 많이 내려갔어요."

그의 말에 의사는 고개를 끄덕이며 그녀의 몸을 체크했다.

"다행히 의식은 살아 있네요. 그렇게 심각한 상황은 아니니까 링거 한 대 맞고 집에 가셔서 몸을 따뜻하게 해주시면 될 겁니다."

"알겠습니다."

의사는 곁에 있던 간호사에게 빠르게 지시한 후 그들 곁을 떠났고 그녀가 링거를 맞는 동안 진욱은 잠시도 그녀의 곁을 떠나지 않은 채 곁을 지켰다.

'너 아프게 한 건 미안하지만, 미안하다는 말은 하지 않을 거야. 그저 네가 홍역에 걸렸다고 생각할게. 시간이 지나면 홍역

도…… 가라앉아.'

그는 잠들어 있는 그녀의 손을 붙잡아 자신의 입가로 가져갔다. 바보가 아닌 이상 자신이 지금 느끼는 감정이 무엇인지 모를 리가 없었다. 그것은 분명 사랑이었다. 그저 독특한 여자라고, 자신을 두려워하지 않는 겁을 상실한 여자라고만 생각했다. 그래서 괴롭혀 주고 싶었고 힘들게 만들어 주고 싶었다. 그런데 그녀를 괴롭히고, 그녀를 힘들게 하는 동안 그의 감정은 점점 딱딱했던 껍질을 벗고 부드럽게 뛰기 시작했다.

그 심장 소리에 맞춰 죽어 있던 그의 감성 또한 되살아났다. 승미와의 이혼 때 죽었던 심장과 감성이 왜 하필이면 자신에게는 조금의 관심도 없는 것 같아 보이는 박희수라는 여자에 의해 살아나야 했는지 그도 그 이유를 알 수 없었다. 하지만, 아무래도 좋았다. 그녀가 자신의 곁에 있을 수 있다면.

"흠……."

그가 그녀를 사랑스러운 눈길로 바라보고 있는데 그녀는 한숨을 내쉬며 잠에서 깨어났다. 그는 재빨리 그녀의 손을 내려놓았고 자신의 감정을 뒤로 감춘 채 무심한 눈길로 그녀를 바라보며 딱딱한 목소리로 물었다.

"괜찮나?"

"여긴……."

"병원이야."

"왜 여기에 와 있는 거예요?"

"그럼? 그 비를 맞고 그냥 집으로 갈 줄 알았나? 미련한 짓도 정도껏 해야지, 죽으려고 작정했어? 무슨 비를 그렇게 맞아?"

"……."

그의 핀잔에 그녀는 아무런 말도 하지 않은 채 눈을 감았다. 순간 그는 걱정스러운 마음에 물었다.

"왜? 어디가 아픈 거야? 의사 불러올까?"

"……아니요."

"그럼 왜 그래?"

"계속…… 여기 있었어요?"

"뭐?"

뜻밖의 질문에 그는 대답하지 못했다. 그가 눈을 가늘게 뜨고 그녀를 바라보자 눈을 감고 있던 그녀가 눈을 뜨고 그를 바라봤다. 그리고 물었다.

"계속 여기 있었냐고요?"

"그럼 집에 갔다 왔을까봐?"

"……고마워요."

그녀의 질문에 그는 퉁명스럽게 대답했다. 그러자 그녀는 희미한 미소를 지으며 그에게 말했다. 오늘따라 그녀가 좀 달라 보이는 건 그의 착각이었을까?

"뭐가?"

"옆에 있어 줘서요."

"당연한 거 아니야? 그럼 아픈 사람 두고 혼자 집으로 가?"

"그러는 사람도…… 있어요."

"누가? 어떤 몰상식한 새끼가 그런 짓을 해?"

그의 성난 말투에 그녀는 그저 피식 웃을 뿐이었다. 그럴수록 그는 더욱 초조함을 느꼈다. 그녀가 자신의 진짜 감정을 깨닫게 될까봐, 자신이 그녀를 사랑하게 됐다는 사실을 알게 될까봐 두려웠기 때문이다. 그녀는 아직 자신의 감정조차 정리하지 못한 상태였고 만약 그의 진짜 감정을 알게 된다면 그녀는 그를 완강히 거부할 것이라는데 생각이 이르자 그는 자신도 모르게 더욱 퉁명스럽게 그녀를 대했다.

"그게 몰상식한 짓이라는 걸, 모르는 사람이요."

"그런 사람들하고 어울리지 마. 영양가 없는 인간들이야."

"성진욱 씨는요?"

"내가 뭐?"

"영양가, 있는 사람이에요?"

"보고도 몰라? 나 정도면 복합영양분이라고 해도 과언이 아니지."

"그래요."

"그래요는 무슨 그래요야? 넌 농담도 못 알아듣냐?"

그 또한 농담을 잘 하는 성격이 아니었다. 하지만 그녀가 웃는 모습을 보려고 평소에 하지 않던 농담을 했는데, 그녀는 그의 생각과 달리 그냥 수긍해 버리는 것이었다. 그러자 무안해진 건 자신을 높이 평가한 진욱이었다.

"농담, 이었어요?"

"그럼? 네가 볼 때 나 복합영양분인가?"

"그럴지도 모른다고 생각해요."

"어째서?"

"어쨌든 많은 여자들이 좋아할 만한 조건들을 모두 갖춘 사람이니까."

"너는?"

그녀의 말에 그는 진지한 눈빛으로 물었다. 그러자 그녀는 말없이 그를 바라볼 뿐 대답하지 않았다. 초조해진 그가 다시 물었다.

"너도, 내 조건이 좋나?"

"……조건은 날, 행복하게 만들어 줄 수 없어요."

"필요조건이긴 해도 필수조건은 아니라는 말인가?"

"네."

"좋아, 그럼 넌 무엇으로 행복해진다고 생각하지?"

물질로 행복하게 만들어 주는 거야 얼마든지 할 수 있었다. 그에게는 쓰지 못해 쌓이는 게 돈이었기 때문이다. 하지만 그녀는 돈으로 행복할 수 없다고 말했고 그렇다면 그녀를 행복하게 해주는 게 무엇인지 그는 알아야 했다. 그래야 그녀를 자신의 곁에 둘 수 있기 때문이었다.

"……마음이요."

그녀는 한동안 그의 눈을 바라보다가 천천히 나직한 목소리로 대답했다. 마음? 그건 너무나 추상적이었다. 보여줄 수 없는 아주 추상적인 대답에 그는 순간 난감해지는 자신을 느낄 수 있었다.

"좋아, 그럼 마음을 어떻게 보여주지?"

"마음은 생활 가운데서 나타나요."

"어떻게?"

"사람을 행복하게 해줄 수 있는 마음은 관심과 배려로, 사람을 불행하게 만드는 마음은 무관심으로요."

"그럼 넌 관심과 배려라는 마음에 행복해진다는 건가?"

"그럴 거라고 생각해요."

그녀의 대답은 분명하지 않았다. 그는 양미간을 살짝 찌푸리며 다시 물었다.

"그럴 거라고 생각한다니?"

"관심과 배려하는 마음을 준 사람이…… 없어서 그저 그럴 거라고만 생각해요."

그녀의 말은 그에게 많은 생각을 하게 만들었다. 그 때 간호사가 들어와 말했다.

"링거 다 들어갔으니까 주사 빼드릴게요."

그는 앉아 있던 자리에서 일어났고 간호사는 그녀의 팔목에 꽂아져 있는 주사바늘을 빼내며 그에게 말했다.

"남편 분께서 집에 돌아가시는 대로 따뜻한 물 좀 준비해 주시겠어요?"

"저, 그게……."

"……알겠습니다."

그는 간호사의 말에 잠시 충격 받은 얼굴로 그녀를 바라봤다. 그러자 그녀 또한 무안한 얼굴로 그를 바라보다가 무슨 말인가 할 듯 입을 열었다. 그래서 그가 재빨리 대답했다. 그러자 간호사는 병원비를 수납하고 돌아가도 좋다는 말을 남기고 나가 버렸다. 그 또한 그 자리에서 그녀의 눈길을 받는 게 불편했다. 하지만 아무렇지도 않은 듯, 너무나 태연한 일상인 듯한 표정을 지으며 말했다.

"병원비 수납하고 올 테니까 나갈 준비하고 있어."

그는 재빨리 말한 후 수납처로 걸음을 빠르게 옮겼다. 수납처로 걸어가는 그의 입가에 미소가 번졌다. '남편'이라는 말이 새삼 그의 마음을 기쁘게 해주는 건 그녀를 향한 마음 때문이었을까? 다시는 이런 감정을 느끼지 못할 거라고, 아니 느끼지 않겠다고 생각하며 살아온 그에게 사랑이라는 감정은 너무나 갑작스럽게 다가왔다.

그가 수납처에 병원비를 납부하고 응급실 쪽으로 걸어가자 그녀는 이미 밖으로 나와 있었다.

"가자."

"네."

오늘따라 그녀는 그를 거부하지 않았다. 너무나 고분고분했다. 그는 그녀를 차에 태우고 그녀의 집으로 차를 출발시켰다.

"그런데 이 옷, 젖어 있었는데 어떻게 된 거예요?"

"너 잠들어 있는 동안 세탁해 오도록 했어."

"아, 고마워요."

누군가에게 고맙다는 말을 듣는 게 그는 익숙지 않은 듯 창가 쪽으로 고개를 돌리며 물었다.

"시간이 많이 늦어서 동생이 걱정할 것 같은데 전화 안 해줘도 돼?"

"……네."

시원치 않은 그녀의 대답에 그는 그녀 쪽으로 고개를 돌렸다.

"싸웠나?"

"……"

"사이좋은 자매처럼 보였는데."

그녀는 아무런 말도 하지 않았다. 그래서 그 또한 더 이상 묻지 않은 채 그녀의 아파트로 차를 몰았다. 잠시 후 그녀의 아파트 앞에 차가 도착했지만 그녀는 내리려고 하지 않았다. 그는 차 안에서 그녀의 집을 올려다보며 말했다.

"아직 불이 켜져 있는 걸 보니까 박 검사 깨어 있는 모양인데."

하지만 그의 말에도 그녀는 고개만 숙인 채 움직이지 않았다. 그는 순간 갈등이 밀려왔다. 그녀를 자신의 집으로 데려가고 싶다는 유혹이 그를 잡아 흔들었다. 그런 그의 마음을 신이 들어주신 걸까? 그녀가 조심스러운 목소리로 물었다.

"오늘…… 하루만 재워 주면, 안 될까요?"

"뭐?"

"성진욱 씨 집에서……."

"……."

그녀는 말꼬리를 흐렸다. 그 또한 섣불리 입을 열 수가 없었다. 일을 할 때 그는 단 한 번도 자신이 해야 할 말을 3초 이상 생각하지 않았다. 사업을 할 때 그는 언제나 준비되어 있는 비즈니스맨이었다. 하지만, 지금 이 순간 그의 머릿속에서는 아무런 대답도 떠오르지 않았다. 그가 대답하지 않자 그녀는 부끄러운 듯 얼굴을 돌리며 내리기 위해 몸을 움직였다.

"아무래도, 안 되겠……."

그녀가 차에서 내리려는 낌새가 보이자 그는 아무런 말도 하지 않은 채 재빨리 차를 출발 시켰다. 그 순간 그에게 말은 그다지 필요치 않았다. 그가 시끄러운 소리를 내뿜으며 빗길을 내달리자 희수가 놀란 얼굴로 그를 바라봤다. 그는 말했다.

"난 널 행복하게 해주겠다고 했고, 넌 관심과 배려에 행복해진다고 했어. 지금 넌 집에 들어가고 싶어 하지 않았고, 난 더 이상 묻지 않는 관심과 배려로 널 행복하게 해주려는 것뿐이야."

"성…… 진욱 씨……."

"너 그게 무엇을 뜻하는지 아나?"

"네?"

"넌 널 행복하게 해줄 수 있냐고 나한테 물었고 난 널 행복하게 해주겠다고 했어. 그게 무엇을 뜻하는지 아느냐고?"

"그건……."

"내 여자가 되겠다는 뜻이야. 알아?"

그는 이제까지와는 다른 집요한 눈길로 그녀를 바라봤다. 그러자 그녀는 결국 고개를 끄덕이며 말했다.

"알아요."

"그럼 됐어."

그는 더 이상 아무런 말도 하지 않았다. 그리고 빠르게 차를 몰아 자신의 집 주차장으로 들어가 차를 세웠다. 그는 고급 맨션에 살고 있었다. 그는 나중에 자신의 아이들이 많이 생겨나면 정원이 딸린 집에서 아이들이 뛰어 놀며 자라게 해주고 싶었다. 하지만 승미는 그런 따뜻한 집을 좋아하는 여자가 아니었고 자신의 몸매가 망가질 것을 두려워한 나머지 아이 갖는 걸 원하지 않았다.

"여기가, 성진욱 씨 집이에요?"

"응."

밖은 여전히 거센 바람과 함께 굵은 장대비가 내리고 있었지만 집 안에는 아무런 소리도 들리지 않았다. 그의 집은 거의 잠만 자는 공간이었다. 그의 집으로 들어간 그녀는 두리번거리며 집을 바라봤다. 70평의 맨션은 그가 혼자 지내기에 꽤나 넓은 공간이었다. 그 넓은 공간을 바라보던 그녀가 물었다.

"여기서, 혼자…… 살아요?"

"그럼 우렁각시하고 함께 살 것 같나?"

그녀는 꽤 놀란 얼굴이었다. 그는 그녀를 집요하게 바라보며 물었다.

"왜?"

"집이, 아닌 것 같아요."

"그럼?"

"그냥 사무실 같은 느낌?"

"다르지 않아. 여기서는 잠자고 일하는 것 외에 하는 일이 없으니까."

그의 말에 그녀는 고개를 끄덕였다.

"이쪽으로 와. 네가 쉴 만한 방 보여줄게."

"네."

그는 그 순간에도 극심한 갈등으로 괴로웠다. 자신의 침대에서, 자신의 곁에서 재우고 싶었다. 하지만 지금 자신이 그런 행동을 한다면 그녀는 다시 그에게 어떤 손도 내밀지 않을 것이라는 생각에 그는 섣불리 행동하지 못했다.

'젠장, 오늘 밤 잠들기는 틀렸군.'

그는 자신의 옆방을 그녀에게 보여줬다. 아담한 방이었다. 가끔 집에 사업상 외국 손님이 올 때가 있었다. 호텔에 묵게 해도 좋지만 외국인들은 집에 초대해서 지내게 해주면 더욱 친근감을 느끼는 경향이 있었다. 그래서 가끔은 외국인이 그의 집에서 묵을 때도 있었다. 그 외에는 사용하지 않는 방이었다. 하지만 일하는 아주머니가 매일 청소를 하기 때문에 방은 깔끔하게 정돈되어 있었다.

그는 방문을 열고 방문에 기대서며 말했다.

"여기야."

그녀는 자신을 바라보는 그를 힐끔 쳐다보더니 그의 곁을 지나쳐 방 안으로 들어갔다.

"바로 옆방이 내 방이니까 필요한 게 있으면 말해."

"네."

"그럼 쉬어."

그는 자신의 정욕이 그녀를 갖게 만들까 두려워 재빨리 방문을 닫고 주방 쪽으로 걸어갔다. 그 때 다시 방문이 열리면서 그녀가 말했다.

"저기……."

"뭐?"

"갈아입을 옷이, 있어야 할 것 같아요."

"아, 그렇군. 그런데 어쩌지? 옷이라면 내 것밖에 없는데 너한테는 많이 클 텐데."

"그냥 아무거나 줘요. 편하게 입을 수 있는 걸로."

"잠깐 기다려."

아무거나 달라고? 그녀가 자신의 옷을 몸에 걸친다는 생각만으로도 그의 남성은 이미 반응하기 시작하는데 아무거나 달라고?

'마녀였어.'

그는 속으로 중얼거리며 자신의 방으로 들어가 옷장 문을 열고 뒤졌다. 하지만 그녀에게 입힐 만한 옷을 그다지 찾을 수 없었다. 옷장을 뒤지던 그는 결국 하얀색 티셔츠 한 장을 꺼냈다. 하지만 바지 종류로는 아무리 뒤져도 그녀에게 입힐 만한 옷이 없었다. 그는 자신의 하얀색 티셔츠 하나만 입은 그녀의 모습을 떠올렸다.

'빌어먹을, 고문을 하는군.'

그는 신경질적으로 티셔츠를 손에 들고서 방을 나갔다. 그녀의 방으로 가서 노크를 하자 그녀가 문을 열었다.

"이거면 될까? 입을 만한 게 이것밖에 없는데."

"네, 될 것 같아요."

그녀는 그가 건네는 티셔츠를 받아들고 그를 바라봤다.

'젠장, 그렇게 바라보지 말라고. 안고 밤새도록 키스하고 싶으니까.'

"그럼, 쉬세요."

"너도."

그녀의 방문이 닫혔다. 닫히는 순간 그는 손으로 그녀의 방문을 잡고 싶었다. 하지만 그렇게 하지 않았다. 대신 재빨리 자신의 방에 딸려 있는 욕실로 들어가 찬물에 샤워를 했다. 흥분으로 불타오르고 있는 자신의 몸을 죽이기 위해서는 그 방법밖에 없었다.

차가운 물줄기에 그의 몸은 서서히 이성을 찾아갔다. 그는 샤워를 하고 침대에 누웠다. 하지만 정신이 너무나 선명했다. 잠을 잘 수가 없었다. 침대에서 몸을 뒤척이던 그는 결국 자리에서 일어나 옷을 입고 거실로 나가 술을 찾았다.

'지금 술 안 마시면 분명 나 어디 하자 있는 놈이야.'

그는 크리스털 잔에 얼음을 넣고 독한 양주를 따라 한 잔 쭉 들이켰다. 뜨거운 액체가 목을 타고 내려가자 몸이 조금 진정이 되는 기분이었다. 그는 이 밤이 어서 지나가길 바라며 다시 컵에 술을 따라 거실 창가로 다가가 밖을 내다봤다. 밖은 아직도 거센 비바람과 함께 비가 내리고 있었다. 여러 가지 생각이 그의 목덜미를 잡고 놓아주지 않았다. 세상에 태어나 무엇인가를 갖고 싶어서 이렇게 애가 타보기는 처음이었다.

"아직도, 비가 와요?"

갑자기 들려오는 희수의 목소리에 그의 상념은 깨졌다. 그녀가 밖으로 나오는 소리를 듣지 못한 그는 소리 나는 쪽으로 시선을 돌리며 놀란 얼굴로 물었다.

"아직 안 잤나?"

"네, 잠이…… 안 와서요."

"밤새 내릴 모양이야. 그칠 생각을 안 해."

그녀는 왜 방에서 나온 걸까? 안고 싶은 욕망을 참느라 그가 얼마나 노력하고 있는지 정말 모르는 걸까? 자신이 줬던 하얀 티셔츠 한 장만 걸치고 있는 그녀의 모습은 그를 유혹하기에 충분했다. 그의 티셔츠는 그녀의 허벅지 중간까지 내려와 있었다. 마치 짧은 미니스커트를 입은 것처럼 그녀는 섹시한 모습을 하고 있었다. 진욱은 그런 그녀의 모습을 훑어 내리다가 재빨리 창가 쪽으로 시선을 돌렸다.

'젠장, 차가운 물에 다시 들어가야 할 것 같군.'

그는 자신의 몸이 뜨겁게 달아오르는 걸 금세 느꼈다. 차가운 냉수 샤워와 술로 간신히 달래놓은 그의 남성이 다시 고개를 쳐들기 시작했고 그녀를 가지라고 그를 유혹하기 시작했다. 그는 그녀를 바라보지도 않은 채 말했다.

"밤새 비가 올 것 같은데, 그만 자."

"……."

그녀는 말이 없었다. 그녀를 바라보지 않으려 애쓰고 있는 그가 보이지 않는 걸까? 그는 결국 다시 그녀에게로 시선을 돌렸다. 그녀는 망설이는 얼굴로 그를 바라보고 있었다.

"왜?"

"잠이 안 와서 그러는데…… 나도 술 한 잔, 줄래요?"

"아, 그럼 와인 어때?"

"그냥 성진욱 씨 마시는 걸로 줘도 돼요."

"이건 네가 마시기에 너무 독해. 내일 아침에 힘들 거야. 좋은 와인 있으니까 와인으로 해."

"네."

그는 술을 진열해 놓은 곳으로 다가가 와인을 한 병 꺼내서 쟁반에 놓고 와인 잔과 자신의 술병을 담으며 물었다.

"안주도 필요한가?"

"아니요, 괜찮아요."

그녀는 괜찮다고 했지만 그는 냉장고를 열어 치즈를 몇 장 꺼내 접시에 담아 거실로 가지고 나갔다. 그녀는 여전히 그 자리에 서 있었다.

"한 잔 할 거면 이쪽으로 와서 앉아."

그의 말에 그녀는 소파로 다가와 머뭇거렸다. 그는 테이블 위에 쟁반을 내려놓고 와인 병을 열어 잔에 와인을 따랐다.

"왜 그러고 있어? 앉으라니까."

"……네."

그의 말에 그녀는 망설이는 얼굴로 그를 바라보다가 마지못한 듯 대답을 하고 조심스럽게 소파에 앉았다. 그는 그녀에게 와인 잔을 건넸고, 와인 잔을 받아든 그녀는 한 손으로 입고 있는 티셔츠를 아래로 끌어내리며 손으로 다리를 덮었다. 그는 그제야 그녀가 망설인 이유를 알 수 있을 듯했다.

그 모습을 힐긋 바라본 그는 자리에서 일어나 욕실로 들어가 깨끗한 수건 한 장을 들고 나와 그녀에게 건넸다.

"덮어."

"고마워요."

'후회할 짓을 왜 해? 성진욱, 미친 새끼.'

그는 수건을 가져다 주자마자 후회했다. 그녀는 수건으로 다리를 덮고 그제야 편안한 얼굴로 와인을 마셨다.

"왜 아직까지 안 자고 있어요?"

"글쎄, 잠이 안 오네."

그의 무뚝뚝한 대답에 그녀는 고개를 끄덕였다. 그는 어떤 말이라도 하고 싶었다. 그대로 있다가는 그녀를 강간이라도 할 것 같았기 때문이었다. 하지만 그녀에게 마땅히 무슨 말을 건네야 할지 아무 생각도 떠오르지 않았다. 그 때 그의 눈치를 살피던 그녀가 물었다.

"왜, 안 물어요?"

"뭘?"

"왜 집에 들어가지 않는지…… 무슨 일이 있었는지…… 왜 비를 맞고 있었는지…… 물어볼 게 많을 것 같은데."

"말하기 싫은 거 아닌가? 말하기 싫은 거 굳이 얘기할 필요 없어."

그의 말에 그녀는 그를 빤히 바라보고 있었다.

"왜?"

"달라요."

"뭐가?"

"병원에서는 내가 하기 싫다고 해도, 내가 말하기 싫은 것도 윽박지르며 하게 했잖아요. 그런데, 퇴원한 후로 성진욱 씨는 내가 모르는 사람 같아요."

그녀의 말은 틀리지 않았다. 그때는 그녀를 괴롭히려고 모든 걸 자신의 마음대로 했지만 지금은 그녀를 괴롭히고 싶다는 생각보다는 그녀를 자신의 것으로 만들고 싶다는 욕구가 더 강했다.

"그래서, 싫은가?"

"아니, 그런 건 아니지만……."

"아니지만?"

"그냥, 모르겠어요. 나하고 둘이 있을 때의 성진욱 씨가 달라졌다고 생각했는데 어제 저녁 식사 자리에서는 또 병원에서의 성진욱 씨를 보는 듯했고…… 혼란스러워요."

그럴 수도 있겠다는 생각이 들었다. 토요일 밤 그는 마지막 베팅을 했고 그 베팅의 결과는 아직 나타나지 않았다. 아니, 50% 정도 나타난 것인지도 모른다. 그녀가 지금 자신의 집에서 자신의 옷을 입고 있는 게 그 증거였다.

"지금 나한테 중요한 건 하나야."

"그게, 뭔데요?"

"네가 내 여자가 될지, 말지."

그는 진지했다. 그녀를 바라보는 눈길엔 조금의 흔들림도 없었다. 그녀는 그의 눈을 피하며 와인을 한 모금 마시더니 말했다.

"희정이가, 조 선생님하고 연애가…… 하고 싶대요."

"그래서? 화가 났나?"

"그럴지도 모르죠. 난 바라볼 수밖에 없던 사람인데 희정이는 너무나 당당하게 연애가 하고 싶다고 말할 수 있으니까요."

"넌 왜 바라만 봤는데?"

"주제파악을 너무 잘해서요."

"주제파악? 사람을 좋아하는데 주제파악이라는 단어가 필요한가?"

그는 이해할 수 없다는 듯 얼굴을 살짝 찌푸렸다. 남녀가 사랑하는데 있어서 필요한 건 서로의 마음일 뿐, 그 사람의 처지가 아니라고 생각하는 그에게 그녀의 말은 이해 불가였다.

"그 사람은 너무 괜찮은 사람이고, 난 너무 형편없는 여자니까요."

"그 기준은?"

"그 사람은 직업이 의사고, 생긴 것도 잘생겼고, 부드럽고, 상냥해요. 게다가 결혼을 했었던 경험이 없는 미혼이고요. 거기에 비하면 난 형편없는 여자예요."

"왜? 이혼을 했기 때문에?"

"그것만 있는 건…… 아니에요."

"그럼? 직업도 별 볼일 없는 간호조무사에다가 애교스럽지도 섹시하지도 않은 외모, 내성적인 성격, 뭐 이런 것 때문에?"

그는 그녀가 자극 받기를 바라는 마음에 객관적인 평가를 내렸다. 그러자 그녀는 흔들리는 눈길로 그를 바라봤다. 하지만 그는 그녀의 눈을 피하지 않았다. 그러자 그녀는 잠시 후 하기 힘든 이야기를 꺼냈다.

"……정신과…… 치료를 받은 적이…… 있어요."

"그래? 그게 뭐?"

그녀는 꽤 하기 힘든 이야기를 하는 듯 목소리까지 떨렸다. 하지만 그는 대수롭지 않은 듯 물었다. 그러자 그녀는 이해할 수 없다는 눈길로 그를 바라봤다.

"그렇게 태연하게 이야기하지 말아요. 성진욱 씨 같으면 미쳐서 정신병원에 있던 날, 아무렇지도 않게 여자로 볼 수 있겠어요?"

"볼 수 있어. 아니, 지금도 난 널 여자로 보고 있어. 나한테는 조금도 문제가 되지 않아."

"뭐, 라고요? 지금 제정신이에요?"

"지극히."

그녀는 기가 막힌 듯 언성을 높였다. 하지만 그는 여전히 나직한 목소리로 조금도 흔들림 없는 눈길로 그녀를 대했다.

"말도 안 돼. 어떻게 미쳐서 정신병원에 있던 여자를 만날 수가 있어요? 어떻게 그런 엄청난 사실이 아무렇지도 않을 수가 있어요?"

"나도 사고 때문에 다쳐서 병원에 입원해 있었는데 그럼 내가 만나는 여자들에게 이 사실이 문제가 되어야 하나?"

"그거하고는 다른 문제죠. 정신병원은 아파서 들어가는 일반 병원이 아니잖아요."

"다를 거 없어. 몸이 아프면 외과나 내과에 가는 거고 정신이 아프면 정신과에 가는 거야. 넌 정신이 아파서 치료를 받았던 것뿐이야. 그건 내가 수술을 하고 병원에서 치료를 받은 것과 조금도 다르지 않아. 만약 조 선생이 그걸 다르다고 생각하고 널 여자로 보지 못하겠다고 했다면 그 새끼는 최악이야. 그런 놈은 네가 차버리는 게 좋아."

그녀는 믿을 수 없다는 얼굴로 그를 바라봤다. 그도 알고 있었다, 정신과 치료를 받은 여자를 일반 남자들은 만나려 하지 않는다는 사실을. 하지만 그는 달랐다. 아니, 그도 똑같은 일반 남자였다. 하지만 그 대상이 박희수라는 여자라면 그에게는 문제가 되지 않았다.

그의 말에 잠시 침묵을 지키던 그녀가 와인을 마시며 다시 말을 이었다.

"조 선생님이…… 희정이한테 첫눈에 반했대요."

"그럴 만하지. 박 검사는 어떤 남자가 봐도 아름답고 매력적이니까."

"성진욱 씨도, 그렇게 생각하나요?"

"나도 남자니까."

"……그렇군요."

그의 대답에 그녀는 꽤 충격을 받은 듯한 얼굴로 그를 바라보다가 수긍하며 고개를 떨궜다. 그 모습을 바라보며 그가 말했다.

"하지만 난 그렇게 생각할 뿐 박 검사를 내 여자로 만들고 싶다는 생각은 들지 않아. 오히려 난 널 내 여자로 만들고 싶지."

"왜요? 난 희정이하고는 비교도 되지 않는 여자인데."

"동생한테 자격지심 같은 거 느끼나?"

"……."

이제까지 사이좋은 자매로 살아왔다는 게 이상할 정도로 그녀와 희정은 비교되는 자매였다. 언니는 수수한 반면에 동생은 화려했다. 언니는 평범한 반면에 동생은 남자들의 눈에 특별해 보였다. 그의 질문에 그녀가 대답하지 않는 걸 보니 느껴지는 모양이었다.

"날 봐."

"……."

그의 말에 그녀는 고개를 들어 올리지 않았다. 진욱은 그녀 옆으로 다가가 한 손으로 그녀의 턱을 잡아 얼굴을 들어 올렸다. 그러자 그녀의 눈길이 그에게로 향했다. 그는 그런 그녀의 눈을 똑바로 바라보며 말했다.

"널 내 여자로 만들고 싶은 이유는 내 몸만이 알아. 내 몸은 너한테 이렇게 쉽게 반응하거든. 하지만 아무리 아름답고 매력적인 박 검사라 해도 네 동생 앞에서 난 조금도 긴장하지 않고, 조금도 뜨거워지지 않아. 이 정도면 대답이 되지 않나?"

"한 번도…… 단, 한 번도 희정이가 밉다고 생각해 본 적이 없어요."

"그런데, 오늘은 동생이 미웠나?"

"……네. 결혼은 싫다고 하면서 조 선생님과 연애를 하고 싶다고 말하는 희정이가 미워서 손찌검을 했어요."

"와우, 조신한 박희수가 손찌검을?"

그녀의 말에 그가 놀리듯 이야기했다. 그녀는 말을 이어갔다.

"혼자 살겠다는 희정이에게 결혼하라고 몇 번 이야기를 한 적이 있어요. 그런 저한테 희정이가 그러더군요. 언니는 결혼해서 행복했냐고, 언니부터 결혼으로 행복한 여자가 돼 보라고, 그러면 자신도 생각해 보겠다고 하더군요."

"그래서 나한테 행복한 여자로 만들어 줄 수 있냐고 물었나?"

그의 질문에 그녀는 천천히 고개를 끄덕였다.

"그럼 너와 나, 결혼해야 하는 건가?"

"아니요! 아니, 그런 거 아니에요."

그의 질문에 그녀는 놀란 얼굴로 재빨리 부인했다. 그 모습까지도 그의 눈에는 귀여워 보였다.

'미쳤군. 사랑을 하면 미친다고 하더니…… 제대로 미쳤어.'

그는 너무나 달라진 자신을 욕하며 그녀를 바라봤다. 그의 욕망에 젖은 눈길을 느낀 것일까? 그녀는 재빨리 앞에 놓인 와인 잔을 들어 한 모금 들이켰다. 그 모습을 바라보던 그는 그녀 쪽으로 얼굴을 돌려 와인을 마신 그녀의 입술에 짧은 키스를 했다.

"후후, 와인 향기가 좋군."

"성진욱 씨, 난……."

"박 검사에게 보여주고 싶지 않나?"

"뭘, 요?"

"행복해진 자신의 모습."

그는 이야기하며 그녀의 입술에 입 맞췄다. 처음에는 부드럽게 그녀의 입술에 자신의 입술을 가져갔다. 하지만 그녀의 입술에 자신의 입술이 닿는 순간 미칠 것 같은 흥분이 그의 몸을 뒤덮었다. 그의 혀는 조금의 망설임도 없이 그녀의 입 안으로 건너갔다.

그녀의 입술 또한 무방비 상태로 벌어졌다. 아마도 와인의 향기가, 와인의 알코올 성분이 그녀를 무장 해제시킨 모양이었다. 그의 혀는 그녀의 입 안에서 육감적으로 움직였다. 그의 손은 자신의 티셔츠 한 장을 걸치고 있는 그녀의 등을 부드럽게 쓰다듬으며 그녀를 자신 쪽으로 밀착시켰다.

그가 너무나 급하게 행동했던 것일까? 그녀는 그의 입술에서 자신의 입술을 떼어내며 양손으로 그의 가슴을 밀어냈다. 한참 달아오를 무렵 자신의 행동에 제지가 가해지자 진욱은 날카로워진 목소리로 물었다.

"뭐지?"

"난…… 아니에요. 이런 게……."

"날 믿어봐. 널 행복한 여자로 만들어 주겠다고, 약속했잖아. 그러니까 넌 내 여자가 돼. 그럼 그 누구 앞에서도 당당하게 설 수 있어. 내가 그렇게 만들어 주겠다고 약속하지."

"하지만 난…… 결혼했던 사람이고……."

"나 또한 결혼했던 사람이야. 그게 너한테 문제가 되나?"

그의 말에 그녀의 눈빛이 흔들렸다. 진욱은 그녀의 마음이 흔들리는 틈을 타 다시 그녀의 입술에 키스했다. 조금 전보다 더욱 깊게, 더욱 갈증이 심한 듯 그녀의 입 안을 탐했다. 잠시 후 그의 가슴에 대고 있던 그녀의 두 손이 그의 어깨 위로 올라와 그의 목을 감싸 안는 게 느껴졌다.

그는 기회를 놓치지 않았다. 그는 그녀의 가는 허리를 한 손으로 잡았다. 그의 입술은 그녀의 귀로 향했다. 그는 그녀의 귀를 입술로 빨았다. 그러자 그녀의 입에서 작은 신음 소리가 흘러나왔다.

"으음……."

"달콤해."

그는 그녀의 귓가에 조용히 속삭이며 그녀를 천천히 소파에 뉘였다. 그리고 그녀의 목선에 가볍게 키스하며 혀로 그녀의 목을 쓸어 내렸다. 그러자 그녀의 신음 소리는 더욱 격하게 흘러나왔다.

"하아……."

"느껴봐, 네 몸에 뜨거워진 나를."

그는 한 손을 그녀의 티셔츠 안으로 집어넣어 그녀의 허벅지 안쪽을 쓰다듬었다. 그러자 그녀는 순간 숨을 헉 하고 들이쉬었다.

"헉…… 난……."

"쉬잇, 괜찮아."

그는 충격으로 그녀가 몸이라도 빼낼까 걱정하며 그녀를 달랬다. 다행히 그녀는 그를 밀어내지는 않았다. 그의 몸은 점점 달아올랐고 그의 남성은 이미 딱딱하게 굳어서 그녀의 안으로 들어갈 시간만 기다리고 있었다.

그는 허벅지에서 맴돌던 자신의 손을 조금씩 위로 가져가 그녀의 배를 쓰다듬었고 조금 더 올라가 브래지어에 감싸인 그녀의 젖가슴에서 멈췄다. 그는 브래지어에 감싸인 그녀의 젖가슴을 손으로 애무했다. 그러자 그녀는 머리를 뒤로 젖히며 신음했다.

"하악…… 하아……."

그녀의 몸은 이미 불타올라 있었다. 그는 그 순간 그녀의 숨겨진 열정을 본 자신의 눈이 틀리지 않았음을 알 수 있었다. 그는 입가에 미소를 지으며 조금의 망설임도 없이 손으로 브래지어를 밀어 올리고 그녀의 젖가슴을 만졌다.

그녀의 젖꼭지는 이미 흥분으로 딱딱하게 굳어 있었고 꼿꼿하게 서서 그의 손을, 그의 입술을 기다리고 있었다. 그는 엄지로 그녀의 젖꼭지를 애무하다가 하얀 티셔츠 위로 오똑하게 솟은 그녀의 젖꼭지를 입으로 물었다. 그러자 그녀는 숨을 멈췄다.

"헉······."

"맛있어. 상상은 했지만 네 몸이 이렇게 맛있을 줄은 몰랐어."

"성······ 진욱 씨, 하아······."

그녀의 몸은 뜨거운 열정으로 불타올라 헐떡이기 시작했다. 그는 자신의 타액으로 하얀 티셔츠를 젖게 만들었다. 그러자 티셔츠 위로 그녀의 검붉은 젖꼭지가 모습을 드러냈다. 그 모습이 너무나 섹시해서 그는 더욱 흥분의 도가니로 들어갔다.

그는 조금의 망설임도 없이 그녀가 입고 있는 자신의 티셔츠를 벗겨냈다. 그의 갑작스러운 행동에 놀란 그녀는 재빨리 두 손으로 자신의 몸을 가렸다. 하지만 그는 그녀의 팔을 잡아 빼며 말했다.

"아름다워."

"보지······ 말아요."

"어떻게 안 볼 수가 있어? 이렇게 아름다운데. 매일 밤 상상하던 그대로야."

"성진욱 씨······."

그녀는 불안한 눈길로 그를 바라보며 그의 이름을 불렀다. 그는 소파에서 그녀를 보는 게 불편한 듯 그녀를 두 팔로 들어 올렸다.

"지, 지금 뭐 하는 거예요?"

그의 갑작스러운 행동에 그녀는 놀란 토끼눈이 되어 물었다. 하지만 진욱은 아무런 말도 하지 않은 채 그녀를 데리고 자신의 방으로 들어가 넓은 침대에 그녀를 조심히 내려놓았다.

"여, 여긴……."

"내 방이야."

그는 재빨리 자신이 입고 있는 티셔츠와 바지를 벗었다. 팬티를 입고 있지 않던 그는 티셔츠와 바지를 벗자 금세 알몸이 되었다. 그의 알몸을 바라본 그녀는 얼굴을 붉히더니 재빨리 고개를 돌려버렸다. 그 모습 또한 그를 흥분시키기에 충분했다. 그는 그녀의 브래지어를 벗기며 목에 키스했다. 그러면서 나직하게 속삭였다.

"넌 날 너무나 흥분시켜."

"난 그러지 않았어요."

"아니, 병원에서도 넌 항상 날 도발적으로 만들었어. 널 갖고 싶어서 안달 난 미친놈처럼 만들어 버렸다고."

"성진욱 씨……."

"성은 뺄 수 없나?"

"네?"

항상 자신의 이름을 곧이곧대로 부르는 그녀가 마음에 들지 않았다. 그는 한 손으로 그녀의 젖가슴을 애무하며 말했다.

"성은 빼고 진욱 씨라고 해봐."

"하지만……."

"난 널, 행복하게 해줄 사람이야. 해봐."

"……진욱 씨."

그의 요구에 그녀는 그의 이름을 자연스럽게 불렀다. 그는 자신의 이름을 부르는 그녀가 마음에 드는 듯 그녀의 젖꼭지를 입에 베어 물고 깊게 빨아들였다.

"하악…… 진욱 씨……."

"밤새 네 젖가슴을 빨아먹고 싶어."

"하아……."

그는 그녀의 젖가슴을 빨아먹으며 한 손으로 그녀의 다리를 애무했다. 그의 손은 점점 위로 올라가고 있었다. 그녀의 허벅지 민감한 곳을 애무하던 그는 그녀의 팬티 위로 도톰하게 올라와 있는 그녀의 민감한 곳에 손을 가져가 천천히 애무했다.

"하악……."

"여기도, 먹고 싶어."

그는 나직하게 말했다. 그녀는 그가 주는 아찔한 행동들에 정신을 차릴 수 없는 듯 그의 어깨를 붙잡고 움직이지 못했다. 그는 서서히 몸을 아래로 가져갔다. 한 손으로는 그녀가 걸치고 있는 팬티를 조금씩 잡아끌기 시작했다. 그 때 그녀가 한 손으로 자신의 팬티를 붙잡았다.

"진욱 씨……."

"준비가 안 됐나?"

"난…… 난……."

"말해 봐. 내가 싫어?"

"……."

"내 눈을 보고 똑바로 말해. 싫다고 하면 돌려보내 줄게."

그는 또다시 도박을 했다. 그녀는 그에게 있어서 언제나 도박할 수 있는 내용물을 던져줬고 그는 그녀를 갖기 위해 끊임없이 그 도박을 즐겨야 했다. 그를 불안한 눈길로 바라보던 그녀는 말없이 자신이 잡고 있던 팬티를 놓았다. 그는 입가에 미소를 지었다.

그녀의 허락이 떨어지자 그는 재빨리 그녀의 팬티를 벗겨냈다. 그리고 그녀의 다리 부분으로 상체를 가져간 그는 그녀의 도톰한 숲속을 바라봤다. 그의 눈길을 받은 그녀는 재빨리 몸을 옆으로 뉘이며 그가 보는 걸 막았다.

"싫어요."

"네 몸 구석구석을 보고 싶어. 보게 해줘."

그는 애원하듯 이야기했다. 하지만 그녀는 움직이지 않았고 그녀가 들어주지 않자 그는 금세 무서운 약탈자가 되어 강제로 그녀를 돌려 뉘고 그녀의 도톰하고 울창한 숲을 바라보았다.

"그러지 말아요."

그녀는 그의 손길에서 벗어나기 위해 다리를 움직였다. 하지만 그의 손은 힘 있게 그녀를 제지시켰고 잠시 그녀의 은밀한 부분을 감상하던 그는 천천히 상체를 낮춰 입으로 그녀의 울창한 숲을 음미하기 시작했다.

"하악…… 하…… 하……."

그의 혀가 그녀의 숲속으로 스며들어가자 그녀는 요란하게 헐떡이기 시작했다. 하지만 그는 움직임을 멈추지 않았고 그녀의 헐떡임은 더욱 빨라지기 시작했다. 그는 그녀의 숲속에 들어갔다 나온 후에야 그녀 또한 긴장하고 있다는 사실을 확인할 수 있었다.

그는 다시 그녀의 위로 올라가 그녀의 입술에 입 맞췄다. 그리고 긴장으로 촉촉해진 그녀의 숲속에 천천히, 하지만 힘 있게 들어가기 시작했다. 그의 남성은 기다리기 너무나 지루했던 듯 그녀의 몸 안으로 들어가지 못해 안달이었다. 하지만 그는 최대한 자신의 감정을 자제하며 그녀가 상처받지 않도록 배려했다.

"아악……."

그의 어깨를 잡고 있던 그녀의 손톱이 그의 어깨를 파고들었다. 그는 천천히 그녀의 안으로 들어가며 물었다.

"이제, 너 내 여자지?"

그녀는 고통에 신음하다가 그의 질문에 서서히 눈을 떴다. 그리고 절정의 순간을 맞이하기 직전에 그를 바라봤다. 그는 고개를 끄덕이며 다시 물었다.

"맞아?"

"……네."

"난 내 건 그 누구와도 나누지 않아. 배신하지 않을 자신 있어?"

"배신 같은 거, 하지 않아요."

"좋아, 넌 그거 하나만 지켜. 그 다음은 내가 책임질게."

그는 만족감에 젖은 얼굴로 서서히 그녀의 안으로 돌진해 들어갔다. 그러자 그녀는 다시 인상을 쓰며 소리를 내질렀다.

"아악…… 하악…… 아파요."

"내 것이 되어가는 과정이야. 조금만, 참아."

그는 그녀의 아픔을 덜어주기 위해 재빨리 그녀의 안으로 들어갔다. 잠시 후 그의 남성이 그녀의 끝까지 들어갔고 그는 그녀의 몸 위에서 자신의 욕망을 뿜어내기 시작했다. 그는 몸을 움직이며 한 손으로는 그녀의 젖가슴을 애무했고 입으로는 신음하는 그녀의 입술에 키스했다.

그녀는 적극적으로 그의 키스를 받아들였고 손으로 그의 등을 쓰다듬었다. 그들은 금세 하나가 되었고 이미 흥분으로 딱딱해져 있던 그의 남성은 조금의 망설임도 없이 그녀의 몸 안에서 절정을 맞이하고 욕망을 내뿜었다.

"아악…… 하…… 하……."

그녀의 신음 소리 또한 격해졌고 그의 분화구가 터짐과 동시에 그녀의 입에서 흘러나오던 신음 소리 또한 서서히 잦아들었다. 그들은 하나가 되었고 그는 그녀의 몸을 덮고 그녀의 위에서 열정을 쏟아낸 뒤의 휴식을 취했다.

그녀의 젖가슴에 얼굴을 묻고 있자 온 세상을 얻은 것처럼 평온했다. 그도, 그녀도 말이 없었다. 격한 운동을 한 후의 작은 고요함이라고 할까? 그들은 서로의 몸에 엉켜 그 순간을 즐겼다. 그렇게 얼마의 시간이 흘렀을까? 그가 물었다.

"정말 나, 배신하지 않을 자신 있나?"

"성진욱 씨는요?"

그의 질문에 그녀 또한 조용한 목소리로 물었다. 그는 고개를 쳐들고 그녀를 똑바로 바라보며 말했다.

"네가 날 배신하지 않으면, 난 널 배신하지 않아."

"배신하려고 했다면 당신에게 몸을 주지…… 않았을 거예요."

그녀의 대답이 마음에 드는 듯 그는 미소 지었다. 그녀는 그의 미소 짓는 얼굴을 바라보며 한 손으로 그의 얼굴을 쓰다듬으며 말했다.

"이렇게 될 거라고 꿈에도 생각지 못했어요. 내가 성진욱 씨의 여자가 될 거라고는…… 지금도 믿어지지가 않아요."

"한 번 더 해주면 믿겠어?"

"네?"

"저 녀석 다시 흥분 모드로 돌아서고 있는 것 같은데, 한 번 더 해주면 믿을 수 있겠냐고?"

그의 말에 그녀는 얼굴을 붉혔다. 요즘 여자들은 되바라진 여자들이 많아서 웬만하면 얼굴을 붉히거나 하지 않았다. 아니, 이 정도에 얼굴 붉히는 여자는 흔하지 않았다. 하지만 자신의 말 한 마디에 얼굴을 붉히는 그녀가 그는 마음에 들었다. 아주 많이.

4. 누군가와 함께하는 기분

 마법 같은 밤이었다. 그녀는 난생처음으로 쾌락이라 부르는 기분을 느꼈다. 단 한 번도 남자로 인해 이런 기분을 느껴 본 적이 없었다. 아니, 정확히 말하면 남자와의 섹스는 그녀에게 두려움이었다. 징그러운 벌레가 몸을 기어 다니는 듯한 느글거림? 다시는 경험하고 싶지 않은 더러운 기분이 섹스였다. 하지만 그와의 하룻밤은 정말 마법처럼 그녀를 쾌락의 끝으로 데려가 주었다.

 남자의 손이 닿는 것만으로도 두려웠고, 몸이 심하게 거부 반응을 불러일으키는 그녀였다. 하지만 어젯밤 그의 손길은 너무나 부드러웠고 그녀를 기분 좋게 만들었다. 그와 밤새 서로의 몸을 탐하던 그녀는 그의 품에 안겨 편안하게 잠들어 있었다. 곤하게 잠들어 있던 그녀는 전화벨 소리에 눈을 떴다.

"여보세요."

그녀가 눈을 뜨는데 진욱이 자신의 휴대폰을 받고 있었다. 그는 잔뜩 굳은 얼굴로 말했다.

"다음에 얘기하지."

그녀는 그의 굳은 얼굴을 보며 움직이지 않은 채 그의 눈치를 살폈다. 혹시라도 그가 자신을 안은 것을 후회할지도 모른다는 생각이 문득 들었기 때문이다. 그녀는 불안한 눈길로 그를 바라봤다. 그러자 그는 얼음장보다 더욱 차가운 목소리로 말했다.

"미안하지만 안 됐군. 난 이미 파트너가 있어서 말이야. 그만 끊어!"

그는 단호하게 말한 후 전화를 끊어 버렸다. 그녀는 재빨리 눈을 감고 깨어나지 않은 척 있었다. 그는 일으켰던 상체를 다시 침대에 뉘인 후 말이 없었다. 그녀는 그가 순간적으로 자신을 안은 걸 후회하는 건 아닌지 하는 걱정에 이러지도 저러지도 못한 채 누워 있었다. 그러자 그가 말했다.

"언제까지 눈감고 있을 거지?"

"……."

그의 목소리는 따뜻한 봄 햇살보다 더욱 부드러웠다. 하지만 확신이 서지 않아 그녀는 움직이지 않았다. 그러자 그의 손이 이불 속에서 움직여 그녀의 젖가슴을 움켜잡았다.

"헉……."

그의 움직임에 놀란 그녀는 신음 소리를 내뱉으며 눈을 떴다. 그러자 그는 그녀의 입술에 키스하며 물었다.

"언제까지 잠든 척하고 있으려고 했어?"

"미, 미안해요."

"미안할 것까지는 없고. 잘 잤어?"

"네. 진욱 씨는요?"

"오랜만에 푹 잤지."

그는 아침 햇살보다 환한 미소를 짓고 있었다. 아침에 일어나 바라본 그의 얼굴은 무척이나 매력적이었다. 원철 생각으로 머릿속이 가득 차 있던 그녀는 그가 무척이나 매력적인 남자라는 사실을 깨닫지 못하고 있었다. 그녀가 말없이 바라보자 그는 얼굴의 미소를 지우며 물었다.

"설마…… 후회하나?"

"당신은요?"

그녀가 던지고 싶은 질문이었다. 웃지 않는 그녀를 보며 그는 후회하냐고 물었고 그녀의 역 질문에 그는 잠시 말이 없었다. 그 순간이 그녀에게는 천 년보다 길게 느껴졌다.

"솔직히 말해도 되나?"

"……그래요."

"기대, 이상이야."

"네?"

"매일 밤 널 품에 안는 상상을 했어. 그때마다 꽤 흥분하곤 했지. 현실에서도 너로 인해 흥분할 거라고 생각은 했지만 넌 어젯밤 날 완전히 미치게 만들었어. 알아? 그런 기분을 맛보고 후회하는 놈이 있다면 그 새끼는 완전 또라이지."

그의 대답에 그녀의 얼굴에 희미한 미소가 번졌다. 적어도 자신을 안은 것에 대해 후회하지는 않는 것 같았다. 혹시라도 자신이 정신과 치료받았던 것 때문에 그가 후회할 수도 있다고 생각했다.

언제나 그녀는 사람을 만나고 사귈 때 가장 걱정하는 부분이 자신이 정신과 치료를 받았다는 부분이었다. 하지만 그는 어젯밤 그 부분에 대해 대수롭지 않게 이야기했고 너무나 자연히 그들은 하나가 되었다. 말없이 미소 짓는 그녀에게 그가 물었다.

"내가 후회한다고 생각했어?"

"네."

"어째서?"

"방금 통화할 때 목소리가, 너무 차가웠어요."

"아, 승미였어."

"백승미 씨요?"

"응."

그는 대답하며 그녀의 가슴 안으로 파고들었다. 마치 아이처럼 파고드는 그를 가슴에 품으며 그녀는 미소 지었다. 웬일인지 자신에게 파고드는 그가 싫지 않았다.

'왜일까? 성진욱이라는 남자가 그렇게도 싫었는데, 절대로 이런 남자의 여자가 될 수는 없다고 생각했었는데 어젯밤 도대체 나는 무슨 짓을 했던 걸까? 그리고 지금은, 무엇을 하고 있는 걸까?'

그녀는 자신에게 물었다. 하지만 지금은 그저 느끼는 대로 행동하고 싶었다. 그녀는 자신의 품으로 파고드는 그의 머리를 감싸고 그의 머리에 입을 맞췄다. 그러자 그는 그녀의 젖꼭지를 베어 물고 빨아들이기 시작했다.

"하지 말아요."

"하루 종일 할 건데?"

"미안하지만 나 출근해야 해요."

"오늘은 하지 마."

"무슨 말을 하는 거예요? 지금 몇 시예요?"

실내는 어두웠다. 그래서 그녀는 전혀 걱정되지 않은 얼굴로 자연스럽게 물었다. 그는 그녀의 몸을 잡고 놓아주지 않은 채 말했다.

"안 알려줄 거야."

"그러지 말아요. 난 직장인이라고요."

"너 오늘 출근하지 않아도 원장은 아무 말도 하지 않을 거야. 네 뒤에 내가 있잖아."

"나 그런 특별대우 싫어요."

"오늘만."

"진욱 씨."

그는 마치 아이처럼 그녀에게 어리광을 부렸다. 그는 그녀의 젖가슴 쪽에 고개를 숙이고 있다가 얼굴만 들어 그녀를 바라보며 출근하지 말라고 떼를 썼다. 그녀는 자리에서 일어나려 했다. 하지만 그는 그녀가 일어나는 걸 허용하지 않으며 말했다.

"출근하기는 벌써 늦은 시간이야."

"거짓말."

"오전 11시라고."

"말도 안 돼요. 실내가 이렇게 어두운데요."

"밖에 아직도 비가 내리는 것 같아. 게다가 창문에 커튼을 쳐뒀으니까 방이 더욱 어두워 보이는 거지."

"난 몰라!"

그녀는 깜짝 놀란 얼굴로 몸을 일으켰다. 하지만 금세 자신이 알몸임을 깨닫고 이불로 몸을 가리려 했다. 그는 얼굴에 사악한 미소를 지으며 말했다.

"아침부터 유혹하는 거야?"

"말도 안 되는 소리 하지 말아요."

"오늘만 출근하지 마."

그녀는 순간 갈등됐다. 어차피 시간이 11시였고 지금 나간다고 해도 사람들은 그녀를 곱지 않은 시선으로 바라볼 것이라고 생각했다. 차라리 아프다는 핑계를 대고 나가지 않는 편이 더 좋을지도 모른다는 악마의 유혹이었다.

"하지만……."

"전화하면 되잖아."

"그러다 나 잘리면 어떻게 해요?"

"그럼 더 좋지. 하루 종일 나만 보고 있어. 내가 책임질게."

"무모해."

"무모할 것 없어. 네가 하루 종일 날 기다린다고 생각하면, 난 하루 종일 기분 좋게 일할 수 있을 것 같아."

그의 말을 들으며 그녀의 표정이 부드러워졌다. 그녀는 문득 평범한 여자의 생활이라는 게 이런 걸까? 라는 생각이 들었다. 단 한 번도 누군가 나로 인해 기뻐한다는 기분, 느껴 보지 못한 그녀였다. 그녀가 고민에 빠진 표정으로 앉아 있자 그가 갑자기 그녀를 거칠게 침대에 눕히며 그녀의 몸 위로 올라갔다.

"뭐 하는 거예요?"

"고문."

"네?"

"출근하지 않겠다고 할 때까지 놓아주지 않을 거야."

"진욱 씨."

그는 천천히 그녀의 목덜미로 입술을 내려 그녀의 몸을 애무했다. 그의 작은 애무 하나에도 그녀의 중심부에는 열기가 고이기 시작했다. 그로 인해 그녀의 몸이 흥분의 도가니로 들어가는 게 너무나 쉬워졌다는 걸 인정해야만 했다. 그녀는 그를 제지시키기 위해 그의 어깨를 붙잡았다. 하지만 그녀의 입에서는 낮은 신음 소리가 흘러나오고 말았다.

"하아……."

"이런데도 출근을 하겠다고?"

"……오늘 만이에요."

그녀는 마지못한 듯 그에게 다짐을 받으려 했다. 하지만 그는 대답하지 않은 채 그녀의 젖가슴을 애무하기 시작했다. 그녀의 손은 그의 머리카락 사이로 들어가 그의 머리를 헝클었다. 그의 애무는 그녀의 숲속을 금세 촉촉하게 만들어 주었다. 그 숲속으로 그의 손이 서서히 들어갔다.

"하아…… 진욱 씨……."

"할 때마다 새로운 기분이야."

그는 다시 그녀의 몸을 애무하며 서서히 그녀의 몸 안으로 들어가기 시작했다. 둘은 또다시 하나가 되어 스피드를 맞춰 나갔고 서로의 성욕이 최고조에 달했을 때 기분 좋게 서로의 품에 쓰러졌다. 그녀는 그와 함께 한 순간에는 동생도 잊었고, 조 선생도 잊었다. 그 공간에는 진욱과 그녀, 둘뿐이었다. 잠시 후 진욱이 물었다.

"배고프지 않아?"

"고픈 것 같아요."

"너에게 만족감을 주기 위해서는 체력 보강도 해야겠지?"

그의 말에 그녀의 얼굴이 붉게 물들었다. 그는 그녀의 입술에 키스한 후 자리에서 일어나며 말했다.

"샤워하자."

"먼저 해요."

"같이 해."

"시, 싫어요."

야하다는 생각이 들었다. 함께 물줄기를 맞으며 남자와 함께 샤워를 할 수 있다는 생각을 그녀는 단 한 번도 해보지 못했고 그녀에게는 너무나 파격적인 생각이었다. 희수는 재빨리 도망가기 위해 시트로 몸을 감고 침대에서 내려갔다. 하지만 그는 절대로 그녀를 놓치지 않을 요량인 모양이었다. 그는 그녀를 붙잡아 들어 올려 욕실로 데리고 들어갔다.

"진욱 씨 싫어요. 나, 싫단 말이에요."

"뭐가 싫어? 요즘 젊은 부부들 다들 같이 샤워해."

"시, 싫어요. 너무……."

"너무 뭐?"

"……야하단 말이에요."

"뭐? 그럼 어젯밤에 우리가 한 행동들은 야하지 않았고?"

마지못한 듯 이야기하는 그녀의 말에 진욱은 믿을 수 없다는 얼굴로 되물었다. 물론 그렇긴 하지만 방에서 남녀가 섹스를 나누는 것과 샤워를 함께 한다는 건 그녀에게 있어서 아주 색다른 문제였다.

"그거하고 이건 달라요."

"다를 거 없어. 한시도 너하고 떨어지고 싶지 않아."

"그렇게 오래 걸리지 않게 할게요. 우리 샤워는 따로 해요."

"싫은데."

"진욱 씨."

그녀는 애원하는 눈길로 그를 바라봤다. 하지만 그의 눈길은 절대로 그럴 수 없다고 말하고 있었다.

"한 번이 어려워 보일 뿐이야. 함께 하다 보면 괜찮아져."

"하지만……."

"그럼 이번만 해봐. 해봐서 싫은 기분이 든다면 강요하지 않을게."

"정말…… 요?"

"정말."

그의 말에 그녀는 결국 고개를 끄덕이고 말았다. 하지만 이상할 것 같은 기분, 아니 부끄러울 것 같은 기분은 쉽사리 사라지지 않았다. 그는 그녀를 조심스럽게 내려놓으며 말했다.

"이제 그 시트는 좀 내려놓지 그래?"

"시, 싫어요."

어젯밤 방 안은 캄캄했고 그렇게 부끄럽다는 생각이 들지 않았다. 하지만 지금 욕실은 환했다. 자신이 침대 시트를 내려놓자마자 진욱 앞에서 실오라기 하나 걸치지 않은 꼴이 된다는 생각에 그녀는 감히 시트를 내려놓을 수 없었다. 하지만 그녀는 그 순간 진욱이 자신 앞에 실오라기 하나 걸치지 않은 모습이라는 건 인식하지 못하고 있었다.

"싫으면 침대 시트로 감고 샤워라도 할 생각인가?"

"그러니까 그냥 따로따로 하면 좋잖아요."

"싫다니까. 너 자꾸 이러면 하루 종일 방 안에 감금해 놓고 안 놓아주는 수가 있어."

"진욱 씨……."

"그러니까 어서 내려놔. 안 그러면 내가 벗길 거야."

"아, 알았어요. 대신 잠깐 뒤돌아서 있어요."

"뭐? 하하하, 너 지금 부끄러워? 부끄러워서 이러는 거야?"

그녀의 말에 그는 큰소리로 웃어젖히며 물었다. 그러자 그녀의 얼굴은 금세 빨갛게 물들었다. 결국 희수는 화난 목소리로 말했다.

"자꾸 그럴 거예요?"

"아, 알았어. 뒤돌아 있으면 되는 거지?"

"……네."

그녀가 곱지 않은 시선으로 바라보자 그는 항복하듯 두 손을 들고 순순히 뒤로 돌았다. 그녀는 재빨리 시트를 벗어서 옆으로 던져 놓은 후 샤워기의 물을 켰다. 그러자 뒤돌아 있던 진욱이 재빨리 뒤돌아서서 위에서 쏟아지는 물줄기 아래로 들어와 그녀의 몸을 붙잡았다. 그녀의 뒤에서 그녀를 껴안은 진욱이 말했다.

"넌 정말, 특별해."

"거짓말."

"특별하지 않았다면 난 널 안지 않았을 거야."

"고마워요."

"뭐가?"

그의 질문에 그녀는 쉽사리 대답하지 못했다. 뭐가 고마운지에 대해 설명하려면 자신의 아픈 과거를 들춰내야 하고 아직 거기까지는 마음의 준비가 되어 있지 않기 때문이었다. 대신 그녀는 물었다.

"샤워하고 집에 가봐야겠어요."

"뭐? 집에를 가다니?"

"어제 그렇게 나오고 희정이한테 전화 한 통 안 해주고 집에 들어가지 않아서 걱정 많이 했을 거예요."

"그럼 그냥 전화만 해."

"뭐, 할 일 있어요?"

혹시 그가 오늘 무슨 계획을 세워 놓은 게 아닌가 해서 그녀는 물었다. 그녀의 질문에 진욱은 사랑에 빠진 남자처럼 말했다.

"그냥 같이 있고 싶어. 한시도 널 내 옆에서 떼어 놓고 싶지가 않아."

그의 대답에 그녀의 기분은 한결 좋아졌다. 마치 평범한 여자처럼 평범한 남자에게 사랑 받고 있는 듯한 기분이 그녀의 온몸을 감싸고돌았다. 그래서 그녀는 용기 내어 말했다.

"그럼 우리…… 오늘, 데이트할래요?"

"데이트?"

"싫…… 어요?"

"뭐 할까? 하고 싶은 거 있어?"

"네."

몇 가지 해보고 싶은 일이 있었다. 하지만 평범한 여자들은 너무나 쉽게 해볼 수 있는 일들이었다. 그녀는 죽을 때까지 해볼 수 없을 거라고 생각했던 일들을 그와 함께라면 할 수 있을 것 같은 용기가 생겨났다. 진욱은 흔쾌히 대답했다.

"좋아, 대신 백화점에도 가자."

"백화점에요?"

"금요일에 네가 입을 옷, 신발, 가방, 액세서리 모두 사야 해."

"금요일이라면…… 파티요?"

그녀의 얼굴에 있던 미소가 사라졌다. 그녀가 묻자 그는 그녀의 목덜미에 있던 고개를 끄덕였다. 그녀는 망설이는 얼굴로 말했다.

"난 그 파티에 참석하겠다고 말한 적…… 없어요."

그녀의 말에 그는 재빨리 고개를 들고 그녀를 돌려세우며 물었다.

"무슨 소리야?"

"나, 파티 같은 거…… 싫어요. 그런 거 나와는 맞지 않아요."

"파티에 참석해 본 적 있어?"

"……아니요."

"그런데? 그런데 뭐가 맞지 않는다는 거지?"

"난 그렇게 화려한 사람도 아니고, 모르는 사람들과 만나는 거 불편하고 싫어요."

그녀의 얼굴은 잔뜩 경직되어 있었다. 그는 그런 그녀를 유심히 바라보며 말했다.

"너한테 새로운 사람들 만나라고 하지 않아. 넌 그냥 내 곁에만 있으면 돼."

"싫어요. 난 당신처럼 활발한 성격이 아니라고요. 정말 불편해서 싫어요."

"왜 그렇게 그 파티에 참석하기 싫어하는 거지?"

"그 파티라서 싫은 게 아니고 파티가 싫은 거예요."

"어쨌든 그 말은 들어줄 수 없어. 넌 내 여자고, 내 여자는 그날 내 파트너로 파티에 참석해야 해."

"진욱 씨!"

그는 거의 강제적이었다. 그의 강제적인 태도에 그녀는 순간 화가 치밀었다. 5년 전에도 그랬다. 그녀의 생각 같은 건, 그녀의 생활 같은 건 중요하지 않았다. 남편의 마음대로 그녀를 휘두르며 뜻대로 움직이려 했다. 그래서 그녀는 자신도 모르게 언성을 높였다. 진욱은 그런 그녀를 싸늘한 시선으로 바라보며 말했다.

"그럼 내가 전처를 대동하고 그 자리에 나가야 하는 건가?"

"진욱 씨, 그런 말이 아니잖아요."

"그럼? 파트너와 함께 나가야 하는데 내가 다른 여자와 함께 나가도 넌 상관없다는 말인가? 그래?"

"진욱 씨, 내 말 좀 들어봐요."

"아니, 들어야 할 필요성 못 느껴. 무조건 참석해. 그날 넌 그 자리에서 최고로 아름다운 여성이 되어야 해."

"어째서죠?"

"내 여자니까."

화를 내는 그를 바라보며 그녀는 나직한 목소리로 물었다.

"내가, 창피해요?"

"지금 그런 말이 아니잖아."

"아니면요? 왜 꼭 그 자리에서 최고로 아름다운 여자가 되어야 하는 거죠? 난 아름답지 않아요. 난 그냥 평범한, 아니 어쩌면 평범한 것보다 더 못한 외모를 가진 여자인지도 몰라요. 그게 나예요. 당신에게는 아름다운 여자가 필요한 건가요?"

"지금 외모 얘기가 아니잖아. 본바탕과 달리 여자는 어떻게 꾸미느냐에 따라 달라져. 날 위해 자신을 꾸며 줄 생각 없나?"

"……당신이 바라는 게 가식적인 모습이라면, 난, 사양이에요. 당신의 기분을 충족시켜 줄 다른 여자를 찾아보는 게 빠를 것 같네요."

그녀는 그에게 또박또박 자신의 생각을 이야기한 후 재빨리 욕실을 빠져나갔다. 욕실을 빠져나오기 전 걸려 있는 수건을 가지고 나온 그녀는 대충 몸을 닦고 자신의 옷을 찾았다. 하지만 그녀의 옷은 옆방에 있었다. 그녀는 그의 방을 벗어나 옆방으로 가서 옷을 입고 현관 쪽으로 걸음을 옮겼다. 그 때 방에서 나온 그가 명령했다.

"거기 서!"

"……미안해요. 그만 가볼게요."

그녀는 그를 바라보지도 않은 채 말한 후 걸음을 옮겼다. 하지만 몇 발자국 떼어내지 못해 그의 손에 붙잡혔다. 그는 그녀를 뒤에서 안았다. 그리고 그녀의 귓가에 속삭였다.

"실언했어."

"……"

"그런 뜻으로 했던 말 아니야. 가지 마."

"난, 화려한 여자가 아니에요. 화려한 여자는 희정이죠. 난 그저 평범한 여자에 불과해요. 난 희정이처럼 화려하지도, 잘나지도 못한 여자라고요."

"아니, 넌 나에게 있어서 충분히 화려하고, 충분히 특별하고, 충분히 잘난 여자야. 내 눈에는 그래."

그의 말에 그녀의 눈에서 한줄기 눈물이 흘러내렸다. 그에게 그렇게밖에 말할 수 없는 자신이 싫었다. 그는 그녀를 천천히 돌려세웠다. 그리고 그녀의 얼굴에 흘러내리고 있는 눈물을 보며 엄지로 그녀의 눈물을 닦아내며 말했다.

"바보같이……."

"난, 바보예요. 그런 내 자신이 나도 싫어요."

"난, 그런 네가 싫지 않아."

그는 싫지 않다고 말하며 그녀의 입술에 입 맞췄다. 부드럽게 그녀의 입술에 키스를 하자 그녀는 두 팔로 그를 안았다. 그는 입술을 떼어내며 말했다.

"배고프지 않아?"

"……몰라요."

"나가서 점심 먹자."

그의 제안에 그녀는 고개를 끄덕였다. 그는 그녀에게 따뜻한 미소를 지어 보였다.

"잠깐 기다려. 재킷 가지고 나올게."

"네."

그는 다시 자신의 방으로 들어갔다. 그 사이 그녀는 어젯밤 꺼 버렸던 자신의 휴대폰을 켰다. 그녀가 휴대폰을 켜자마자 부재중 통화 75통에 음성 메시지와 문자 메시지가 수도 없이 들어와 있었다. 그녀는 깜짝 놀란 얼굴로 전화를 바라봤다. 대부분의 전화번호가 희정의 휴대폰 번호였다. 그리고 간간이 조 선생의 번호도 보였다. 망설이던 그녀는 희정의 번호를 눌렀다. 전화벨이 두 번이나 울렸을까? 희정이 전화를 받았다.

-언니, 어디야?

"……미안하다."

-내가, 내가 잘못했어. 어제 내가 취했었나봐. 내가 미쳤었나봐. 어떻게 언니한테 그런 말을 했는지…… 내가 잘못했어.

"아니야. 너한테 손찌검까지 하는 게 아닌데……."

-내가 맞을 짓을 했는데, 뭐. 언니, 어디 있어? 오늘 병원 출근도 안 한 것 같던데 도대체 어디 있는 거야?

"네가 그걸 어떻게 알았어?"

그녀가 출근하지 않았다는 사실을 동생이 알고 있다는 생각에 놀란 그녀가 물었다. 하지만 묻는 순간 그녀는 느낌으로 알 수 있을 것 같았다. 희정이 어떻게 그녀가 출근하지 않은 사실을 알고 있는지. 그 순간 전화기에서 조 선생의 목소리가 들려왔다.

　―희수 씨, 지금 어디야? 왜 출근 안 하는 거야?

"선…… 생님."

　―지금 어디 있는 건데? 희정 씨가 걱정 많이 해.

"……그래요?"

그녀는 묻고 싶었다. 하지만 입 밖으로는 꺼내지 못한 말을 마음속으로 물었다.

　'선생님은요? 선생님도 제 걱정 하나요?'

　―오늘 안 나올 거야? 어디 아픈 거 아니야?

"아니요, 괜찮아요."

　―민우가 희정 씨 찾아. 어떻게 할래? 병원으로 올래?

"오늘은, 못 나갈 것 같아요."

　―왜?

"……땡땡이 좀, 치려고요."

그녀는 우스갯소리처럼 이야기했다. 그러자 조 선생이 말했다.

　―희수 씨 요즘 땡땡이 너무 잘 치는 거 아니야? 그거 버릇이야.

"죄송해요. 오늘만, 땡땡이칠게요."

　―그렇다면야 어쩔 수 없지. 내일은 출근하는 거지?

"네."

-잠깐만, 희정 씨 바꿀게.

"네."

그녀가 내일은 출근한다는 확답을 받고서야 조 선생은 전화를 희정에게 넘겨줬다.

-언니, 오늘 집에 들어올 거지? 어제는 어디서 잔거야? 내가 얼마나 걱정을 많이 한 줄 알아?

"희정아."

-응?

"너한테 묻고 싶은 게 있는데, 솔직히 대답해 줄래?"

-뭔데? 말해 봐. 나 언니한테 거짓말 같은 거 안 해. 언니 말이라면 죽는 시늉까지도 해줄 수 있어. 그러니까 말해 봐.

희정의 말을 들으며 그녀는 미안한 마음이 들었다. 희정은 죽는 시늉까지도 할 수 있다는데 그녀는 겨우 남자한테 눈이 멀어 동생의 뺨을 쳤나 하는 죄책감이 그녀를 괴롭게 했다. 그녀는 창가 쪽으로 걸음을 옮기며 물었다.

"어제 했던 말, 진심이니?"

-아니라니까, 내가 미쳤었던 거라니까. 언니, 정말 미안해. 잘 못했어. 한 번만 용서해 주라. 응?

"화나서 묻는 거 아니야. 내가 행복해지는 모습 보여주면 너도 결혼에 대해 생각한다는 그 말, 진심인지 알고 싶어. 사실대로 말해 줘."

-언니…….

"진심이야?"

-……응.

희정은 아니라고 했지만 그녀는 자신의 불행한 결혼생활 때문에 희정이 결혼에 대해 반발심을 가지게 됐다는 걸 순간순간 느끼고 있었다. 앞길이 구만리 같은 동생의 생각을 잘못된 방향으로 인도한 사람이 자신이니 옳은 방향으로 가게 도와주어야 할 사람도 자신이라는 생각이 들었다.

"알았어."

-그런데 왜 그런…….

"나도 이제 생각을 좀 바꿔 보려고."

-언니…….

"희정아, 저녁에 집에서 보자."

-들어올 거야?

"응."

그 정도에 동생과 인연을 끊을 일은 아니었다. 그녀의 생각은 급속도로 변해가고 있었다. 변할 수밖에 없었다. 세상이 변하고 사람이 변하는 세상에서 살고 있기 때문에 변하지 않는 그녀가 바보가 되어가고 있었기 때문이다.

-그래, 그럼 나도 저녁에 집에 일찍 들어갈게.

"그래, 그럼 저녁에 보자."

-응, 언니.

그녀는 전화를 끊었다. 그 때 뒤에서 진욱의 목소리가 들려왔다.

"박 검사와는 화해한 건가?"

"부탁이 있어요."

"나한테?"

"희정이가 날 보며 자신도 누군가의 여자가 되고 싶게, 한 남자의 아내가 되고 싶은 기분이 들도록 날, 행복한 여자로 만들어 줘요. 나 때문에 결혼에 불신을 갖게 된 것 같으니까 그 불신도 내가 깨부숴 줘야 할 것 같아요."

"왜 너 때문에 박 검사가 그런 생각을 갖게 됐다고 생각하지?"

"내 결혼생활의 최악의 끝을 희정이는 두 눈으로 봤으니까요. 아마…… 충격이었을 거예요."

그녀는 설명을 하며 고개를 숙였다. 그러자 그녀를 바라보고 있던 진욱이 그녀의 곁으로 다가와 그녀를 품에 안으며 말했다.

"제3자가 보기에 최악이었으면 당사자인 넌 살아 있는 것 자체가 고통이었을 텐데 잘 참고 견뎌냈군."

"처음이에요."

"뭐가?"

"그런 말을 들으면 누구나 결혼생활이 어땠냐고 묻지 그 순간 내 고통에 대해 생각하는 사람은 없어요."

"나한테 중요한 건 너니까."

"고마워요."

"그렇게 일일이 모두 고마워할 필요 없어. 널 행복한 여자로 만들기 위한 과정에서 매일 고맙다는 말을 듣게 된다면 난 무척 지루해질 것 같거든. 대신 나도 고마워."

뜻밖의 말에 그녀는 고개를 들어 올리고 그를 바라보며 물었다.

"뭐가요?"

"살아 있어 줘서."

"……."

"그때 고통을 이겨낼 수 없어서 삶을 포기했다면 아마도 난, 널 만날 수조차 없었겠다라는 생각만으로도 끔찍해. 살아 있어 줘서 고마워."

그의 말에 그녀의 눈에서 눈물이 글썽거렸다. 그는 그런 그녀가 사랑스러운 듯이 품에 꼭 안았다. 그녀는 그의 허리를 감싸며 말했다.

"나, 행복해지는 거…… 같아요."

"행복하게 해주겠다고 했잖아."

"고마워요."

"이제 그만하지, 고맙다는 말."

"안 할게요. 대신, 날 행복하게 만들어 준 당신에게 난, 믿음을 줄게요."

"믿음?"

"네, 평생 당신 한 사람만 바라보는 믿음과 약속이요. 당신이 날 밀어낼 때까지요."

그녀의 말에 그의 얼굴이 진지하게 변해갔다. 그는 감동을 받은 사람처럼 그녀를 바라만 볼뿐 아무런 말도 하지 못했다. 그녀는 그 말이 그에게 어떤 의미를 지니는지 그때는 알지 못했다. 그에게 그녀가 건넨 말은 최고의 선물이었다.

그는 한동안 그녀만 바라보다가 얼굴에 미소를 띠웠다. 그리고 헝클어져 있는 그녀의 머리를 쓸어 넘겨주며 말했다.

"만약 내가 백발노인이 돼서도 내 여자로 있으라고 한다면, 내 곁에만 있으라고 한다면 그렇게 할 건가?"

"할게요. 당신이 원한다면."

"하하하. 네가, 날 감동시킬 줄은 몰랐는걸."

"감동했어요?"

"조금."

그녀는 자신이 그를 감동시켰다는 말에 기분이 좋아졌다. 그녀가 환하게 미소 짓자 그가 그녀의 손을 꼭 잡으며 말했다.

"나가자."

"네."

그들은 서로의 가슴속에 행복이라는 싹을 키워가기 시작했다.

행복한 여자가 되기 위해, 행복한 남자가 되기 위해 천천히, 하지만 분명히 싹을 키웠다.

5. 평범한 사람들의 데이트

"나 먹고 싶은 거 있어요."

맨션을 벗어나 시내 중심가로 나가서 차를 세우자 그녀가 진욱에게 말했다.

"뭔데?"

"가보면 알아요. 점심에 먹기에는 안성맞춤인 식사예요."

"그래? 그럼 거기로 가."

진욱은 그녀에게 결정권을 맡겼다. 그녀는 그와 함께 사람들이 많은 거리를 걸었다. 잠시 말없이 걷던 진욱이 그녀의 허리에 손을 얹었다.

"왜요?"

"내 여자라는 표시."

"뭐라고요? 그냥 놓고 가요. 굳이 표시하지 않아도 괜찮아

요."

"싫어. 난 이게 좋아."

그는 아이처럼 투정 섞인 목소리로 이야기했다. 그녀는 피식 웃을 뿐 더 이상 그의 고집을 꺾으려 들지 않았다. 그녀는 얼마 전 그와 싸우고 병원을 나와 사먹었던 샌드위치 가게로 그를 데려갔다.

"아줌마, 여기 치킨 샌드위치 2개하고 키위주스 2개 주세요."

"네, 조금만 기다려요."

아주머니는 그녀의 주문에 재빨리 빵을 굽기 시작했다. 그녀가 샌드위치를 주문하자 진욱이 양미간을 찌푸리며 물었다.

"지금, 뭐 하는 거야?"

"점심 먹으려고요."

"샌드위치가 무슨 점심이야? 그냥 가. 맛있는 거 사줄게."

"이거 맛있어요. 성진욱 씨, 이거 먹어 본 적 있어요?"

"내가 이런 걸 왜 먹나?"

그의 말에 그녀는 빵을 굽는 아주머니의 눈치를 살피며 그를 가볍게 툭 쳤다. 그러자 그는 불만 섞인 얼굴로 말했다.

"왜?"

"한 번 먹어 봐요. 정말 맛있다니까요."

"배고픈데 무슨 샌드위치야? 이건 간식이지."

"이거 하나만 먹어도 정말 배불러요. 안 먹어 봤으니까 먹어

봐요."

그녀가 타이르듯이 이야기하자 그는 기막힌 듯이 고개를 돌려 버렸다. 잠시 후 샌드위치와 생과일주스가 나오자 그는 뒷주머니에서 지갑을 꺼내며 물었다.

"얼마죠?"

"5천 원입니다."

"네?"

"5천 원이요."

"아니, 이 과일 주스 한 잔만 말씀하시는 건가요?"

"지금 무슨 말을 하는 거예요? 치킨 샌드위치 2개하고 키위주스 2개 시켰잖수?"

"네, 그러니까 이것들 다 해서 얼마냐고요?"

"젊은 사람이 귀가 먹었나, 5천 원이라니까!"

그가 자꾸만 똑같은 말을 묻자 아주머니는 신경질적으로 대답했다. 그녀는 처음 샌드위치를 사먹었던 날이 떠올랐다. 그녀 또한 아주머니의 말을 믿지 못해 되물었다가 아주머니의 퉁명스러운 말투에 부끄러웠던 적이 있었다. 그는 그녀를 바라봤다. 그녀는 웃는 얼굴로 말해 줬다.

"5천 원 맞아요. 얼른 돈 내요."

그는 믿을 수 없다는 얼굴로 그녀를 바라보다가 지갑에서 10만 원짜리 수표 한 장을 꺼내서 아주머니에게 건넸다. 그러자 아주머니가 짜증나는 얼굴로 쏘아붙였다.

"5천 원이라니까 무슨 10만 원짜리 수표야? 천 원짜리 없수?"

"없습니다."

아주머니의 퉁명스러운 말투에 그는 무뚝뚝하게 대답했다. 그러자 아주머니는 더 이야기하지 못하고 앞치마에 있는 잔돈을 모두 끄집어내 그에게 거스름돈을 남겨줬다.

"월요일부터 나 원……."

아주머니는 무척 불만인 시선으로 진욱을 쏘아봤다. 그 모습을 그냥 지나칠 진욱이 아니었다. 그는 그녀와 샌드위치 가게를 떠나기 전 아주머니에게 말했다.

"아주머니."

"뭐요?"

"장사 오래 하고 싶으시면 그 말투부터 고치시죠."

"뭐라고?"

"우리는 엄연히 아주머니한테 돈을 주고 음식을 사먹는 고객입니다. 아주머니는 고객관리를 이딴 식으로밖에 못합니까?"

"뭐, 뭐라고?"

그는 차가운 사업가로 돌아가 있었다. 그의 말에 아주머니가 기가 막힌 듯 그를 쏘아봤다. 하지만 반박하지는 못했다. 그 모습을 보고 있던 그녀가 그의 팔을 잡아끌었다.

"진욱 씨 그만 가요. 아주머니 죄송합니다."

"죄송하긴 뭐가 죄송해?"

"아이고, 나 댁들 같은 고객 필요 없으니까 다음부터는 우리 집에 오지 마. 돈 5천 원에 10만 원짜리 수표 내서 바꿔 놓은 잔돈 탈탈 털어 가는 댁들 같은 손님 나도 필요 없어. 앞으로는 여기 오지 마, 알았어?"

아주머니의 화통한 목소리에 그의 눈에 힘이 들어갔다. 그녀는 그가 또다시 아주머니와 한바탕 할 것 같은 생각에 그의 팔을 잡아끌었다. 그리고 근처에 있는 공원으로 들어가 벤치에 자리를 잡고 앉았다.

"아니, 무슨 저런 아주머니가 다 있어? 장사를 하자는 거야, 말자는 거야?"

"아주머니 입장에서는 기분 나빴을 수도 있어요."

"왜? 내가 뭐라고 했다고 기분이 나쁘나?"

"성진욱 씨가 이런 걸 왜 먹냐고 그랬잖아요. 샌드위치를 판매하는 아주머니 입장에서 그 말을 듣고 기분 좋았겠어요?"

"나쁠 게 뭐야? 손님 취향이 아닐 수도 있는 건데."

"이제까지 사람들을 그렇게 대하며 살았어요?"

"거의."

그녀는 더 이상 할 말이 없었다. 그를 대적하는 사람들이 꽤 많을 거라는 생각에 한숨부터 새어 나왔다. 그녀는 더 이상 설명하려 들지 않고 말했다.

"얼른 먹어요. 이거 따뜻할 때 먹으면 굉장히 맛있어요."
"꼭 이걸 먹어야 하나? 지금이라도 식당으로 가지."
"일단 먹어 봐요."

그녀의 강요에 그는 어쩔 수 없이 샌드위치를 한입 베어 물었다. 샌드위치를 우물거리며 씹고 있는 그에게 그녀는 눈을 빛내며 물었다.

"어때요? 맛있어요?"
"흠…… 먹을 만하군."
"거짓말! 맛있죠?"
"그냥 먹을 만하다니까."

그는 퉁명스럽게 대꾸하며 다시 샌드위치를 먹었다. 그녀가 키위주스를 건네자 그는 주스와 함께 샌드위치를 순식간에 모두 해치웠다. 그녀는 잘 먹는 그를 보며 슬며시 미소를 지었다. 그러자 그가 물었다.

"왜?"
"그냥. 잘 먹는 거 보니까 보기 좋아서요."
"참 저렴한 데이트네."
"돈이 있다고 해서 꼭 화려하게만 살아야 하는 건 아니잖아요."
"알았어. 그 다음은 뭐? 하고 싶은 게 뭐야?"
"영화 봐요."

"영화?"

그녀의 말에 진욱은 양미간을 찌푸렸다. 그녀는 물었다.

"혹시, 영화 본 적 있어요?"

"그럼 영화관에서 일까지 했던 놈이 영화 본 적 없을까봐."

"아, 맞다. 그랬다고 했죠."

"보고 싶은 영화는 있어?"

"아니요. 얼마 전에 세상에 태어나 처음으로 영화관이라는 곳에 갔었어요."

"말도 안 돼. 네 나이 서른 아니야?"

"맞아요. 그런데 영화관에 처음 갔어요."

그는 기가 막힌 듯한 얼굴로 그녀를 바라봤다. 그녀는 잔잔한 미소를 지으며 말했다.

"그때 생각했어요, 나한테도 누군가 생기면 꼭 함께 영화관에 가겠다고."

"왜 그런 생각을 했는데?"

"그때 대부분의 손님이 커플이었어요. 사랑하는 사람의 팔짱을 끼고 팝콘도 먹고 음료수도 마시며 영화 보는 거, 무척 즐거워 보였어요."

"가자."

그녀의 말을 들던 진욱은 자리에서 벌떡 일어나 영화관 쪽으로 발길을 돌렸다. 영화관에 들어가자 그는 자신이 영화를 골라서 표를 끊고 간식거리까지 사가지고 와서 그녀에게 팔을 내밀었다.

"뭐요?"

"팔짱 끼라고."

"네?"

"부러웠다며? 다 해보라고."

그의 말에 그녀는 피식 웃었다. 하지만 그는 막무가내로 그녀의 팔을 붙잡아 자신의 팔짱을 끼게 했다. 그들은 상영관으로 들어가 자리를 잡았고 잠시 후 영화가 시작됐다. 그녀가 한참 영화를 보고 있는데 옆에 있던 진욱이 자신을 바라보고 있는 것 같은 느낌이 들었다. 그래서 고개를 돌려보니 그는 영화를 보는 게 아니라 그녀를 바라보고 있었다.

"왜요?"

"이리 와봐."

그녀가 소리를 죽여 나직한 목소리로 묻자 그가 손가락을 까딱하며 자신 쪽으로 와보라고 했다. 그녀는 그가 할 말이 있는 줄 알고 그의 곁으로 상체를 숙였다. 그러자 그는 갑자기 그녀의 입술에 입을 맞췄다. 깊지는 않았지만 그는 분명하게 그녀의 입술에 키스했다.

"지금 뭐 하는 거예요?"

"벌써 네 입술에 목이 말라."

그녀는 영화관이라서 더 따져 묻지도 못한 채 화면 쪽으로 얼굴을 돌렸다. 하지만 올라가는 입 꼬리는 막을 수 없었다. 그때부터 그녀는 영화에 집중할 수가 없었다. 영화가 끝이 날 때까지.

"영화는 재미있었나?"

"아, 네."

영화를 보고 밖으로 나가면서 그가 다 알고 있다는 듯한 눈길로 그녀를 바라보며 물었다. 그녀는 그의 키스에 영화에 집중하지 못했다고 하면 너무 창피할 것 같아 얼버무리며 대답했다.

"이젠 뭐 하고 싶어?"

"구경이요."

"구경?"

"그냥 길거리 다니면서 구경도 하고 맛있는 것도 사먹고, 그런 거 해보고 싶어요."

"넌 정말 특별해."

"뭐가요?"

"다른 여자들은 나한테 그런 사소한 걸 요구하지 않아. 돈 쓰는 일을 요구하지."

그녀에게 돈은 그다지 중요한 게 아니었다. 적어도 지금은.

"난 돈으로 행복해질 수 있는 게 아니라는 걸 너무 빨리 깨달아 버렸거든요."

"뭐, 어쨌든 좋아. 네가 행복해진다니 한번 해보지."

그는 순순히 그녀의 뜻에 따라줬다. 그들은 사람들이 많은 거리를 걸었다. 진욱은 그녀의 손을 꼭 붙잡고 놓지 않은 채였고 처음에는 그게 너무나 어색한 그녀였지만 차츰 그녀 또한 그의 커다란 손이 안정적으로 느껴졌다. 그들은 사람들 틈에 끼여서 웃기도 하고, 구경도 하고 맛있는 걸 사먹기도 하며 즐거운 오후 한때를 보냈다.

한동안 끊임없이 움직이던 그들은 아이스티를 사서 근처 벤치에 앉았다.

"힘들지 않나?"

"네, 진욱 씨는요?"

"별로."

"어땠어요?"

"뭐가?"

"지루했어요?"

그녀는 알고 싶었다. 자신은 즐거웠지만 그는 그렇지 않았을 수도 있었기 때문이었다. 그녀의 질문에 그는 그녀를 진지한 눈길로 바라보며 말했다.

"너하고 함께라면 그곳이 어디든 난 전혀 지루하지 않아."

"……."

그의 말이 너무나 진지하게 들려서 그녀는 금세 얼굴을 붉히며 아무런 대꾸도 하지 못했다. 그러자 그는 피식 웃으며 말했다.

"이제 내가 가고 싶은 곳에 가도 되나?"

"어디요?"

"가보면 알아. 다 먹었으면 일어나."

그는 자리에서 일어났고 그녀 또한 그를 따랐다. 그들은 차를 타고 이동을 했다. 얼마 움직이지 않아 그는 어느 상점으로 그녀를 데리고 들어갔다.

"어서 오세요."

그들이 안으로 들어가자 검은색 정장을 입고 있던 점원이 그들에게 공손히 인사를 건넸다.

"여긴……."

"이 아가씨 끼워 줄 반지 좀 보여줘요."

"결혼반지이신가요?"

"아니요."

"아니면, 약혼반지세요?"

"그 정도로 보지."

점원은 고개를 끄덕이며 유리 밑에 있는 반지들을 꺼내기 시작했다. 그녀는 놀라서 그의 팔을 붙잡으며 물었다.

"지금, 뭘 하는 거예요?"

"표시."

"네?"

"내 거라는 표시가 필요해. 이거 하나는 끼워 놔야 마음이 놓인다고."

"진욱 씨……."

"다른 건 몰라도 이건 내 마음대로 할 거야. 그러니까 아무 소리 하지 말고 내 말대로 해."

그의 표정은 단호했다. 그녀는 그의 눈을 보며 자신이 그의 생각을 바꿀 수 없음을 깨달았다. 그는 점원이 반지를 고르는 동안 여자들의 액세서리를 유심히 살피고 있었다.

"이건 어떠세요?"

점원이 보여준 반지는 커다란 다이아몬드가 박혀 있는 아주 심플한 반지였다. 그는 점원에게 반지를 받아 그녀의 손가락에 끼웠다.

"이건, 너무 부담스러워요."

"너무 단순한 디자인이군. 사파이어로 보여주지."

"사파이어라면 이 제품이 요즘 인기 있는 제품입니다. 반지 전체에 사파이어 보석들이 아주 세련되게 디자인되어 있는 제품이에요."

그는 그녀의 손가락에 끼웠던 반지를 빼내고 점원이 건네준 반지를 그녀의 손에 끼웠다. 하얗고 기다란 그녀의 손가락에 아주 잘 어울리는 반지였다. 이렇게 고급스러운 상점에서 이렇게 고급스러운 반지가 대충 어느 정도 하는지 잘 알고 있는 그녀는 손가락에서 반지를 빼내려 했다.

"진욱 씨, 나 이렇게 화려한 반지 필요 없어요. 해주려면 그냥 실반지 하나 해줘요."

"여자들의 치장품인 보석은 남자의 능력을 나타내는 거야. 네 눈에는 내 능력이 겨우 실반지 하나로 보여?"

"그런 거 아니에요."

"그런 거 아니면 그냥 이걸로 해. 길고 하얀 네 손가락과 아주 잘 어울려."

"안목이 탁월하시네요."

그는 사파이어 반지를 고집했고 점원은 활짝 웃는 얼굴로 그의 안목을 칭찬했다. 결국 그녀는 거절하지 못한 채 그 반지를 손에 끼운 채 상점을 빠져나와야 했다. 그들은 가까운 곳에 있는 레스토랑으로 자리를 옮겼다. 음식을 주문하고 얼마 지나지 않아 음식이 나왔다.

"피곤하지 않았나?"

식사를 하던 그가 걱정이 담긴 눈길로 물었다.

"조금요."

"그래? 그럼 빨리 집으로 들어가야겠군."

순간 그녀는 오늘도 자신이 그의 집에 있을 거라고 진욱이 생각하고 있다는 사실을 깨달았다. 식사를 하던 그녀는 물을 한 모금 마시며 말했다.

"진욱 씨, 나 오늘은 집으로 가요."

"뭐? 집으로 가다니?"

그의 눈이 가늘게 변했다. 그녀의 말이 무척이나 마음에 들지 않는 모양이었다.

"희정이한테 오늘은 집에 들어가겠다고 했어요."

"말도 안 돼. 이제 네 집은 내가 있는 곳이야."

"희정이는 내가 진욱 씨와 만나는 거, 모르잖아요."

"그럼 전화해. 앞으로 내 집에서 지낼 거라고."

"동생한테 가벼운 언니로 보이고 싶지 않아요."

그녀는 고집스럽게 말했다. 그러자 그는 들고 있던 포크와 나이프를 내려놓으며 물었다.

"그럼, 나와는 떨어져 있을 수 있고?"

"그런 식으로 말하지 말아요. 난 겨우 어제야 당신을 받아들였고 나에게도 여러 가지 정리할 시간이 필요해요."

"여러 가지 정리할 시간? 그 여러 가지의 하나가 조 선생을 의미하나?"

"진욱 씨!"

의심의 눈초리로 자신을 바라보는 그를 그녀는 날카로운 목소리로 불렀다. 그러자 그는 신경질적으로 고개를 돌리며 중얼거렸다.

"젠장, 갈수록 유치해지는군."

"미안해요. 하지만 난, 희정이한테 잘난 것 없는 언니예요. 그런데 아무 생각 없이 남자와 동거나 하는 그런 언니로 비춰지고 싶지는 않아요."

"그럼 이제 내 집에는 오지 않겠다는 얘기야?"

"쉬는 날 가면 되잖아요."

"네가 올 때까지 난 넋 놓고 앉아서 너만 기다려야 하고?"

"진욱 씨 그렇게 말하지 말아요. 당신 넋 놓고 앉아 나만 기다릴 정도로 한가한 사람 아니잖아요."

"그러게. 나 엄청 바쁜 사람인 줄 알았는데 널 안은 뒤부터 내가 한가한 남자가 되어 버렸어. 알아?"

그는 신경질적으로 소리쳤다. 이렇게까지 그가 부정적으로 반응할 거라는 예측을 하지 못한 그녀는 순간 갈등이 일었다. 남자의 손길에 몸서리치던 그녀였다. 물론 그건 진욱도 예외는 아니었다. 하지만 그녀에게 마법 같은 일이 일어났다. 어젯밤 그의 손길이 싫지 않았다. 두렵지도, 몸서리쳐지지도 않았다. 자신의 몸을 더듬으며 애무하는 그의 손길에 그녀는 자신도 모르게 흥분했다. 그리고 그를 받아들였다.

선무당이 사람 잡는다고 했던가? 이제까지 남자의 손길에 몸서리치던 여자답지 않게 그녀는 지금도 그의 손길에 목말라 하고 있었다. 하지만 그들은 무인도에 살고 있는 게 아니었고 오늘은 희정을 꼭 만나야만 했다. 그래서 그녀도 그가 자신을 원하고 있다는 걸 알면서도 응해 줄 수가 없었다.

"미안해요. 오늘은 진욱 씨가 이해해 줘요."

"내일은! 모레는! 앞으로는! 내가 계속 이해하고 너한테 목말라 죽길 바라는 건가?"

"나도! 나도…… 같이 있고 싶어요!"

그의 신경질적인 말에 그녀 또한 그에게 소리를 내질렀다. 하지만 자신의 말이 부끄러운 듯 그녀는 얼굴을 붉히며 시선을 돌렸다. 그런 그녀의 얼굴을 그는 유심히 바라봤고 그녀의 행동에 그의 입가에는 미소가 서렸다. 그는 장난스럽게 물었다.

"내가, 다시 병원에 입원할까?"

"네?"

"그럼 매일 같이 있을 수 있잖아. 어때?"

"말도 안 돼. 그러지 말아요. 거긴 내 직장이에요."

"그럼 어쩌라고? 도대체 어떻게 해야 같이 있을 수 있는 건데?"

"그건……."

그녀도 방법을 알지 못했다. 그들의 끝날 것 같지 않은 대화 속에 종지부를 찍게 만든 건 그녀의 휴대폰 벨소리였다. 그녀는 그의 눈치를 살피며 전화를 받았다.

"여보세요."

-언니, 나야.

"응. 왜?"

희정이었다. 저녁에 집에서 보기로 했는데 갑자기 전화를 하자 그녀는 놀란 얼굴로 전화를 받았다.

-언니 어쩌지?

"왜? 무슨 일 있어?"

-그게, 오늘 일이 많아서 집에 못 들어갈 것 같은데.

"아, 그래?"

-오늘은 언니하고 같이 저녁 먹으려고 꼭 들어가려고 했는데 갑자기 지방 출장이 잡혀서 아무래도 내일까지는 집에 들어가기 힘들 것 같아. 모레나 들어갈 텐데 괜찮겠어?

"나야 괜찮지만 이틀씩이나 출장을 가는 거야?"

-응.

그녀는 순간 자신도 모르게 맞은편에서 자신을 바라보고 있는 진욱을 바라봤다. 그는 대충 그녀의 통화 내용을 파악한 것인지 입가에 미소를 머금고 있었다.

"할 수 없지, 뭐. 옷가지는 챙겨 가지 않아도 돼?"

-지금 집에 와서 옷 챙겨서 나가는 길이야. 언니 얼굴 보고 갈 수 있을까 했는데 언니 아직 안 들어왔네. 지금 어디야?

"어? 마, 마트."

그녀는 자신도 모르게 거짓말을 했고 붉어진 얼굴로 진욱을 바라봤다. 그는 재미있는 듯 얼굴에 함박웃음을 짓고 있었다. 그녀는 결국 그에게서 시선을 돌리고 말았다.

-그래? 그럼 나 출장 다녀와서 봐.

"그래, 알았어. 조심히 다녀와."

-응.

그녀가 전화를 끊자 진욱이 참았던 웃음을 큰소리로 터뜨렸다.

"하하하, 하하하."

"웃지, 말아요."

"하하하, 여기가 언제부터 마트로 돌변했지?"

"그럼 어떻게 해요?"

"박 검사 출장?"

"……네."

"얼마나?"

질문을 하는 그의 눈이 반짝이고 있었다. 그녀는 마지못한 듯 대답했다.

"내일까지요. 모레, 온대요."

"그래? 하늘도 나를 돕는군."

"그래도 집에는 들어가 보는 게……."

"그럼 네 집으로 갈까?"

"진욱 씨……."

"아니면 순순히 내 집으로 가. 다 먹었으면 그만 일어나지."

그는 마음이 급해진 모양이었다. 음식을 반절도 먹지 않은 상태에서 그는 몸을 일으켰다. 그녀는 놀란 얼굴로 그를 바라보며 말했다.

"반절도 안 먹었잖아요."

"내가 먹고 싶은 건 이 고깃덩어리가 아니라, 너야."

"진욱 씨!"

그녀는 주위의 눈치를 살피며 그를 불렀다. 하지만 그의 얼굴에는 즐거움이 가득했다. 그는 그녀의 손목을 붙잡아 일으키며 말했다.

"일어나, 아주 바빠."

"뭐가 바빠요? 이제 겨우 7시인데."

"들어가기 전에 백화점에도 들러야 하고 마트에도 들러야 해."

"왜요?"

"너 갈아입을 옷 없잖아. 하긴, 집에서 굳이 옷이 필요하진 않을 것 같지만."

그는 그녀를 일으켜 세워 레스토랑을 나가 백화점으로 차를 몰았다. 그는 여성의류 코너로 가서 옷을 둘러보며 말했다.

"마음에 드는 걸로 골라봐."

"집에 가서 내 옷 가지고 가도 돼요."

"어차피 내 집에 있을 게 아니라면 짐을 가져올 수도 없고 내 집에도 네 옷을 구비해 둬야 하니까 마음에 드는 걸로 다 골라 봐."

그는 점원들이 듣고 있다는 걸 전혀 인식하지 않으며 말했고 그녀는 점원들이 자신을 힐끔거리자 얼굴을 붉혔다. 그 때 진욱이 몇 가지 옷을 그녀에게 건넸다.

"입고 나와 봐."

"이, 이 옷을 다요?"

"시간 없어. 백화점 문 닫기 전에 다 구입해야 하니까 빨리 움직여."

그녀는 그가 건넨 옷을 가지고 탈의실로 들어가 하나씩 입고 나와 그에게 보여주었다. 그는 몇 가지 옷에는 고개를 끄덕였고 몇 가지 옷에는 고개를 가로저었다. 그녀가 원래 입었던 옷으로 갈아입고 밖으로 나가자 그는 그녀의 손을 또다시 잡아끌었다.

"어디 가는 거예요?"

"조용히 하고 따라와."

그는 그녀를 데리고 이번에는 신발 집으로 들어갔다.

"나 신발은 필요 없어요."

"옷에 맞춰 신발도 변하는 거야. 필요 없는 게 아니라고."

그는 여섯 켤레의 신발을 골라 자신이 직접 바닥에 몸을 낮추고 그녀의 발에 하나씩 신겨 보았다. 그녀는 그의 행동이 너무나 어색해 말했다.

"내가 신어 볼게요."

"가만히 있어."

그는 자신이 고른 여섯 켤레의 신발 중 네 켤레를 점원에게 주며 계산을 하고 배달을 요청한 후 신발 가게를 빠져나가며 말했다.

"프랑스 사람들은 좋은 신발, 비싼 신발을 신는다는 거 아나?"

"왜요?"

"그 나라 사람들은 좋은 신발, 비싼 신발을 신으면 그 신발이 자신을 좋은 곳으로 데려가 준다고 믿거든."

"정말, 좋은 신발이 그 사람을 좋은 곳으로 인도해 줄까요?"

"그건 모르지. 그 사람들은 그걸 믿으니까. 하지만 긍정적으로 생각해서 나쁠 건 없잖아."

그의 말에 그녀는 슬며시 미소 지었다. 그러자 그가 물었다.

"사이즈가 75B에 아래는 80 정도 입나?"

"다, 당신……."

그의 질문에 그녀의 얼굴은 금세 홍당무처럼 변했다. 그 모습을 보며 그는 씨익 미소 지었다.

"그렇게 부끄러워할 것 없잖아. 이미 볼 것 다 본 사이에."

"진욱 씨! 자꾸 그러면 나 그냥 갈 거예요."

"뭘? 어쨌든 속옷은 사야 할 것 아니야. 안 입어?"

"그래도 어떻게 그런 질문을 아무렇지도 않게 해요?"

"왜? 너무나 정확하게 맞춰서 속상한가?"

그는 놀리듯이 말했고 그녀는 걸음을 우뚝 멈췄다. 솔직히 그는 그녀의 사이즈를 너무나 정확하게 맞췄다. 그래서 더 창피한 것인지도 모른다.

"알았어, 알았으니까 빨리 와. 곧 백화점 문 닫아."

그는 골난 그녀를 끌고 속옷 전문점으로 가서 점원에게 말했다.

"75B에 팬티는 80 사이즈로 줘요. 실용성보다는 남자한테 도움이 되는 속옷으로 줘요."

"네, 알겠습니다."

그의 말에 그녀는 또다시 얼굴이 붉어졌고 점원 또한 대놓고 웃지는 못한 채 금세 웃음이 터질 듯한 얼굴로 제품을 가지러 갔다. 그녀는 그의 옆구리를 치며 말했다.

"정말 이럴 거예요?"

"내가 뭘?"

"창피하게 왜 그래요?"

"그런 게 창피한가? 나이 서른이면 그 정도는 아무렇지도 않을 나이인데, 아닌가?"

"당신은 창피한 게 뭔지도 모르죠?"

"아니, 알아. 내가 생각하는 창피는 자신의 감정에 솔직하지 못한 거야. 뒤로 호박씨 까느니 언제 어디서나 솔직한 게 당당한 거야. 그러니까 너도 그런 거에 일일이 얼굴 붉혀가며 부끄러워할 것 없어."

그는 언제 어디서나 당당한 남자였다. 그녀는 그의 옆모습을 바라보며 생각했다.

'당신, 참 강인한 사람이군요. 그 강인한 어깨에 내가 잠시 기대도 될까요?'

그녀가 그를 바라보며 마음속으로 묻고 있는데 점원이 속옷을 가져와 그들 앞에 펼쳤다. 그녀는 속옷을 보는 순간 야하다는 생각이 들었다. 브래지어는 한 땀 한 땀 자수로 만들어져서 힐끗 힐끗 여자의 젖가슴이 보이는 스타일의 속옷이었고 팬티 또한 브래지어처럼 꽃 모양 사이사이로 검은 숲이 일부러 보일 정도로 야한 스타일의 속옷들이었다. 점원은 스타일이 다른 속옷을 일곱 세트 정도 가져왔고 그 속옷을 살펴보던 진욱이 말했다.

"모두 계산해 줘요."

"네. 알겠습니다, 손님."

"미, 미쳤어요? 무슨 속옷을 그렇게 많이 사요?"

"어차피 집에 놓고 입어야 하는데 뭐가 문제야?"

그는 문제될 것 없다는 듯 계산을 하고 그녀를 데리고 나갔다. 그리고 그는 1층에 있는 가방 판매점으로 그녀를 데려갔다.

"여기는 또 왜요?"

그는 그녀의 질문에 대답도 하지 않은 채 매장에 진열되어 있는 가방을 종류별로 하나씩 손으로 찍었다. 매장 점원은 그가 찍는 대로 물품을 내놓았고 진욱은 지갑에서 카드를 꺼내 점원에게 건네며 말했다.

"계산해 줘요."

"진욱 씨!"

"말했지, 여자는 가꾸기 나름이라고. 넌 내 여자야. 난 내 여자가 그 누구한테도 기죽는 꼴은 못 봐. 그러니까 박 검사한테 기죽지 마. 동생한테 기죽지 말고 당당하란 말이야. 넌 내가 택한 내 여자야."

"이런 물질적인 것으로 기죽지 않는다면 그건 진정한…… 당당함이 아니에요. 모르겠어요?"

"아니, 이건 당당해지기 위한 소품들에 불과해."

"소품이요?"

"사람은 자신의 모습이 초라해지면 당당함을 잃어. 언제 어디서든 초라하지 않고 화려한 사람은 당당할 게 없음에도 불구하고 당당하게 살아가지. 즉, 뒷배경이 사람을 만든다는 거야. 그러니까 당당해지고 싶다면 이런 소품들로 널 포장해. 그럼 그 누구 앞에서도 기죽지 않을 거야."

그의 말은 틀리지 않았다. 어떤 여자든 자신의 모습이 초라하면 아무리 당당한 위치에 있다고 해도 기가 죽는 법이었다. 하지만 화려한 여자들은 대체적으로 기죽어 지내는 여자가 많지 않았다.

그는 배달을 해달라고 얘기한 후 그녀를 데리고 1층 소품 매장을 돌기 시작했다. 몇 개의 시계와 목걸이와 귀걸이, 그리고 스카프까지 준비한 그는 마지막으로 그녀를 데리고 화장품 매장으로 가서 화장품을 세트로 사들인 후 향수 코너로 가서 그녀에게 어울릴 만한 향수를 직접 골라 모두 계산한 후에야 백화점을 빠져나갔다. 그는 차를 마트로 향했다.

"마트에는 왜요?"

"집에 네가 먹을 만한 게 아무것도 없어."

"저녁 먹었는데, 왜요?"

"내일 집에서 뭐든 먹어야 할 것 아니야?"

"진욱 씨, 나 내일 출근해요."

"이틀만 더 쉬면 안 되나? 박 검사 올 때까지만."

그는 그녀를 옴짝달싹 못하게 만들었다. 정말 자신의 곁에만 묶어두려는 것처럼 아무 곳에도 보내지 않으려 했다.

"애처럼 왜 이래요? 나 정말 잘리는 꼴 보고 싶어요?"

"내가 원장에게 전화해서 수요일까지 못 가겠다고 하면……"

그의 말에 그녀의 표정이 굳었다. 그러자 그는 말꼬리를 흐렸다.

"진욱 씨!"

"알았어, 알았다고. 그건 내가 양보하지. 대신, 조건이 있어."

"뭔데요?"

"오후 2시면 끝나지?"

"네."

"끝나자마자 병원 주차장으로 뛰어나오기."

그의 말에 그녀가 물음표 가득한 눈길로 그를 바라보자 그는 말했다.

"주차장에서 기다리고 있을게."

"당신은 출근 안 해요?"

"네가 병원에 들어가 있는 동안 회사 일 보고 끝나는 시간에 맞춰 병원 앞에서 기다릴게."

"그러지 말아요. 그냥 나 혼자서……."

"그것까지 안 된다고 하면 내일 출근 못하도록 오늘 밤에 녹초로 만들어 버릴 거야."

그의 말 한 마디에 그녀의 은밀한 부분에 열기가 고였다. 어젯밤 그가 주었던 흥분이 온몸에 고스란히 되살아나는 듯했다. 그녀는 결국 더 이상 반대하지 못했다.

"좋아요, 그렇게 해요."

그녀의 허락이 떨어지자 그는 만족스러운 얼굴로 미소 지었다. 그녀는 순간 생각했다.

'저 사람의 미소가 저렇게 매력적이었나?'

순간 그녀의 가슴이 두근거렸다. 그의 환한 미소에 두근대는 마음을 들키지 않으려고 그녀는 재빨리 고개를 돌리고 이것저것 카트에 집어넣기 시작했다. 그는 인스턴트식품들을 집어넣었고 그녀는 그 인스턴트식품들을 빼내고 직접 만들 수 있는 재료들을 집어넣었다. 과일 몇 가지를 사서 카트에 담고 그녀는 커다란 통에 담겨 있는 아이스크림을 집었다.

"아이스크림 좋아해?"

"네."

"애 같기는. 진즉에 말하지 그랬어?"

"왜요?"

"그럼 사줬을 것 아니야."

"지금 사줘요."

"여기에 있는 아이스크림 모조리 사줄까?"

그의 말에 그녀는 놀란 얼굴로 물었다.

"미쳤어요?"

"몰랐어? 어젯밤 널 안은 순간부터 난 미쳤어. 그러니까 오늘 밤에도 미친놈 품에서 견뎌내려면 많이 먹어."

"그러지 말아요. 사람들이 들어요."

그의 말에 그녀는 주위를 살피며 그에게 핀잔을 줬다. 하지만 그는 태연했다. 전혀 동요하지 않는 얼굴로 말했다.

"미친놈이 사람들 시선 무서워하겠어?"

결국 그녀는 물과 주스, 그리고 우유병을 재빨리 카트에 집어넣은 후 계산을 하고 마트를 벗어나야 했다. 그의 집으로 향하면서 그녀가 말했다.

"아무튼, 진욱 씨하고 같이 못 다니겠어요."

"왜?"

"말하는 게……."

"뭐?"

"너무, 야하단 말이에요."

그녀는 '야하다'는 말조차 함부로 입에 꺼내놓지 못할 정도로 순진하게 살아온 여자였다. 하지만 그는 아무렇지도 않은 듯이 큰소리로 웃으며 말했다.

"익숙해지도록 노력해봐. 앞으로도 미친놈 제정신 차리려면 아직 먼 것 같으니까."

그는 최대한 빨리 집으로 향했다. 그리고 마트에서 사가지고 온 식료품 봉지를 들고 집으로 올라가 주방 식탁에 내려놓았다. 그녀가 봉지에서 식료품들을 하나씩 꺼내기 시작하는데 그가 그녀의 뒤로 다가와 허리에 손을 감으며 그녀의 목에 입술을 가져갔다.

"하지 말아요. 이거 정리해야 해요."

"조금 있다가 해. 나부터 정리해 주고."

"안 돼요. 지금 냉장고에 넣어야 할 것들 많단 말이에요."

"내가 중요해, 식료품이 중요해?"

"진욱 씨, 어떻게 그런 비교를 해요?"

"말해 봐. 내가 중요해, 식료품이 중요해?"

그가 이런 애 같은 면이 있을 거라고는 생각조차 해본 적이 없었다. 그녀는 그의 갑작스러운 태도에 기가 막힌 듯이 그를 바라봤다. 그러자 그는 그녀를 식탁에 기대게 하고 그녀의 웃옷 속으로 손을 가져가 그녀의 젖가슴을 애무했다.

"이, 이러지…… 말아요."

그의 손이 닿자 그녀의 몸은 금세 달아올랐다. 그녀의 은밀한 부분은 벌써 열기로 촉촉하게 달아오르기 시작했다. 그는 씨익 미소 지으며 말했다.

"거짓말."

"하, 하지…… 말아요."

"이렇게 긴장하고 있잖아."

그는 말하면서 꼿꼿하게 서 있는 그녀의 젖꼭지를 엄지와 검지로 잡아당겼다.

"헉……."

"하루 종일 하고 싶었어. 밖에서 널 만지고 싶어서 얼마나 힘들었는지 몰라."

"하아…… 이거부터……."

그녀는 입을 열었지만 그가 키스하는 바람에 말을 끝맺지 못했다. 그는 그녀를 식탁 위로 뉘이며 그녀가 입고 있는 옷을 하나씩 벗겨냈다. 그녀는 그의 어깨를 붙잡았고 그의 입술은 그녀의 목 언저리를 맴돌며 애무하기 시작했다.

"하아…… 진욱 씨……."

"내 손길을 원해?"

"……."

"말해 봐. 원해?"

"하아…… 원해요."

그녀가 대답하지 않자 그는 대답을 강요하며 그녀의 젖가슴을 꽉 움켜쥐었다. 그녀는 자신도 모르게 신음 소리를 내뱉으며 대답했다. 그러자 그는 만족한 듯 그녀의 젖가슴을 입으로 애무하기 시작했다. 그녀는 미칠 듯한 뜨거움이 온몸을 감싸고 있는 걸 느낄 수 있었다.

단 하룻밤이었다. 그의 손에 자신을 허락한 게 단 하룻밤이었다. 그런데 그 하룻밤 만에 그녀의 몸은 벌써 그의 손길에 익숙해져 있었고 마치 오래전부터 원해 왔던 닳고 닳아 버린 여자처럼 그의 손길을 애타게 기다리고 있었다. 그런 자신한테 적응이 되지 않아 그녀는 괴로웠다. 하지만 그의 손길에서 느껴지는 쾌락은 괴로운 감정보다 커서 그녀에게 괴로움은 문제가 되지 않을 정도였다.

"넌 마치 비밀의 화원 같아. 볼수록 새롭고 만질 때마다 새로운 흥분감이 생겨."

"하아……."

"넌, 네가 정열적인 여자라는 사실을 알았나?"

"아니, 몰랐…… 어요."

"후후, 하지만 난 첫눈에 알아봤어. 진정한 섹스를 맛보지 못했을 뿐, 한번 맛보게 되면 넌 누구보다 더 야하고, 누구보다 더 정열적으로 내게 매달릴 거라는 걸 난 한눈에 알아볼 수 있었어."

그는 그녀에게 나직하게 속삭이며 한 손을 그녀의 치마 밑으로 집어넣어 그녀의 허벅지 민감한 부분을 손가락으로 튕겼다. 그러자 그녀의 입에서는 뜨거운 신음 소리가 흘러나왔고. 그녀는 몸을 활처럼 휘었다.

그의 손은 그녀의 팬티 안으로 점점 들어가 이미 그를 받아들일 준비를 끝마친 그녀의 숲속을 산책한 후 참을 수 없는 듯 서서히 그녀의 안으로 들어갔다. 하지만 처음 입구에서만 서서히 들어갔을 뿐 그 또한 참을 수 없는 흥분감으로 그녀의 안으로 들어가자마자 격하게 몸을 움직이기 시작했다.

"아악……."

"하아…… 네가 좋아."

"하악…… 진욱 씨……."

그들의 헐떡거림은 점점 더 깊어져갔고 한참 후 그의 움직임이 최고조에 달했을 때 그녀의 몸 안에 따뜻한 기운이 서서히 퍼져갔다. 그는 그녀의 입술에 키스했다. 그녀는 다리가 마비된 것 같은 느낌에 움직이지 못했고 한동안 둘은 서로를 껴안은 채 입술을 탐했다.

너무나 급하게 변해 버린 자신에게 적응이 되지 않았지만 그래도 좋았다. 그의 손길을 받는 게 좋았고, 그의 관심이 자신에게 쏠려 있는 게 좋았고, 그가 주는 흥분감이 좋았다. 모든 걸 포기하고 싶을 정도로.

"나, 미쳤나 봐요."

그녀는 나직한 목소리로 말했다.

"왜?"

"예전에는 이런 거 상상도 할 수 없었어요. 남자 손만 닿아도 몸서리쳤던 내가…… 정말, 믿을 수가 없어요."

"말했잖아, 내 육체가 너한테 반응하듯 네 육체도 나한테 반응한다고. 그걸 보고 속궁합이 맞다고 하는 거야."

"모르겠어요. 정말, 모르겠어요. 혼란스러워서 미칠 것 같아요."

"혼란스러울 것 없어. 넌 이제야 널 만족시켜 줄 제짝을 만난 것뿐이야."

"정말, 그럴까요?"

"그렇다니까."

그는 확신에 찬 목소리로 말했다. 그는 그녀의 몸 위에서 일어나면서 말했다.

"목욕물 받을 테니까 욕실로 올래?"

"아, 아니요. 그냥 먼저 해요. 난 이것 좀 정리할게요."

"같이 하지."

"오늘은 그냥 해요."

"뭐, 좋아. 샤워하고 침대에서 밤새도록 할 텐데, 뭐."

그는 기분 좋은 목소리로 이야기한 후 방으로 들어가 버렸다. 그녀는 식료품들을 정리한 후 천천히 방으로 들어갔다. 그러자 그가 샤워를 하고 머리카락을 닦으며 욕실에서 나오고 있었다.

"샤워해."

"네. 저 그런데 옷을……."

"그냥 나와. 어차피 다 벗겨질 텐데."

"싫어요!"

그의 말에 그녀는 소리쳤다. 그러자 그는 피식 웃으며 옷장에서 자신의 티셔츠 한 장을 꺼내서 그녀에게 건네며 말했다.

"속옷은 입지 말고 이거만 입고 나와."

"모, 몰라요."

그녀는 그를 피하기 위해 재빨리 욕실로 들어갔다. 얼굴이 화끈거려서 미칠 것 같았다. 마치 자신이 색녀가 된 것 같은 기분이었다. 세상에 태어나 이런 기분은 단 한 번도 느껴 보지 못했다. 그녀는 물줄기를 맞으며 중얼거렸다.

"나…… 미쳤나 봐."

6. 그들의 과거

 그는 외출로 인해 채우지 못했던 욕구를 온 에너지를 소비할 때까지 채웠다. 채워도, 채워도 그녀에 대한 목마름은 줄어들지 않았다. 하지만 지금은 그도, 그녀도 너무 지쳐서 더 이상 목마름을 채울 수 없는 경지에 이르고 말았다.
 "아이스크림, 가져다 줄까?"
 서로의 몸을 탐욕스럽게 취하고 지친 듯 누워 있던 그가 물었다.
 "먹고 싶어요? 내가 가져올게요."
 "아니야, 그냥 있어. 내가 가져올게."
 그는 그녀를 침대에 두고 자신이 밖으로 나가 그녀가 좋아한다는 아이스크림과 자신의 술을 담아서 방으로 가져갔다. 그녀는 헝클어진 머리를 한 채 눈을 감고 있었다. 그는 침대 옆 탁자에 쟁반을 내려놓으며 물었다.

"잠든 거 아니지?"

"……."

"잠든 거면 가만히 안 있을 거야."

"안 들었어요."

그의 협박이 이어지자 그녀는 생긋 웃으며 눈을 떴다. 그는 만족스러운 얼굴로 침대에 다가가 그녀에게 아이스크림이 들어있는 그릇을 건넸다. 그리고 자신의 컵에는 술을 따라서 한 모금 들이켰다. 뜨거운 액체는 지친 그의 몸에 새로운 활력소를 불어넣는 듯 온몸을 뜨겁게 만들었다. 그는 그녀의 어깨에 팔을 올리고 물었다.

"널 모를 때, 난 어떻게 살았을까?"

"잘 살았겠죠."

"아니, 전혀 잘 살지 못했어."

"거짓말, 당신같이 부족한 것 없는 남자가 왜 못 살아요?"

"내가, 부족한 게 없어 보이나?"

그는 씁쓸한 미소를 지으며 그녀에게 물었다. 그러자 장난스럽게 대꾸하던 그녀도 더 이상 대답하지 않았다. 그는 힘들었던 자신의 과거 이야기를 꺼내 놓았다. 자신의 이야기를 꺼내야지 상대방의 과거도 알 수 있기 때문이었다.

그녀와 대화를 하다 보면 그녀는 항상 남자를 두려워했었다는 느낌을 지울 수가 없었다. 그는 알고 싶었다. 그녀의 과거가 어땠는지, 그녀는 어떤 여자였는지 궁금해졌다. 그래서 자신의 이야기를 꺼냈다.

"한참 성공가도를 달릴 때 승미와 결혼을 했어."

"사랑했나요?"

"사랑한다고 믿었어. 고아원에 있을 때부터 난 그 아이가 좋았고 나중에 내가 결혼을 한다면 그 아이가 될 거라고 마음속으로 항상 생각했었거든."

"생각대로 결혼했는데, 왜 행복하지 않았어요?"

"응, 처음에는 행복할 거라고 생각했어. 결혼하기 전에 봐서는 안 되는 꼴까지 보긴 했지만 그래도, 어려서부터 내 결혼 상대자는 백승미밖에 없다고 생각해 왔기 때문에 행복할 거라고 생각했어."

"결혼하기 전에 봐서는 안 되는 게…… 뭐였는지 물어봐도 돼요?"

그녀의 조심스러운 질문에 그는 잠시 말을 하지 못했다. 그러자 그녀가 이해한다는 듯 말했다.

"힘들면 말하지 않아도……."

"다른 놈 품에 안겨 있는 꼴."

"……."

그녀는 너무나 놀라서 할 말을 잃었다. 그가 안쓰러워 보였던 걸까? 그녀는 자신의 어깨에 두르고 있는 그의 손을 자신의 입술 쪽으로 가져가 손에 입을 맞췄다. 그런 그녀를 바라보며 그는 희미하게 웃었다.

"내가 군대 가기 전에 벌었던 돈을 승미한테 모두 주고 갔어. 다녀올 동안 부족하긴 하겠지만 그 돈으로 생활해 보라고."

"그렇게 고생해서 번 돈을 한 푼도 남김없이 백승미 씨한테 주고 갔다고요?"

"내가 아니면 승미는 생활할 수 있는 돈이 나올 구멍이 없었으니까."

그녀는 무척 놀란 얼굴로 그를 바라봤다. 그는 말을 이었다.

"난 군대에 간 후로 단 한 번도 휴가를 나온 적이 없어."

"왜요?"

"휴가를 나가서 혹시라도 승미가 힘들어하고 있는 걸 보게 되면 탈영하게 될지도 모른다는 걱정 때문에 휴가를, 갈 수가 없더라고."

"그럼 제대하고 서울로 온 거예요?"

"응, 제대하고 왔는데 승미가 사라졌어."

"사라져요?"

아마도 희수는 이해할 수 없을 것이다. 승미는 돈을 쫓아다니는 나비 같은 여자였고 희수는 한자리에서 지조를 지킬 줄 아는 꽃 같은 여자였으니까.

"살던 집에서 나갔대. 연락할 방도가 없어서 그때는 정말 막막했어."

"그래서 어떻게 했어요?"

"여기저기 거쳐서 찾았지. 그런데……."

그는 그 순간이 떠올랐다. 자욱한 담배 연기 속에 낯선 남자의 품에 안겨 있는 승미를 떠올리며 그는 얼굴을 잔뜩 찌푸렸다. 그때 기억은 지금 생각해도 그를 차갑게 만드는 힘이 있었다.

"다른 남자와 결혼이라도, 했나요?"

"차라리 그랬다면 그런 엿 같은 기분은 들지 않았을 거야."

"그럼요?"

"술집에…… 있었어."

그는 한 손에 쥐고 있던 잔을 꽉 움켜쥐며 술 한 잔을 금세 비워냈다. 그녀는 말이 없었다. 그녀를 힐끗 바라보자 그녀는 마치 금세 눈물이라도 흘릴 것 같은 얼굴로 앉아 있었다.

"왜 네가 그런 표정을 짓고 있는 거지?"

"그때, 많이 아팠을 당신을 생각하니까…… 마음이 좋지 않아요."

"생각하지 말고 들어. 너 힘들게 하려고 얘기하는 거 아니야. 너와 다시 시작하려면 해줘야 할 얘기라고 생각해서 이야기하는 것뿐이야."

"그럴게요."

그는 그녀가 자신으로 인해 마음 아파하는 걸 원하지 않았다. 그가 원하는 건 그녀가 자신 때문에 웃을 수 있고, 자신의 곁에서 행복해 했으면 좋겠다는 것뿐이었다. 그래야 그녀가 자신을 떠나지 않을 테니까.

"자욱한 담배 연기 아래 술이 잔뜩 취해서 중년 남자 품에 안겨 있는데 진짜 돌아버릴 것 같았어."

"그런데, 어떻게 용서했어요?"

"처음 실수니까."

"용서할 수…… 있었어요."

"하려고 노력했어. 돈이 필요해서 술집을 나갔다고 하더군. 그때 같은 과 친구 중에 가정 형편이 어려운 친구가 있었는데 그 친구도 낮에는 대학생활을 하고, 저녁에는 술집에 나가며 돈을 벌었나봐. 승미가 어려운 걸 알고 그 친구가 소개했대."

"뭐 할 짓이 없어서……."

"너라면, 그런 길을 택하지 않았겠지?"

그랬을 것이다. 박희수는 움직이지 않는 꽃이었으니까, 그녀를 가지려면 꿀벌이 날아가는 수밖에 방법이 없으니까, 그녀는 그런 무모한 직업을 선택하지 않았을 것이다.

"내가 책임져 줘야 했는데 그러지 못해서 승미가 그런 길을 택했다는 생각에 난 죄책감도 심했어. 그래서 잘못했다고 비는 승미를 용서하고 다시 내가 책임지기 시작했어. 그 후로는 승미도 나도 막힐 것 없이 잘 풀렸고 둘 다 한창 잘 나갈 때 결혼했어."

"그때는 행복했어요?"

"글쎄, 행복하다는 기분을 느낄 시간이 없었어. 승미는 연기 생활 때문에 바빴고, 난 그 당시 기획사의 규모가 하루가 다르게 커져갔기 때문에 출장이 잦았어."

"그런데 왜 이혼했어요?"

"한 번의 실수는 용서가 되지만 두 번의 실수는 용서를 할 수가 없어서."

"헉…… 두 번의 실수라면……."

그는 술을 한 모금 넘기며 말했다.

"결혼 2년 만에 화냥기를 제대로 발휘해 주더군."

"말도 안 돼."

"직업이 연예인이다 보니 접하는 남자들도 많았고 연예인으로서 최고의 자리에 오르자 아쉬울 게 없었던 모양이야. 촬영이 있어서 집에 들어오지 못한다고 하더군. 난 바빠서 승미를 못 본 게 너무 오래됐고 해서 촬영을 하고 있다는 장소로 찾아갔어. 그런데 촬영장에는 개미새끼 한 마리 없었어."

"그럼요?"

"이상했어. 다시 전화를 했더니 전화를 안 받더라고. 난 그 길로 사무실에 돌아가서 승미한테 사람을 붙였어. 여자의 육감도

대단하지만 때론 남자의 육감도 그에 못지않거든."

"그랬더니요?"

"함께 배역을 맡은 남자 배우와 꽤 자주 만나더라고. 그것도 별장이나 호텔 같은 장소에서."

그는 그녀를 바라보며 씁쓸한 미소를 지었다. 그 때 희수의 눈에서 눈물이 주르륵 흘러내렸다. 오히려 놀란 건 그였다.

"왜 우는 거지?"

"……."

그의 질문에 그녀는 아무런 대답도 하지 않은 채 그를 안아 주었다. 놀란 진욱은 잠시 움직이지 못하다가 자신을 위로해 주려는 그녀의 마음을 읽어냈다. 그리고 얼굴에 행복한 미소를 지으며 그녀를 안았다.

"걱정하지 마, 모두 지난 일이니까."

"그 시간을…… 어떻게 견뎠어요? 많이…… 아팠을 텐데."

"아팠지. 내가 살아 있다는 사실조차 불만일 정도로 아팠어. 그래서 독해지기로 마음먹었어. 헤어지고 3년 동안 일만 했어. 날 아프게 한 사람들한테 복수하기 위해, 날 무시하는 사람들을 짓밟고, 내 비위에 거슬리는 사람들은 가차 없이 정리했어. 후후, 그랬더니 업계에서 날 복수의 화신이라고 부른다더군."

"그런 이유가 숨어 있는 줄 몰랐어요."

"누구나 거칠고 모질게 변할 때는 그만한 이유가 있는 거야.

태어나면서부터 악인인 사람은 없으니까."

"그러게요."

그녀는 그의 말에 수긍했다. 그는 이야기하길 잘 했다는 생각이 들었다. 3년 동안 누구에게도 털어놓지 못한 채 가슴속에 끌어안아 고인 물은 그의 가슴속 웅덩이에서 썩어 버렸다. 그는 그렇게 그녀에게 털어놓으며 썩은 물을 흘려보내기 시작했다.

"지금 생각해 보면 단 한순간도 난 행복해 본 적이 없었어. 그저 다른 사람들보다 운이 좋아서 사업에는 성공했지만 인간적인 행복은 느낀 적도, 느낄 새도 없이 살았어."

"난, 나만 불행하다고 생각했는데…… 나만 아프다고 생각했는데 당신도 많이 아팠을 것 같아요."

그는 지금이라고 생각했다. 그녀가 왜 정신과 치료를 받아야만 했는지 알 수 있는 기회가.

"고인 물은 썩기 마련이지. 물은 흘러야 썩지 않는 거야. 너도 마찬가지야. 네 속에 흘려보내지 못해 고인 물이 있다면 썩고 있을 거야. 그러니까 힘들겠지만 흘려보내."

그의 말에 그녀의 안색이 어두워졌다. 그의 말뜻이 무엇인지 알아들었기 때문이었을 것이다. 그녀는 말했다.

"나도, 술 한 잔 줘요."

"이거 독한 술인데."

"조금만, 마실게요."

"그럼, 그래."

그는 자신이 들고 있던 잔에 술을 채워서 그녀에게 건넸다. 그녀는 그가 건넨 컵 속에 들어 있는 액체를 한 모금 입 안으로 넘겼다. 그녀는 말이 없었다. 그는 그녀가 마음을 정할 때까지 말없이 기다려 주었고 그의 상처를 먼저 본 그녀는 결국 자신의 이야기를 꺼내 놓기 시작했다.

"우리 집은 무척, 가난했어요. 엄마는 내가 어렸을 때 돌아가셨고 아버지는 내가 고등학교 때 돌아가셨어요. 그래서 내가 결혼하기 전까지 난 아버지가 돌아가시기 전에 재혼하셨던 새어머니와 새어머니의 자식들과 함께 살았어요."

"좋은 사람이었나?"

"그다지, 좋은 사람이었다고는 말 못할 것 같아요."

"팥쥐 엄마였군."

"후후, 그랬던 것 같아요."

그가 우스갯소리처럼 말하자 그녀 또한 그렇게 힘들지 않은 얼굴로 그에게 말했다.

"그럼 부모님이 돌아가신 후 한 핏줄은 박 검사와 너, 둘뿐이었나?"

"네, 남동생은 새어머니가 낳아서 데려온 자식이었으니까요. ……아버지가 돌아가시자 새어머니는 희정이와 나한테 모질게 대하셨어요."

"팥쥐 엄마들의 전형이지."

"그래도 갈 곳이 없었기 때문에 희정이와 난 그 집에 있어야 했어요. 난 고등학교를 졸업할 때쯤 공장에라도 나가서 돈을 벌려고 했어요."

"그런데?"

"어느 날 새어머니가 웬 남자 사진을 들고 오셨어요."

"이제 고등학교 졸업하는 널 시집보내겠다고?"

"네."

그녀는 그때 생각이 떠오르는 모양이었다. 그녀의 표정이 불안함으로 일그러졌다. 그는 그녀가 혼자가 아님을 알려주기 위해 그녀의 어깨를 꽉 움켜잡았다. 그러자 불안한 표정을 짓던 그녀가 그를 바라보며 희미한 미소를 지었다.

"사업을 하는 남자였어요. 난 사진을 보고 거절했어요. 공장에 가서 돈을 벌어 올 테니 제발 시집가라는 말은 하지 말아 달라고 했어요. 하지만 새어머니는 네가 이 집에 시집가야지만 희정이가 학교를 졸업할 수 있다고 하셨어요. 돈이 없어서 희정이를 고등학교까지 졸업시킬 수 없다고 했어요."

"그래서 가겠다고 했나?"

"아니요. 내가 공장에 취직해 돈을 벌어서 희정이 학비를 대겠다고 했어요. 그랬더니 그럼 자신들은 어떻게 하냐고, 키워준 은혜도 모르는 배은망덕한 년이라고 욕을 하더군요."

"자기와 자기 자식까지 너한테 책임지라는 말인가? 그렇게 좋은 어머니도 아니었다면서?"

"그분은 그렇게 생각하지 않으셨어요. 자신이 아니면 희정이와 절 거둬줄 사람은 이 세상에 아무도 없다고, 나중에 은혜를 갚으라고 큰소리 치셨어요."

"미친 여자였군."

그는 그녀의 새어머니에 대해 간단하게 정의 내렸다. 그가 어렸을 때 자랐던 고아원 원장과 별다를 게 없는 인간으로 보였기 때문이었다.

"날이면 날마다 절 협박하고, 달래고, 어르면서 결혼을 하라고 강요했어요. 끝까지 거절하니까 희정이하고 둘이 나가라고 하더군요."

"나오지 그랬어?"

"난 그러지 않았어요."

"왜?"

"희정이가 한참 예민한 사춘기 시절이었고 그 애는 어려서부터 야심이 있는 아이였어요. 내가 공장에서 일을 하며 희정이의 야심을 채워 줄 수 있을지도 의문이었고, 또 한참 예민한 사춘기 시절에 부모 없는 고아라는 말, 듣게 하고 싶지 않았어요."

"어차피 친어머니도 아니었잖아."

"그래도, 어머니라고 이름하는 분이 있는 것과 없는 것은 엄연한 차이가 있으니까요."

그는 그녀가 왜 그런 선택을 했는지 이해할 수 있을 것 같았다. 고아라는 딱지가 붙으면 사회에서 살아남기 위해 부모가 있는 애들보다 두 배, 세 배의 노력을 해야 한다는 사실을 그는 경험을 통해 알고 있었기 때문이었다.

"그래서 결혼했나?"

"네. 20살 2월에 고등학교를 졸업하고 3월에 시집을 갔어요."

"남자는 몇 살이었지?"

"⋯⋯35살이요."

"젠장, 빌어먹을 새끼. 지금 내 나이인 새끼가 이제 고등학교를 갓 졸업한 20살 여자애를 아내로 맞았단 말이야? 개만도 못한 새끼군."

그의 입에서 험한 욕설들이 흘러나갔다. 한창 하고 싶은 것 많고, 갖고 싶은 것 많은 나이에 노인네 같은 남자에게 시집갔을 그녀를 생각하니 그의 마음이 편치 못했다. 아니, 솔직히 그녀의 전남편을 찾아가 주먹으로 얼굴이라도 갈겨버리고 싶은 심정이었다.

"얼마나 무서웠는지 몰라요."

"그랬겠지."

그녀는 생각만으로도 두려운 모양인지 술을 한 모금 마시며 말을 이었다.

"결혼식을 하고 신혼여행에 갔는데 첫날밤에 그 사람이 내 몸에 손을…… 대려고 했어요. 너무 무서워서 울면서 애원했어요. 제발, 조금만 시간을 달라고…… 조금만 시간을 주면 그때는 원하는 대로 해주겠다고 무릎 꿇고 빌었어요."

"젠장."

그녀의 눈에서 눈물이 흘러내리기 시작했다. 그는 우는 그녀를 자신의 품에 꼭 안아 주며 그녀의 머리를 쓰다듬었다.

"하지만 그 사람은 자신이 날 데려오며 치른 값이 얼마인데 그러냐고 화를 내면서 날 강제로……."

그녀는 말을 이어가지 못했다. 그는 감정이 격해진 그녀를 토닥이며 말했다.

"쉬잇…… 괜찮아. 더 이상 말하지 않아도 괜찮아."

"흐흑…… 너무, 너무나 무서웠어요."

"그래, 미안해. 그런 얘기 하게 만들어서."

그는 자신이 그녀에게 얼마나 큰 요구를 했는지 그제야 깨달을 수 있을 것 같았다. 그녀의 전남편 생각을 하자 그의 얼굴이 차갑게 굳었다. 지금 마음 같아서는 그녀의 전남편 회사를 알아내서 산산조각을 내버리고 싶은 지경이었다.

그녀는 한동안 말을 이어가지 못한 채 흐느끼다가 어느 정도 감정이 가라앉자 다시 이야기를 시작했다.

"그 사람은, 정상이 아니었어요."

"15살 어린 널 아내로 맞은 것부터가 그 새끼는 정상이 아니야."

"그 사람 손이 내 몸에 닿는 순간 난 징그러운 벌레가 내 몸에 기어 다니는 듯한 충격에 휩싸였어요. 결혼생활을 하는 5년 내내 그랬어요. 그 사람은 내 몸을 더듬으며 나한테 욕을 했어요. 때로는 때리기도……."

"그 새끼 변태 아니야? 정신병자 또라이 같은 새끼, 그거 어떤 새끼야? 지금 어디서 뭘 하고 있어?"

결국 그녀의 말에 흥분한 건 그였다. 그가 길길이 날뛰며 소리 지르자 그녀는 그의 손을 꼭 붙잡았다.

"처음에는 자신을 거부한다는 이유로 날, 때렸어요. 온몸 여기저기에 피멍자국들이 선명하게 드러날 정도로 날 때렸어요. 그는 내가 싫다고 할 때마다 더욱 흥분하는 것 같았어요. 마치 날 강간하는 것처럼 성적으로…… 학대했어요."

"왜 살았어? 뛰쳐나왔어야지 왜 살았냐고!"

"흐흑…… 방법이 없었어요. 그 사람은 새어머니한테 많은 돈을 줬다고 했어요. 마치 날 돈 주고 사온 것처럼 말끝마다 돈 얘기를 했어요. 흐흑…… 게다가 그 사람이 아니었으면 희정이가 대학을 끝마칠 수 없었을 거예요."

"너 바보야? 그럼 네 인생은 뭐야? 가족들을 위해 그 정도로 희생을 하면 네 인생은 뭐가 되는 거냐고!"

그는 화가 나서 미칠 것 같았다. 그녀의 결혼생활에 문제가 있었을 거라고 생각은 했지만 이 정도일 거라고는 전혀, 상상조차 하지 못했었다.

"애초부터 난 존재하지 않았어요. 난, 아무것도, 흐흑……."

"바보 같으니라고."

그녀는 복받쳐 오르는 눈물을 쏟아냈고 그런 그녀가 안쓰러웠지만 그 순간 그가 해줄 수 있는 일이 울고 있는 그녀를 품에 안고 토닥여 주는 일뿐이라는 사실이 그를 더욱 미치게 만들었다.

"처음에는 그가 성적으로 학대할 때마다 거절도 해보고 애원하며 매달려도 보고 빌어도 봤어요. 하지만 난 어느 순간 알게 됐어요. 내가 그렇게 하면 할수록 그가 더욱 흥분하게 된다는 걸. 그래서 인형처럼 당해 줬어요. 생각도 없고, 의식도 없는 인형처럼 그가 하는 대로 따라줬어요. 치욕스러운 행동들을 얼마나 많이 하게 했는지 몰라요. 하지만 난 내가 죽은 여자라고 생각했어요."

"신고하지 그랬어?"

"그 사람이 매달 희정이를 위해 주는 돈 때문에 할 수 없었어요. 그저 나 하나만 희생하면 모두 편할 수 있다는 생각에 그냥 견뎠어요. 아니, 차라리 그의 폭행에 숨이 끊어졌으면 좋겠다고 생각했어요. 매일 기도했어요. 제발, 내 생명을 가져가 달라고."

"신께 감사해야겠군. 날 위해 널 데려가지 않았으니 말이야."

"결혼하고 시간이 1년, 2년 흐르자 시어머니는 시어머니대로 손이 귀한 집에 시집와 자식 하나 낳지 못한다고 꾸중하기 시작하셨어요."

"자식이나 똑바로 키워 놓고 큰소리치라고 말해 주지 그랬어?"

그의 말에 그녀는 아무런 대꾸도 하지 않았다. 아마도 백승미라면 그렇게 말했을 것이다. 하지만 박희수는 어른에게 그런 말을 할 정도로 생각 없는 여자가 아님을 그도 알고 있었다. 그저 그녀가 당하고 산 세월이 너무 답답해서 홧김에 한 말이었다.

"하지만 시간이 흘러도 아이는 생기지 않았고, 난 남편에게 맞는 횟수가 늘어갔어요. 그리고 결혼 3년이 지나자 그는 집에 매일 들어오지 않게 됐어요. 여자가, 있는 것 같더라고요. 난 차라리 잘 됐다고 감사하게 생각했어요. 하지만 집에 오는 날은 여지없이 날 엉망으로 만들어 놨고 난 그가 오지 않는 날 병원에 다니며 치료를 받곤 했어요."

"박 검사는 그 사실을 몰랐나?"

"네. 희정이가 눈치 채지 못하도록 최대한 조심했어요."

"기가 막히는군."

"그리고 결혼 5년째 될 때였어요. 그날은 그가 기분이 안 좋았던 것 같아요. 들어오자마자 소리를 지르며 날 때리기 시작했어요. 난 제발 그러지 말라고 빌었어요. 하지만 소용없었어요. 그의 눈은 이미 광적으로 변해 있었고…… 난, 난 속수무책으로 당해야 했어요. 그는 내게 불만을 쏟아내며 결국엔 날 죽이고 싶었는지 골프채로 날 때리기…… 시작했어요."

"후, 그 새끼 회사 상호 대봐."

"지, 진욱 씨……."

눈물을 많이 흘려 빨갛게 충혈 된 그녀의 눈은 두려움에 떨고 있었다. 마치 금세 전남편이 나타나 자신을 때리기라도 할 것 같은 두려움이 그녀를 짓누르고 있었다. 그런 그녀를 보며 그는 가슴이 찢어지는 것 같았다. 마치 그것이 자신의 책임이라도 되는 것처럼 그는 분노로 온몸의 세포들이 터져 나가는 것 같았다.

"그래서? 골프채로…… 그걸로 맞고 어떻게 됐어?"

"난 그 순간 내가 죽는구나, 생각했어요. 차라리 잘 됐다고 생각했어요. 그날은 희정이가 사법연수원에서 나오는 날이었어요. 희정이 얼굴이나 보고 죽었으면 좋겠다고 생각했어요. 하지만 차라리 잘 된 건지도 모른다고 자신을 위로했어요. 희정이가 이런 모습을 본다면 많이 슬플 테니까요."

"그럼 박 검사는 지금도 그 사실을 몰라?"

"알아요."

"어떻게?"

"그날 사법연수원에서 나와서 나한테 계속 전화를 했던 모양이에요. 근데 연락이 안 되니까 직접 집에 찾아왔대요. 초인종을 눌러도 대답이 없어서 돌아가려다가 문이 열려 있어서 들어왔던 모양이에요."

"박 검사도 꽤 충격이었겠군."

그 모습을 보고 누가 충격을 받지 않겠는가? 충격을 받지 않는 사람이 비 정상인이었다.

"온몸이 피투성이에 발가벗겨져서…… 바닥에 엎어져 있더래요."

"그 새끼는?"

"없었대요."

"그럼, 그런 상태의 널 두고 혼자 나갔단 말이야?"

"……네."

"하…… 그거, 인간 아니구나? 짐승, 아니 짐승만도 못한 새끼야. 그건 사람이라고 할 수가 없어."

그는 그제야 그녀가 왜 정신과 치료를 받아야 했는지 이해할 수 있을 것 같았다. 왜 그녀가 처음에 자신의 손길에 움찔거렸는지 이해할 수 있을 것 같았다. 가슴이 아렸다. 너무 아려서 그는 탁자에 올려져 있는 술을 병째 들고 들이켰다. 뜨거운 액체라도 들이켜지 않으면 그 순간 그는 돌아버릴 것만 같았다.

"희정이가 병원으로 옮겨서 5일 만에 깨어났어요. 나중에 정신 들고 희정이가 소송 걸려고 했다고 하더라고요. 하지만 깨어난 난 완전 미치광이가 되어 버렸고 희정이가 남편을 찾아가 이혼하지 않으면 소송 걸겠다고 했대요. 그 사람, 딱 한 번 병원에 찾아와서 말하더군요. 이혼은 해주겠지만 위자료는 단 한 푼도 줄 수 없다고. 이제까지 우리 친정에서 가져간 돈만 해도 한몫 된다고요. 난 그때 제정신이 아니었고 그를 보는 것만으로도 발작 증세를 보였어요. 그렇게, 내가 이혼을 하는지, 뭘 하는지도 모르게 이혼을 했어요."

"그 뒤로 만난 적은?"

"없어요."

그녀의 눈은 빨갛게 충혈 되어서 그때의 기억을 떠올리는 것만으로도 얼마나 힘들고 아픈 일인지 그로 하여금 짐작하게 해주었다. 그는 그녀의 충혈 된 눈에 입을 맞췄다. 코에 입을 맞추고, 입술에 부드럽게 입을 맞추며 말했다.

"네 아픔, 내가 보듬어 줄게."

"진욱, 씨……."

"나한테 기대. 힘들고 아팠던 세월 내가 보상해 줄게."

"……고마워요."

"아니, 내가 고마워. 살아 있어 줘서, 그렇게 충격적인 시간들을 보내고도 이렇게 정신 차리고 열심히 살아 줘서 오히려, 내가 고마워."

그녀의 눈에서 또다시 눈물이 흘렀다. 하지만 아파서 우는 눈물은 아닌 것 같았다. 그를 향해 희미한 미소를 지은 그녀는 그를 껴안으며 울었다. 이제까지의 서러움을 풀어낼 곳이 없던 그녀에게 고향처럼 푸근한 진욱의 품 안은 그 서러움을 쏟아내기에 충분한 장소 같았다.

"아이스크림 다 녹았네. 먹을래?"

그녀의 서러움을 모두 넓은 가슴에 품어 준 진욱은 그녀의 흐느낌이 잦아들자 그녀의 기분을 바꿔 주고 싶은 마음에 물었다. 그러자 그녀는 정말 환하게 미소 지으며 고개를 끄덕였다. 그녀의 미소에 그 또한 환한 웃음이 흘러나왔다.

"잠깐 있어. 아이스크림 다시 가져올게. 나하고 같이 먹자."

그는 주방으로 나갔다. 아이스크림을 꺼내기 전 그는 서재로 가서 수화기를 들고 빠르게 전화번호를 눌렀다.

-네, 사장님.

"희수 전남편이 누군지, 사업가라는데 어떤 회사의 오너인지 알아봐. 그리고 그 회사 재정 상태, 그 남자의 취약점, 빈틈 같은 거 하나도 놓치지 말고 조사해서 브리핑해."

-박희수 씨, 말씀입니까?

"그럼 희수가 박희수 말고 또 있나?"

-알겠습니다.

그녀 앞에서는 자제하려고 노력했다. 하지만 그의 분노는 활활 불타오르며 꺼질 생각을 하지 않았다. 아니, 그녀 대신 그 남편이라는 놈에게 복수하지 않고서는 절대로 이 불을 꺼뜨릴 수가 없었다.

'개새끼는 개새끼답게 천벌을 받아야지. 내가 해주겠어. 네 놈이 아직도 망하지 않고 있다면 저 여자의 정신세계를 파괴시켜 놓은 대가…… 내가 벌하겠어.'

그는 차가운 눈길로 중얼거렸다. 그는 비서에게 지시한 후 주방으로 가서 아이스크림과 스푼을 가지고 방으로 들어가 침대 위에 올라갔다. 그리고 쟁반 위에 아이스크림 통을 올려놓고 아이스크림을 떠서 그녀의 입에 대주었다.

"진욱 씨, 먹어요."

"먹어 봐. 내가 먹여 주는 거라 더 맛있을 테니까."

그녀는 그의 사소한 행동 하나에도 감동한 것처럼 보였다. 그만큼 사랑에 목말라 있는 것인지도 모른다. 그녀는 부끄러운 듯 그가 내민 스푼의 아이스크림을 받아먹었다.

"어때?"

"맛있어요."

"그렇게 맛있으면 나도 주지 그래?"

그는 투정부리는 아이처럼 그녀에게 말했다. 그러자 그녀의 얼굴에 행복에 가득 찬 미소가 흘러나왔다. 그녀는 자신의 스푼으로 아이스크림을 떠서 그의 입에 대주었다. 그는 그녀를 바라보는 눈길을 늦추지 않은 채 아이스크림을 받아먹었다. 그러자 그녀가 물었다.

"맛있어요?"

"응. 하지만 너보다는 맛없어."

"그러지 말아요. 그러다 정말 나 색녀 되면 어쩌려고?"

"내 앞에서는 뭐가 되든 괜찮아. 다른 놈한테 안기지만 마. 전에도 얘기했지? 나 배신하면 너도 죽고, 나도 죽는 거라고."

그의 말에 그녀는 천천히 고개를 끄덕이며 말했다.

"그때는 당신이 참 무서운 사람이라고 생각했는데 왜 그런 말을 했는지 이제는 알 것 같아요."

"행복하나?"

"……그런 것, 같아요."

"그럼 나 약속 제대로 지킨 거지?"

"아마도."

그녀는 아직 확실하지 않은 일을 대답하듯 망설이며 대답했다. 아직은 확신이 없을 것이다. 그에 대한 믿음이 단단해지지 않았을 것이라는 것쯤은 그도 알고 있었다.

"이건 시작에 불과해. 살아 있으니까 행복하구나, 살아 있어서 정말 다행이라고 생각하게 해줄게. 나, 믿어?"

"……."

"응?"

"……믿어요."

그의 집요한 질문에 그녀는 잔잔한 미소를 지으며 고개를 끄덕였다. 그는 확인하고 싶었다.

"정말?"

"정말."

"좋아. 먹어."

그는 다시 아이스크림을 그녀의 입가에 대주었다. 그녀는 아이처럼 그가 내민 아이스크림을 잘 받아먹었다. 그녀의 입에 아이스크림이 들어가고 난 후 그는 곧 바로 그녀의 입에 키스했다. 그리고 그녀의 입 안에 녹아 있는 아이스크림을 받아먹으며 말했다.

"이게 더 맛있어."

"진욱 씨! 어떻게 입에 있는 걸……."

"뭐, 어때? 넌 이제 내 자신이나 다름없는데."

그는 아무렇지도 않았다. 그의 말에 그녀는 더 이상 아무 말도 하지 않았다. 그는 아이스크림 통을 침대 옆으로 치우고 그녀의 입술에 키스했다.

"내 눈에 나타나 줘서 고맙다."

"나도요."

서로의 마음을 확인한 그들은 더 이상 망설일 이유가 없었다. 그는 그녀를, 그녀는 그를 탐하며 서로 하나가 되어 나갔다. 이제는 서로를 품에 안는 일이 그들에게는 전혀 어색하지 않았다. 너무나 자연스러웠다. 마치 오래된 부부가 서로를 품에 안듯 그들은 그렇게 서로의 품 안에서 안식을 찾으며 행복을 찾으려고 노력했다.

아파 본 사람만이 아픈 사람의 심정을 알고 아픔을 알 듯, 그도, 그녀도 배우자로 인한 아픔의 상처를 받아봤기에 서로를 이해하며 서로의 아픔을 보듬어 주었다. 앞으로는 아프지 않길 기도하며.

7. 얼굴은 마음의 창

"잠깐!"

아침에 출근을 하기 위해 그녀는 1시간 동안 진욱과 씨름했다. 오늘만 쉬면 안 되느냐고 1시간 동안 그녀를 조르며 고문했던 것이다. 결국 태워다 주겠다며 병원 앞까지 오긴 했는데 그는 그녀를 들여보내고 싶지 않은 듯 또다시 그녀를 붙잡았다.

"휴, 또 왜요?"

"인사도 안 하고 가나?"

그는 심술 난 아이처럼 그녀에게 투정을 부렸다. 그녀는 결국 웃음을 터뜨리며 그의 볼에 입술을 가져갔다. 하지만 그는 금세 고개를 돌려 그녀의 짧은 인사를 긴 입맞춤으로 만들어 버렸다. 겨우 그에게서 벗어난 그녀는 그의 어깨를 툭 치며 말했다.

"앞으로도 이러면 인사 못해요."

"협박하는 건가?"

"그럴지도 몰라요."

"그럼 난 출근 안 시킬 건데?"

"난봉꾼 같으니라고."

그녀는 얄미운 사람을 바라보듯 그를 곱게 흘겨봤다. 하지만 그는 전혀 관계없는 듯 말했다.

"병원에 들어가면 그렇게 웃지 마."

"네? 왜요?"

"불안해. 너 웃을 때 꽤 남자 마음 잡아끄는 매력 있거든."

"지금 뭐라고 하는 거예요? 여긴 내 직장이에요. 직장은 연애하는 곳이 아니라 일을 하는 곳이라고요."

"그래서 넌 연애하고 싶어 했나?"

그녀의 말에 진욱은 조 선생의 이야기를 꺼냈다. 순간 그녀의 표정이 살짝 굳어졌다. 그러자 그는 재빨리 말을 이어갔다.

"어쨌든 1시간에 한 번씩 전화하는 거 잊지 말고, 끝나면 곧바로 여기로 오는 것도 잊지 말고."

"알았어요. 나 이제 출근해도 돼요? 이러다 정말 지각한다고요."

"알았어. 오후에 데리러 올게."

"일 열심히 해요."

"그래."

그는 길고 긴 인사를 했고 그녀는 겨우 그에게서 해방되어 병원 쪽으로 걸어갔다. 그녀가 앞만 보고 걸어가는데 그녀의 휴대폰 벨이 울렸다. 꺼내 보니 진욱이었다.

"또 왜요?"

-뒤도 한번 안 돌아보고 가?

"출근 안 해요?"

-뒤돌아보고 손을 흔들어 줘야 가지.

그녀는 피식 웃으며 뒤로 돌았다. 그러자 그는 그녀에게 시선을 고정시킨 채 움직이지 않고 있었다. 그녀는 피식 웃으며 그를 향해 손을 흔들었다. 그러자 그가 말했다.

-보고 싶으면 어떻게 할까?

"흠…… 참아요."

-뭐?

"성인은 참을 줄도 알아야 해요. 그러니까 참아요."

-정말 이렇게 나온다 이거지?

"전화할게요."

-알았어.

그녀가 병원 로비로 들어갈 때에야 그는 겨우 전화를 끊어 주었고 그녀는 재빨리 탈의실로 들어가 옷을 갈아입고 간호사 데스크로 향했다. 진욱이 퇴원하고 처음 하는 출근이 그녀는 너무나 낯설었다. 그녀가 데스크로 다가가자 다른 간호사들이 물었다.

"희수 씨 괜찮아요?"

"네?"

"감기 몸살 때문에 어제 못 나왔다면서요? 괜찮냐고요?"

그녀가 무슨 말인지 몰라 어리둥절한 표정을 짓고 있는데 그때 뒤에서 조 선생의 목소리가 들려왔다.

"어? 희수 씨 출근했네. 난 감기 몸살이 심하다고 해서 며칠 더 걸릴 줄 알았는데."

그는 그녀 쪽으로 다가오며 한쪽 눈을 찡긋해 보였다. 그제야 그녀는 간호사들의 말을 알아듣고 얼굴에 미소를 띠우며 대답했다.

"네, 많이 좋아졌어요."

"요즘 날씨가 감기 걸리기 딱 좋아. 이 간호사랑, 최 간호사도 조심해요."

조 선생은 그곳에 있는 간호사들의 건강까지 챙겨주며 연기를 했다. 그러자 간호사들은 환하게 웃으며 대답했다.

"희수 씨, 이따가 점심 먹고 커피 한 잔 어때?"

"……좋아요."

조 선생이 무엇을 말하려고 하는지 그녀는 대충 알 것 같았다. 그런데 이상했다. 오늘 조 선생을 보면 무척 어색할 것 같았는데 전혀 어색하지 않았다. 아니, 오히려 그녀의 컨디션은 그 어느 때보다도 좋았다.

'나, 조 선생님을 좋아했던 게 맞긴 할까? 어떻게 아무렇지도 않을 수가 있지?'

그녀 자신도 너무 놀라워서 믿어지지 않았다.

병원의 아침은 꽤 바쁘게 흘러갔다. 의사들은 아침 회진을 돈 후 환자들을 진료하느라 바빴고 간호사와 간호조무사도 진료하는 의사들을 서포트 하느라 바빴다. 하지만 그녀는 틈틈이 진욱에게 전화를 걸어 목소리를 들려줬다.

오전 시간이 바쁘게 지나가고 점심 식사를 한 후 그녀는 병원 뒤에 있는 언덕으로 올라갔다. 조 선생과 이야기할 때면 그녀는 항상 언덕으로 올라가곤 했다. 그녀가 올라가자 조 선생은 벌써 올라와 커피 한 잔을 마시며 따뜻한 햇볕을 쬐고 있었다.

"식사는 맛있게 하셨어요?"

"어, 희수 씨는?"

"잘 먹었어요."

"그런데 희수 씨 도대체 어떻게 된 거야? 희정 씨하고 싸웠다며?"

"희정이가, 그래요?"

"어, 그날 병원까지 와서 걱정 많이 하고 갔어."

그녀는 소리 없이 미소 지으며 자신이 들고 올라간 따뜻한 커피를 한 모금 마셨다.

"그냥 생각 좀 정리할 게 있어서 여행을 다녀왔어요."

"여행? 그 비 오는데?"

"네."

그녀는 대충 여행을 다녀왔다고 둘러댔다. 조 선생은 그녀의 말을 의심하지 않는 것 같아 보였다.

"그럼 전화라도 좀 해주지 그랬어?"

"그냥요."

"그래서 생각은 정리됐어?"

"된 거…… 같아요."

"다행이네. 뭐, 마음이 복잡할 때 잠깐 떠났다 오는 것도 괜찮은 방법이지."

"그게 그렇더라고요. 병원에 잘 말씀해 주셔서 감사해요."

"뭘, 그 정도야 같은 직장에서 일하는 사람으로서 얼마든지 해줄 수 있는 일인데, 뭐."

그녀는 고개를 끄덕였다. 그 말을 끝으로 조 선생은 무단결근한 일에 대해 더 이상 캐묻지 않았다. 그렇게 어색한 침묵이 흐르고 잠시 후 조 선생이 물었다.

"희정 씨는…… 잘 있어?"

"출장 갔어요."

"출장?"

"네, 내일 올 거래요."

"아, 그랬구나."

그는 무척 아쉬워하는 얼굴이었다. 정말 이상했다. 희정을 생각하는 조 선생의 얼굴을 보고 있으면 가슴이 많이 아플 것 같았다. 그런데 생각 외로 그녀의 마음은 무척이나 담담했다. 좋아했는데, 아니 좋아한다고 생각했는데 어째서 아무렇지도 않은지 이해할 수 없었다.

하지만 그녀의 마음은 아프지도, 숨 쉬는 게 힘들지도, 괴롭지도 않은 채 그 순간 그녀는 진욱을 떠올리고 있었다. 자신을 따뜻하게 감싸주는 남자, 자신의 아픔을 잘 이해하고 받아주는 남자, 심지어 정신병자였던 그녀를 이해해 주는 남자, 그가 너무나 고마워서 그를 실망시키고 싶지 않다는 생각뿐이었다.

'설마 내가 진욱 씨를……?'

그녀가 사랑이라고 생각했던 사람에게서는 아무런 느낌도 받지 못하고 있고 싫어했던 사람을 생각하고 있다니 정말 아이러니였다.

"선생님, 우리 희정이…… 정말 사랑하세요?"

"그런 것 같아. 여자 만나서 그런 느낌 처음이었어. 희정 씨를 만나고 난 후에는 주말 내내 희정 씨 생각밖에 안 했어. 우습지?"

"그게, 사랑이니까요."

그녀는 무심결에 대답을 하고 자신의 대답에 자신 또한 놀랐다.

'사랑? 그럼 내가 지금 진욱 씨 생각을 하고 있는 것도…….'

그녀의 눈이 충격으로 커다랗게 변해갔다. 하지만 그녀의 그런 감정 변화를 알지 못한 조 선생은 말을 이었다.

"그런가 봐. 희정 씨 마음도 모르고 나 혼자만 이러는 거 우습다고 생각하면서도 끊임없이 희정 씨가 떠올라."

"……선생님이어서, 다행인지도 모르겠어요."

"그게 무슨 말이야?"

"제가 희정이한테 못 볼꼴을 보여줘서 희정이가 결혼을 안 하려고 해요."

"뭐?"

"5년 전에 행복하게 살고 있다고 생각했던 언니가 형부라는 남자한테 맞아서 그 지경이 되었을 때 아마 결혼이라는 제도에 정이 떨어졌을 거예요. 독신주의자래요."

"정말이야?"

"네."

그녀의 설명에 조 선생의 표정이 굳었다. 물론 생각지도 못했을 거라는 건 알고 있었다. 하지만 지금 그녀의 마음은 그가 자신의 동생을 행복하게 만들어 줬으면 하는 마음뿐이었다.

"결혼을 하라고 하려면 저부터 결혼으로 행복해져 보래요. 그럼 독신주의 하지 않겠다고."

"미치겠군."

"하지만 연애는 하겠대요. 그런데 연애 상대로 선생님한테, 관심이 없는 것 같지는 않아요."

"정말?"

"네. 선생님도 우리 희정이 연애 상대로만, 생각하고 계세요?"

"지금 느끼는 감정은 그게 아니야. 가벼운 마음으로 희정 씨 만나려고 하는 거 아니야."

"그럼, 부탁해도 될까요?"

그녀는 단호한 눈길로 조 선생을 바라보며 물었다.

"뭘?"

"우리 희정이, 행복하게 해주실 수 있으세요?"

"……글쎄, 희수 씨는 행복을 어떻게 생각하고 있는지 모르겠지만 행복이란, 남이 준다고 해서 가질 수 있는 게 아니야."

"그럼요?"

"자신이 노력해야지. 자신은 조금의 노력도 없이 남이 주는 행복만을 바란다면 그건 신기루를 잡으려고 노력하는 것과 다르지 않아."

그의 말을 듣고 보니 틀린 말 같지 않았다. 행복은 함께 만들어 가는 것이지 누구 혼자서 줄 수 있는 단면적인 것이 아니었다. 그의 말이 틀리지 않다는 건 알고 있지만 그렇다고 해도 그건 그녀의 질문에 대한 답이 될 수는 없었다. 그녀는 표정을 굳힌 채 물었다.

"그럼, 선생님은 우리 희정이를 행복하게 해주실 수 없다는 말인가요?"

"아니, 만약 내가 희정 씨와 특별한 사이가 된다면 난 희정 씨가 행복해지도록 최선을 다할 거야. 하지만, 그걸 받아들이고 받아들이지 않고는 희정 씨의 몫이라는 말이지."

"……부탁드릴게요."

그녀는 조 선생을 향해 고개를 숙였다. 동생을 위해서, 희정을 위해서 그녀가 할 수 있는 일은 그 정도밖에는 없는 것 같았다.

"부탁은 내가 해야지. 희수 씨는 언니로서 내가 희정 씨와 교제하는 거, 반대하지 않아?"

"선생님이어서 다행이에요."

"왜?"

"선생님의 따뜻함이라면 우리 희정이의 얼어 있는 마음도, 녹일 수 있을 테니까요."

그녀의 말에 조 선생은 미소 지었다. 조 선생에게 말하는 시간이 무척 힘든 시간이 될 줄 알았던 그녀는 의외로 힘들지 않은 자신을 보며 마음의 흐름을 다시 한 번 생각하는 계기가 되었다.

"아참, 희수 씨 금요일 파티에 참석해?"

"잘…… 모르겠어요."

"힘들 것 같으면 그냥 참석하지 않는 게 어때? 굳이 무리해서 성진욱 사장의 파트너로 참석했다가 마주치기라도 하면 어쩌려고 그래?"

"아직 시간이 있으니까…… 생각 좀 해보고 결정할게요."

"그래, 잘 생각해 보고 결정해."

조 선생의 말에 그녀는 고개를 끄덕였다.

"조 선생님은 그날 참석하실 거죠?"

"솔직히 나도 그런 파티는 별로거든. 그런데 어쨌든 희정 씨는 참석하고 싶어 하는 것 같으니까 참석해야겠지?"

"네, 그러세요."

그녀는 미소를 지으며 대답을 하며 손목에 걸려 있는 시계를 바라봤다. 이제 그만 내려가서 일을 해야 할 시간이었다.

"저는 그만 내려가 봐야 할 것 같아요. 하던 일 마저 하고 퇴근해야죠."

"벌써 시간이 그렇게 됐나? 어쨌든 희수 씨하고 얘기하니까 내 마음이 편하다."

"다행이네요. 선생님한테는 도움을 받기만 했는데 도움을 드릴 수도 있어서."

"그러니까 사람 일은 한 치 앞을 모른다는 거야."

그녀는 고개를 끄덕였다. 진욱이 그녀에게 똑같은 말을 할 때 그녀는 강하게 부인했었다. 하지만 그의 말은 틀리지 않았다. 지금 그녀는 그의 품이 그리웠고, 얼마 전만 해도 자신이 그의 품에서 편안함을 얻게 되리라고는 꿈에도 생각해 본 적이 없었다. 그녀는 조 선생에게 인사를 하고 병원으로 들어가 환자 기록들을 전산으로 입력했다.

병원에서의 하루는 그리 길지 않았다. 워낙에 바빴고 일이 많았기 때문에 하루가 어떻게 가는지 생각할 겨를도 없이 지나가 버리기 일쑤였기 때문이다. 그녀는 일을 마치고 옷을 갈아입은 후 재빨리 병원을 나가 아침에 그와 헤어졌던 주차장으로 갔다. 그 자리에 그가 있었다. 그녀가 다가가자 진욱은 차에서 내려 그녀가 차에 탈 수 있도록 차 문을 열어 주었다.

"오래 기다렸어요?"

"방금 왔어. 어서 타."

"왜요? 어디 가요?"

"집에."

그는 짧게 대꾸한 후 그녀를 차에 태우고 재빨리 차를 출발시켰다. 너무나 급하게 움직이는 그를 보며 그녀는 물었다.

"바쁘면 오지 않아도 되는데……."

"네가 있어야 바쁘지."

"네?"

"오전 내내 참았더니 지금 내 몸이 내 몸이 아니야."

"뭐가?"

"오늘 언니가 집에 와 있지 않으면 어쩌나, 걱정하면서 왔거든."

"그런 걱정을 왜 해?"

"내가, 언니한테 많이 잘못했으니까."

"그렇지 않아. 네 말, 틀린 거 하나도 없어."

틀린 거 없다는 희수의 말에 희정은 그녀에게 기대고 있던 몸을 일으키며 말했다.

"아니야, 내가 그때 미쳤었어. 언니가 얼마나 힘든 시간을 보냈는지 뻔히 알면서, 어떻게 그런 말을 했는지…… 정말 내 자신이 저주스러웠어."

"그럴 거 없어. 힘들었던 시간은 과거고, 우리는 지금 현재를 살아가고 있고, 또 미래에는 누군가를 만나 또 다른 사랑을 해야 하는 게 인생이야."

"언니……."

그녀의 말에 희정은 어색한 눈으로 그녀를 바라봤다.

"왜?"

"오늘따라 언니가 많이…… 달라 보여."

"내가?"

"언니 얼굴이 무척, 편안해 보인다고 할까? 고단함보다는 즐거움이 언니 얼굴에 있어."

"그래? 난 모르겠는데."

희정의 말에 그녀는 말을 얼버무렸다. 그에게 자신의 과거를 털어놓았던 게 효력을 발휘한 것일까? 그 후부터 그녀는 정말 마음이 편안해졌다. 그 편안해진 마음이 얼굴에 고스란히 드러나 있는 모양이었다. 병원에서도 간호사들이 무슨 좋은 일 있는 거 아니냐는 질문을 자주 했고, 조 선생도 그녀에게 좋은 일 있냐고 물었었다. 그런데 희정까지 그런 말을 하자 그녀는 정말 자신이 달라졌는지도 모르겠다는 생각이 들었다.

"어서 씻고 식탁으로 와. 너 좋아하는 아귀찜 했어."

"정말?"

"응."

"우와, 언니 최고!"

희정은 아이처럼 소리친 후 재빨리 짐 가방을 내팽개치고 욕실로 들어갔다. 그녀는 희정이 씻는 동안 만들어 놓은 아귀찜을 데우고 밑반찬 몇 가지를 꺼내서 접시에 담아 식탁 위에 올렸다. 그 때 앞치마 앞에 넣어 뒀던 휴대폰이 울렸다. 진욱이었다.

"여보세요."

-뭐 하는데 전화도 안 해?

"저녁 준비하고 있었어요."

-아까도 준비하고 있다고 하지 않았나? 박 검사는 들어온 거야?

"네, 지금 씻고 있어요. 진욱 씨는 식사했어요?"

-아니, 같이 먹어 주는 사람 없어서 굶었어.

"정말이요?"

그의 말에 그녀는 자신도 모르게 걱정이 됐다. 그녀가 걱정스러운 어투로 묻자 그는 금세 목소리를 바꾸어 말했다.

-그건 아니고, 오늘 사업상 술 약속이 있어.

"빈속에, 술 마시려고요?"

-지금 내 걱정 하는 거야?

"……."

-왜 말이 없어? 지금 묻잖아, 내 걱정 하는 거냐고?

-……네.

그녀는 대답하지 못하다가 작은 목소리로 짧게 대답했다. 그러자 그가 물었다.

-그 한 마디가 그렇게 어려운가?

"표현하는 거, 익숙하지 않아요."

-차츰차츰 익숙해지면 되지, 뭐. 그나저나 오늘 박 검사 잘 때 나오면 안 되나?

"네?"

-이제 네가 없으면 잠이 안 올 것 같아.

"말도 안 돼요."

그녀는 깜짝 놀란 목소리로 대답했다. 무슨 불륜을 저지르는 사이도 아니고 동생이 잘 때 집을 **빠져나오**라니, 그렇게 하고 싶지는 않았다.

-왜, 안 돼? 그럼 넌 내 품이 아니어도 잘 수 있어?

"그러지 말아……"

"아, 시원해."

그를 설득하기 위해 입을 여는데 마침 욕실에서 나오는 희정의 목소리가 들렸다. 그녀는 나직한 목소리로 **빠르게** 말했다.

"희정이 나왔어요. 그만 끊어요."

-참나, 전화도 마음대로 못하나?

"아직은요."

-알았어. 저녁 먹고 방에 들어가면 전화해.

"네."

그녀는 재빨리 전화를 끊고 휴대폰을 앞치마에 집어넣었다. 그 때 희정이 주방으로 들어오며 물었다.

"언니, 누구 왔었어?"

"오긴 누가?"

"언니가 누구하고 얘기하는 거 같았는데."

"얘기는 무슨, 어서 앉아. 다 됐어."

"음, 이 맛있는 냄새. 내가 볼 때 언니는 간호조무사 말고 식당 같은 거 하면 잘 할 거 같아. 언니가 다른 건 몰라도 음식 하나는 잘 하잖아."

그가 하는 말의 뜻을 깨달은 그녀는 입가에 미소를 머금고 그를 곱게 노려봤다. 하지만 그는 그런 그녀의 눈길 따위 상관없는 듯싶었다. 솔직히 그녀도 상관없었다. 그와 함께 하지 못한 아침이 그녀 또한 무척이나 힘들게 지나갔기 때문이다.

'나, 이 사람에게…… 중독되어 가나 봐.'

딩동딩동.

"누구세요?"

"언니, 나야."

병원에서 일하는 시간 외에는 꼬박 이틀을 진욱과 집에서 뒹굴며 보냈다. 오늘도 보내주지 않으려 하는 걸 달래고 달래서 집으로 돌아왔다. 그녀는 마트에서 장을 보고 집으로 돌아와 몇 가지 음식을 만들고 저녁상을 차렸다. 7시쯤 희정이 집으로 돌아왔다.

"출장은 잘 다녀왔어?"

집으로 들어오는 희정의 얼굴은 무척이나 지쳐 보였다.

"피곤했나 보네? 어머, 희정아……."

집으로 돌아온 희정은 안으로 들어서자마자 그녀를 껴안았다. 깜짝 놀란 희수는 멍하니 서 있다가 고단해 보이는 희정의 어깨를 토닥여 주었다.

"언니, 고마워."

"잘 하기는. 다른 사람들도 이 정도는 다 해."

그녀는 대수롭지 않은 일인 것처럼 대꾸했다. 그녀는 요리하는 일을 좋아했다. 하지만 자신이 식당을 해도 될 정도로 솜씨를 갖춘 건 아니라고 생각했다.

"언니가 몰라서 그래. 언니 정도 요리 솜씨면 식당 하나 내도 돼. 생각해봐. 언니가 간호조무사 그만두고 식당 해보고 싶다면 내가 투자할게."

"네가 무슨 돈이 있어서?"

"이래봬도 월급 받아서 적금도 착실히 부었어."

"그 돈은 너 결혼……."

그녀는 당분간 결혼 얘기를 꺼내지 않으려고 마음먹었었는데 자신도 모르게 결혼 이야기가 튀어나오자 재빨리 말을 멈췄다. 그러자 희정이 그녀를 바라보며 말했다.

"언니."

"응?"

"결혼하는 거에 대해…… 심각하게 생각해 볼게."

"정…… 말?"

"응, 언니 말대로 싫다고만 하지 않을 테니까 내 걱정 너무하지 마. 정말, 이 사람이라면 결혼이라는 것을 해보고 싶다 하는 사람이 나타나면 주저함 없이 결혼할게. 그러니까 언니도 조금만 기다려 줘."

"알았어. 대신 나도 할 말이 있어."

"뭔데?"

그녀의 말에 희정은 눈을 빛냈다. 그녀는 얼굴에 미소를 머금고 말했다.

"나도, 네 말대로 다시 행복해지기 위해…… 아니, 한 번도 행복해 본 적 없었는데 누군가를 만나 행복해질 수 있도록 노력해 볼게. 혼자서 높고 두꺼운 벽을 쳐놓고 구석에서 숨어 있는 짓 더 이상 안 할게."

"정말?"

"응."

그녀의 말에 희정의 눈이 동그랗게 변했다. 믿을 수 없다는 표정으로 그녀를 바라보며 함박웃음을 지은 희정이 말했다.

"언니, 오늘은 우리 술 한 잔 해야겠다. 맥주 없어?"

"후후, 있어."

그녀는 재빨리 냉장고에서 맥주를 꺼내 컵에 따랐다. 그리고 희정의 잔과 부딪힌 후 시원한 맥주를 들이켰다.

"아귀찜 먹어 봐. 오랜만에 해서 맛있게 됐는지 모르겠다."

그녀는 맥주를 마신 후 아귀찜에 들어 있는 콩나물과 미나리를 집어먹으며 말했다. 그러자 희정도 콩나물과 미나리를 한 젓가락 들고 입 안에 넣은 후 활짝 웃으며 말했다.

"으음, 너무 맛있어. 최고야."

"후후, 많이 먹어."

"언니도."

희정과 오랜만에 활짝 웃으며 식사를 하자 그녀의 무거웠던 한쪽 마음이 새털처럼 가벼워졌다. 그녀들은 이런저런 이야기들을 주고받으며 식사를 했고 저녁을 거의 다 먹을 때쯤 희정이 눈을 가늘게 뜨고 그녀를 바라보며 물었다.

"언니, 누구 생겼어?"

"어?"

"아무래도 누구 생긴 것 같단 말이야. 언니 얼굴 표정이 지금 어떤지 알아?"

"어떤데?"

"생기가 돌아. 나 언니 이런 표정 처음이야. 마치, 누군가에게 사랑 받고 있는 여자의 얼굴 같아."

"설마……."

"나도 설마 라고 생각은 되는데 이상하지? 내 눈에 언니가 행복해, 보여."

희정의 말에 그녀는 한 손으로 자신의 얼굴을 매만졌다. 자신이 볼 때는 다르지 않은 얼굴이었다. 하지만 사람들의 눈에는 보이는 모양이었다.

"혹시, 조원철 선생……."

"아니! 아니야."

희정의 입에서 조 선생의 이야기가 나오자 그녀는 희정의 말을 모두 듣지도 않은 채 민감하게 소리쳤다. 그러자 희정은 깜짝 놀란 얼굴로 그녀를 바라보며 물었다.

"뭐가?"

"응?"

"뭐가 아니라는 거냐고?"

"나, 조 선생님하고 아무런 관계도 아니야. 나한테 뭔가 변화가 일어났다면 그건, 조 선생님 때문이 아니니까 나 신경 쓰지 말고 만나라고."

"만나? 뭘?"

"조 선생님하고 너 말이야."

희정은 이해할 수 없다는 눈길로 그녀를 바라봤다.

"그게 무슨 말이야?"

"너 조 선생님하고 연애해 보고 싶다고 했잖아. 조 선생님도 너한테 첫눈에 반했대."

"그 사람이?"

그녀의 말에 희정은 깜짝 놀란 얼굴로 물었다. 그녀는 순간 아차 싶었다. 그건 자신이 해야 할 말이 아님을 알고 있음에도 불구하고 입에서 튀어나갔던 것이다. 그녀가 실수한 듯 손으로 입을 가리자 희정이 그녀를 재촉했다.

"언니, 자세히 좀 말해 봐. 그게 무슨 말이야?"

"그게, 있잖아……."

"아, 답답해. 확실히 말 좀 해봐."

"그게 실은…… 조 선생님이 너한테 첫눈에 반했다고, 하더라."

"정말?"

"응."

그녀는 자신이 실수했다고 생각하며 고개를 숙였다. 그런데 갑자기 희정의 웃음소리가 들려왔다.

"하하하, 하하하."

"희정아……."

"그 남자 웃긴 구석이 있네."

"그렇게만 말하지 말고, 너도 진지하게 생각해 보는 게 어떻겠어? 내가 볼 때 조 선생님 꽤 괜찮은 사람이야."

"후후, 글쎄. 하는 거 봐서."

희정은 확실한 대답을 하지 않았다. 그녀 또한 더 이상 말하지 않았다. 괜히 또다시 희정과 불편한 관계가 되고 싶지 않았기 때문이다. 그녀는 희정과 저녁을 먹고, 과일과 차까지 마신 후 설거지를 마치고 자신의 방으로 들어갔다. 스킨로션을 바르고 침대에 누운 그녀는 휴대폰을 들고 그에게 전화를 해야 할지 말아야 할지 망설이다가 조심스럽게 그의 번호를 눌렀다.

-이제야 내 생각이 났나?

전화를 받자마자 진욱은 불만스러운 듯 물었다.

"미안해요. 희정이하고 얘기 좀 하다가 이제야 방에 들어왔어요. 아직도 술 마시고 있어요?"

-아니, 일찍 일어났어.

"그럼 집이에요?"

-아니.

"그럼요?"

-잠깐 내려와. 아파트 밑에 있어.

"네? 지금요?"

그녀는 깜짝 놀란 목소리로 물었다. 그러자 그가 물었다.

-그럼 내가 올라갈까?

"아, 알았어요. 내려갈게요."

그는 올라오고도 남을 남자였다. 그녀는 재빨리 전화를 끊고 방을 나섰다. 그녀가 나가는데 그 때 희정이 주방에서 나오며 물었다.

"언니, 어디 가?"

"어? 어, 그게……."

"이 시간에 어딜 가는데?"

"어, 저기…… 내일 아침에 북엇국을 끓이려고 하는데 북어가 떨어진 것 같아서 마트에 가."

"지금 이 시간에?"

"아직 마트 영업하니까."

"됐어, 그냥 콩나물 국 먹으면 되지."

"내가 먹고 싶어서 그래. 빨리 가서 사가지고 올게."

그녀는 희정에게 대충 둘러대고 집을 나섰다. 그리고 재빨리 아래로 내려가자 어디선가 그녀를 향해 헤드라이트를 비췄다. 갑작스럽게 비추는 강렬한 빛에 그녀는 한 손으로 눈을 가리고 빛이 비춰지고 있는 쪽을 바라봤다. 그의 차가 서 있었다. 그녀는 재빨리 그의 차 안으로 미끄러져 들어갔다.

"언제 왔어요?"

"한 1시간 정도 됐나?"

"그럼 전화하지 그랬어요?"

"동생하고 상봉하고 있는데 괜히 방해할까봐 기다렸지."

"저녁은요?"

"안 먹었어. 이거면 돼."

그는 그녀의 입술에 입 맞췄다. 그의 손은 그녀의 볼을 부드럽게 쓰다듬었고 그녀 또한 그의 키스에 목말라 있는 사람처럼 너무나 자연스럽게 받아들였다.

"이제 이 정도는 거부하지 않네?"

"당신, 이니까요."

"후후, 조금 전까지는 기분이 별로였는데 갑자기 기분이 좋아지는걸."

"기분이 왜 별로였는데요?"

"네가 곁에 없으니까."

"거짓말하지 말고요."

"정말이야. 잠깐 뒷좌석으로 갈래?"

"왜요?"

그녀의 질문에 그는 피곤한 듯 대답했다.

"너 안고 있으면 피곤이 풀릴 것 같아서. 마음 같아서는 이대로 집으로 데려가 침대에서 안고 싶지만, 그건 안 될 것 같으니까 잠깐 안고라도 있자."

"……알았어요."

꽤 피곤해 보이는 그의 얼굴을 보며 그녀는 거절할 수 없었다. 그들은 뒷좌석으로 자리를 옮겼고 그는 침대에 있는 것처럼 한 손을 그녀의 어깨에 두르고 앉았다. 그녀는 한 손으로 그의 가슴을 부드럽게 쓸면서 물었다.

"오늘 많이 힘들었어요?"

"꽤 많이."

"그럼 그냥 집에 가서 쉬지 그랬어요?"

"빈집에 들어가기 싫어서."

그녀의 마음이 좋지 못했다. 함께 있어 주고 싶었지만 아직, 그녀의 마음은 아무것도 정해진 게 없었다. 그녀가 미안한 표정을 짓는데 갑자기 그가 그녀의 몸 위로 몸을 포개어 오며 그녀를 애무하기 시작했다.

"뭐, 뭐 하는 거예요? 누가 보면 어쩌려고?"

"미치겠다. 너 그냥 내 집에 와서 살면 안 되나? 박 검사한테는 내가 얘기해도 돼. 박 검사도 이제 어린애가 아닌데 독립할 때 됐잖아."

그의 말에 그녀는 피식 웃었다. 그러자 그가 물었다.

"왜 웃어?"

"그냥요."

"그냥이 아닌 것 같은데, 왜 웃는데?"

"벌써부터 이렇게 미칠 것 같으면 어떻게 해요?"

"젠장, 내가 어쩌다 이렇게까지 망가진 건지."

그는 지금 자신의 모습이 마음에 들지 않는 사람처럼 신경질적으로 중얼거렸다. 그녀는 그런 그의 입술에 키스했다. 그러자 그는 그녀의 키스에 입술을 움직였다.

"망가졌다고 생각하지 않아요."

"빌어먹을, 이대로 있다가는 차 안에서 널 덮칠지도 모르겠군. 용건부터 말할게."

"용건 있어서 온 거예요?"

"겸사겸사."

"뭔데요?"

"이틀 뒤에 있는 파티 말이야."

그녀는 잊고 있었다. 파티가 이틀 뒤로 다가와 있다는 사실을.

"그게, 왜요?"

"내 여자는 너고 난 사람들한테 내 여자인 널 보여주고 싶어. 내 파트너로 파티에 참석해."

"하지만……."

"하지만 같은 거 난 몰라. 내가 내 곁에 있으라면 있어. 네가 아닌 다른 여자를 데리고 그 파티에 참석하고 싶은 생각 추호도 없어."

"……."

그녀는 쉽사리 대답할 수 없었다. 그녀가 대답하지 못한 채 망설이자 그가 지금까지와는 다른 무표정한 눈길로 무뚝뚝하게 물었다.

"너, 내 여자지?"

"……네."

"그럼 그날 내 곁에 서. 내 여자 두고 다른 여자 데려가는 거, 우습잖아."

"난 그런 파티 익숙하지 않아서 당신에게 조금의 도움도 주지 못할 거예요."

"내 곁에 있는 것 하나만으로도 넌 할 일을 다 하는 거야. 나머지는 내가 알아서 해."

그녀는 그 순간 전남편의 말이 떠올랐다.

[아무짝에도 쓸모없는 년, 그런 파티에서조차 제대로 못 어울려? 도대체 네 년이 내 아내로서 제대로 하는 게 뭐가 있어?]

전남편의 말이 떠오르자 그녀는 자신도 모르게 몸서리쳤다. 그러자 그가 물었다.

"그 정도로 싫은 건가?"

"네?"

"내 곁에 서서 내 여자로 세상 사람들에게 보여지는 게 몸서리칠 만큼 싫은 일이야?"

그의 표정은 차갑게 굳어 있었다. 갑작스러운 그의 오해를 그녀는 부인했다.

"그런 거, 아니에요."

"그럼?"

"……갈게요."

아무런 이유도 대지 못한 채 가지 못한다고 하면 그의 오해의 골이 깊어질 듯해서 그녀는 결국 수락하고 말았다. 그러자 그는 그녀의 입술에 키스하며 나직하게 속삭였다.

"그럴 줄 알았어."

"미리 얘기하지만 난 당신에게 아무런 도움도 줄 수가 없어요. 난 활발하지도 않고……."

"상관없어. 내 곁에만 서 있어. 넌 그것만 하면 돼."

그의 말에 그녀는 고개를 끄덕였다.

'그래, 이 남자는 다를 거야.'

그녀의 이성이 속삭였다. 그의 얼굴에서 피곤한 기색이 조금씩 가시더니 그는 그녀에게 벨벳 상자 하나를 건넸다.

"이게, 뭐예요?"

"열어 봐."

그녀는 놀란 눈길로 상자와 진욱을 번갈아 가며 바라보다가 상자를 열었다. 그리고 그녀는 순간 숨을 멈췄다.

"헉…… 너무, 아름다워요."

그가 준 상자에는 목걸이와 귀걸이, 팔찌, 그리고 반지가 세트로 구비되어 들어 있었다. 보석은 루비였다.

"마음에 들어?"

"이게, 뭐예요?"

"그날 하고 나와."

"진욱 씨, 나 이런 거 부담스러워요."

"그럴 거 없어. 이왕 나오는 거 그 누구와도 비교할 수 없을 정도로 네 자신을 가꿔. 이 보석은 내 방에 가져다 놓을게. 파티에 오기 전에 집에 가서 옷도 갈아입고 구두도 맞춰 신어. 백화점에서 샀던 물건들 모두 옷장에 있으니까."

"계획적이었군요?"

"100% 계획적이었던 건 아니고."

그의 입가에 사악한 미소가 감돌았다. 그녀는 결국 그의 술수에 걸려들었고 그의 파트너 자격으로 그의 손을 잡고 파티에 참석하겠다고 수락했다.

"시간도 늦었는데 그만 들어가서 자."

"진욱 씨도 어서 가요."

"내일 2시까지 또 기다려야 하나?"

"금방 올 거예요."

"글쎄, 과연 금방 올지 모르겠군."

"조심히 가요."

"그래, 너도 어서 올라가. 박 검사 또 이상하게 생각하겠군."

그녀는 그가 희정의 이야기를 꺼내자 재빨리 차에서 내렸다. 그 또한 뒷좌석에서 내려 앞좌석으로 들어가더니 금세 차를 출발시켰다. 아파트에서 멀어져 가는 그의 차를 바라보며 그녀는 뭔가 허전함을 느꼈다. 오늘 밤 잠을 제대로 이룰 수 없을 것 같았다.

'당신을 향한 마음이, 날 변화시키고 있어요. 풍요롭고, 윤택하게……'

8. 그녀의 전남편

 희수는 검은색 드레스에 흰색 샌들, 그리고 하얀 손가방을 들고 거울을 바라봤다. 드레스는 가슴 계곡까지 깊게 파여 있어서 그녀는 어색한 눈길로 자신을 바라봤다. 전남편과 파티에 참석할 때도 이런 옷차림을 하지는 않았었다.

 그가 골라준 옷이라서 입어 보긴 했지만 옷이 너무 많이 파인 것 같아서 그녀는 밖으로 나가지 못한 채 망설였다. 그가 구입해 뒀던 액세서리는 그녀의 목에서, 귓가에서, 손목에서 그 진가를 다하고 있었다.

 "아직 준비 안 됐……."

 사업상 몇 가지 전화 통화할 곳이 있다며 서재로 들어갔던 진욱이 방으로 들어오며 묻다가 그녀를 바라보더니 말을 멈췄다. 그녀는 어색하게 웃으며 물었다.

"이…… 이상해요?"

"……."

"왜요? 그렇게 이상해요?"

진욱은 아무런 말도 하지 않았다. 그저 그녀를 황홀한 눈길로 바라볼 뿐이었다. 그는 천천히 그녀의 곁으로 다가와 한 손으로 그녀의 허리를 감싸 안으며 느릿한 어조로 물었다.

"성함이……."

"진욱 씨…… 장난하지 말아요. 나, 너무 어색해요."

"아름다워."

그는 속삭이듯이 말했다. 그의 눈은 그의 말이 진심이라고 말해 주고 있었다. 하지만 그녀의 어색함은 쉽사리 사라지지 않았다.

"너무, 옷이 파인 것 같지 않아요?"

"걱정이 조금 되긴 하는군."

"왜요?"

"다른 놈들의 시선이 모두 너한테 묶여 있을까봐."

"농담하지 말아요. 나, 너무 떨린단 말이에요."

"내가, 이렇게 손을 잡고 있는데도?"

그는 한 손으로 그녀의 손을 꼭 붙잡으며 물었다. 아니, 떨리지 않았다. 그와 함께라면 그게 무엇이 됐든 할 수 있을 것처럼 그녀는 자신감이 생겨났다. 그의 눈을 바라보던 그녀는 서서히 고개를 가로저으며 말했다.

"이 손, 놓지 않을 자신 있나요?"

"……."

"내가 어떤 잘못을 해도 당신은 내 편에 서 줄 수 있어요?"

"이미 말했지만 다른 놈 품에만 안기지 않는다면, 어떤 경우든 난 이 손 놓지 않아."

"고마워요."

"이제 가야 할 시간인 것 같은데, 갈까?"

"네."

자신이 없던 그녀는 그가 건네주는 자신감을 받으며 조금씩 환한 미소를 지을 수 있게 됐다. 그들은 곧장 파티 장으로 향했고 그들이 호텔에 준비된 파티 장으로 들어가자 이미 수많은 사람들이 파티를 즐기고 있었다. 그가 안으로 들어가자 많은 연예인들과 사업가로 보이는 사람들이 그에게로 몰려들었다.

"성 사장님 안녕하셨어요?"

"오랜만이군요."

"오늘도 여전히 아름다운 파트너를 대동하고 나타나셨네요."

사람들의 농담 섞인 말에 그는 미소 지으며 곁에 있는 그녀의 손을 잡았다.

"그렇죠? 실은 오는 도중에 핸들 꺾어서 이 아가씨 납치할 뻔했습니다."

"성 사장님도 참, 하하하."

그의 말에 사람들은 모두 환하게 미소 지었다. 진욱의 배려 섞인 행동에 그녀는 그의 옆모습을 올려다보며 입가에 미소를 지었다. 그는 끊임없이 사람들에게 인사를 하면서도 그녀를 자신의 곁에 뒀다. 하지만 시간이 흐르자 그녀는 점점 다리가 아파왔고 적당한 기회를 타서 진욱의 귓가에 속삭였다.

"잠깐 화장실 좀 다녀올게요."

"그렇게 해."

그는 고개를 끄덕였고 그녀는 그제야 숨 막히는 파티 장에서 벗어날 수 있었다. 파티 장을 나가기 전 그녀는 고개를 두리번거렸다. 하지만 희정과 조 선생은 도대체 어디에 있는지 보이지 않았다. 희수는 화장실로 들어가 변기 위에 주저앉았다. 높은 굽의 구두를 신고 장시간 서 있자 발이 끊어질 것 같았다. 그녀는 한 손으로 자신의 발을 주무르며 휴대폰을 꺼내 희정에게 전화를 걸었다.

-여보세요.

"희정아, 너 어디에 있어?"

-어, 파티 장 안에 있는데 언니는?

"그래? 찾아봐도 없던데. 조 선생님하고 같이 온 거야?"

-그럼. 언니는 어디에 있어?

"화장실. 다리가 너무 아파서 잠깐 나왔어."

-그래? 그럼 내가 화장실 쪽으로 갈게.

희정은 오겠다는 말을 남기고 전화를 끊었다. 그녀는 전화를 작은 손가방에 집어넣고 자리에서 일어났다. 변기의 물을 내리고 밖으로 나간 그녀는 거울을 바라보며 모습을 가다듬은 후 화장실을 나섰다. 희정을 찾기 위해 고개를 돌리는데 뒤에서 너무나 익숙한 목소리가 들려왔다.

"여어, 이게 누구야?"

남자의 목소리를 듣는 순간 그녀의 몸은 그대로 얼어붙었다. 몸뿐만이 아니었다. 기도까지 막혔는지 숨도 쉬어지지 않는 호흡곤란 증세까지 나타났다.

"하마터면 못 알아볼 뻔했어. 너무 달라져서. 그래, 정신병자가 여기까지는 웬일이지?"

그는 점점 더 그녀 가까이로 다가와 그녀의 앞에 섰다. 그녀의 어깨까지밖에 오지 않는 키에 못 보는 사이 더 살이 붙어 매력이라고는 찾아볼 수 없는 중년의 아저씨가 되어 있었다. 그녀가 아무런 말도 하지 못하자 그가 안색을 바꾸며 물었다.

"네 년이 왜 여기에 와 있는 거지?"

"……비, 비, 비켜…… 줘요."

그녀는 말을 더듬었을 뿐만 아니라 목소리도 덜덜 떨려서 나왔다. 그러자 그가 그녀의 팔을 붙잡았다. 그녀는 소스라치게 놀라며 자신의 팔을 빼냈다.

"꺅! 왜, 왜…… 이래요?"

"여전하군, 날 벌레 보듯 하는 건."

"나, 난……."

"아직 정신병원에 있는 거 아니었어? 네 년이 도대체 왜 여기에 나타난 거냐고!"

 그는 조금 전과는 달리 무서운 눈길로 그녀를 윽박지르듯이 말했다. 희수는 움직이고 싶었지만 발이 떨어지지 않았다. 그가 그녀 앞으로 조금씩 다가오기 시작했다. 그녀는 온몸이 터져 버릴 듯한 괴로움에 시달리며 뒤로 한 걸음씩 물러나기 시작했다. 그러자 그는 그녀의 허리에 손을 가져갔다. 결국 그녀의 눈에서는 눈물이 흘러내렸다.

"흐흑…… 자, 잘못했어요. 놔주세요. 제발……."

"여전하군. 네 년이 뭘 잘못했는지나 알아? 네 년 때문에 내 인생이 엉망진창이 되어 버렸다는 걸 알기나 하냐고!"

 그녀의 전남편은 그녀의 얼굴로 자신의 얼굴을 들이밀었다. 그녀는 온몸에 징그러운 벌레들이 기어 다니는 듯 소름이 끼쳐 눈을 꼭 감았다. 그 때 희정의 차가운 목소리가 들려왔다.

"그 손, 놓지 그래? 성희롱으로 처넣기 전에."

 뒤에서 들려오는 희정의 목소리에 그는 시선을 뒤로 돌렸다. 그리고는 처음 그녀를 만났을 때 웃던 징그러운 웃음을 보이며 말했다.

"여어, 우리 잘나신 처제가 여긴 또 웬일인가?"

"처제? 누가 누구 처제야? 요즘은 이혼한 여자의 동생한테도 처제라고 부르나?"

"너무 그러지 말라고. 널 검사로 만들어 준 사람이 누군데!"

희정이 경멸의 눈빛으로 그를 바라보며 쏘아붙이자 그가 경고하듯 희정에게 말했다.

"누가 만들어 줬는데? 당신의 더러운 짓 다 받아내며 눈물로 세월을 보낸 내 언니가 아니었던가? 당신은 돈을 내고 희수 언니를 데리고 논 것밖에 더 돼? 난 언니가 눈물로 벌어들인 돈으로 공부해서 검사가 된 것뿐이야. 결론적으로 당신 덕이 아니란 말이지. 이제 이해가 돼?"

"예의 없는 년 같으니라고! 새파랗게 어린년이 어디다 대고……."

희정의 반말이 비위에 거슬린 듯 전남편의 입에서 욕설이 흘러나왔다.

"예의 없는 인간한테 예의 있게 행동하면 그것도 우습잖아? 당신은 예의가 철철 넘쳐나서 우리 언니를 그 지경까지 몰아갔나? 그때 당신 손에 수갑 채우지 못한 게 내 한으로 남아. 그러니까 내 눈에 띄지 마."

"근데 이년이 어디다 대고, 으……."

그의 손이 이번에는 희정을 향해 올라갔다. 그 때 옆에 있는 남자 화장실에서 나온 조 선생이 그의 손을 붙잡았다.

"넌, 뭐야?"

"나? 이 여자 애인."

조 선생은 희정을 가리키며 웃는 얼굴로 대답했다. 조 선생은 그의 손을 꺾었다가 놓아주며 희정을 걱정스러운 눈길로 바라봤다.

"괜찮아요?"

"언니, 괜찮아?"

"……"

하지만 희정은 조 선생의 말에는 대답하지 않은 채 언니의 안부를 물었다. 그녀는 대답도 하지 못한 채 멍한 눈길로 서서 몸을 부들부들 떨고 있었다. 두려웠다. 또다시 그의 손길이 자신의 몸에 닿자 5년 전의 일들이 생생하게 떠올라서 그녀를 두려움의 도가니로 몰아넣었다.

"언니! 괜찮은 거야?"

걱정스러운 눈길로 묻던 희정은 그녀의 전남편을 지나쳐 재빨리 그녀의 곁으로 다가와 그녀의 몸을 붙잡았다. 그러자 그녀의 전남편이 이죽거리며 말했다.

"그러게 정신병자는 정신병원에 수용시켜 놔야지, 여길 왜 데려오나?"

"너, 이 새끼 죽여 버릴 거야. 너! 꼭 내 손으로 죽여 버리고 말

거야. 이 개새끼야!"

그의 이죽거림에 희정은 욕설을 내뱉었다. 그러자 그녀의 전남편은 큰소리로 웃어젖히며 말했다.

"하하하, 계집년 주둥이 놀리는 꼬락서니하고는! 마음대로 해봐. 그전에 네 년이 내 손에 죽지 않으면 다행인 줄 알고."

그는 희정에게 경고 섞인 협박을 늘어놓고 걸어가며 큰소리로 웃었다. 그가 사라지는 순간까지도 희수는 아무런 말도 하지 못한 채 멍하니 몸을 부들부들 떨고 있을 뿐이었다.

"언니 괜찮아?"

"괘, 괜찮아."

"방 하나 잡을까? 올라가서 쉴래? 아니면 그냥 집으로 갈까?"

"희수 씨 안 되겠으면 내가 데려다 줄 테니까 나가요."

"아, 아니. 괜찮아요."

희정과 조 선생의 걱정스러운 목소리를 그녀는 괜찮다는 말로 일축했다. 그 순간 그녀는 다른 누구도 아닌 진욱이 보고 싶어졌다. 그의 곁으로 가고 싶어졌다. 하지만 그러기 위해서는 마음을 진정해야 했다. 그의 손을 잡으면, 그의 팔을 붙잡고 있으면, 그 어떤 위험도 자신을 위협하지 못할 것 같았다.

그녀는 크게 심호흡을 하며 떨리는 몸을 진정시키기 위해 노력했다. 그 때 그들 사이로 진욱의 목소리가 들려왔다.

"여기서 뭐 하나?"

진욱이 자신의 뒤에 있다는 생각에 그녀는 천천히 뒤돌아서며 그를 향해 미소 지었다. 하지만 그녀의 미소는 매우 불안정하게 흔들리고 있었다. 그녀의 얼굴을 바라보던 진욱이 걱정스러운 목소리로 물었다.

"왜 그래? 무슨 일 있었나?"

"아, 아니요. 일은 무슨······."

"언니······."

"희정아, 난 성진욱 씨하고 들어가 봐야 할 것 같다. 넌 어떻게 할래?"

"어, 나도 일이 좀 남아서 좀 더 있어야 해."

"그래? 조 선생님, 우리 희정이 좀 잘 부탁할게요."

"어, 그래."

 그녀가 밝게 웃으려 노력하며 희정과 조 선생에게 이야기하자 그들은 그녀의 뜻을 알아차리고 받아주었다. 그녀는 진욱의 팔을 붙잡았다. 그러자 떨리던 그녀의 몸이 거짓말처럼 스르르 가라앉아서 평온한 상태가 되었다. 그녀는 진욱을 바라보며 말했다.

"가요. 화장실 앞에서 희정이하고 조 선생님을 만나서 잠깐 얘기 좀 나누고 있었어요."

"화장실 간 사람이 너무 늦으니까 나와 봤지."

"그랬어요? 미안해요."

그녀는 희정과 조 선생을 힐끔 바라본 후 진욱과 함께 파티 장으로 돌아갔다. 그는 그녀를 데리고 다시 사람들과 대화를 나누기 시작했고 그녀는 조용히 그의 곁을 지켰다. 하지만 전남편과 그녀의 악연은 이것으로 끝나지 않는 모양이었다.

"이게 누구신가? 성 사장님 아니신가?"

존대어인지 반말인지 구분 짓기 애매하게 그녀의 전남편이 진욱에게 인사를 건네며 나타난 것이었다. 그런데 더욱 놀라운 건 그녀의 전남편 곁에는 다름 아닌, 백승미가 서 있었다. 그녀의 눈이 충격으로 커다랗게 변했다. 하지만 그건 그녀뿐만이 아니었다. 진욱 곁에 서 있는 그녀를 바라보며 그녀의 전남편도, 승미도 눈이 휘둥그레졌다.

"김동철 사장님도 참석하셨습니까? 안 보여서 이번에는 불참하시는 줄 알았습니다."

"아……."

진욱의 말이 끝났음에도 불구하고 그는 희수에게서 시선을 돌리지 못했다. 그러자 진욱이 그녀의 손을 꼭 붙잡으며 물었다.

"사장님도 제 파트너의 미모에 혹하신 건 아니시겠죠?"

"아, 아니…… 어떤 사이인가, 매우 궁금해지는데요."

그는 처음에 말을 더듬다가 그녀와 진욱의 사이에 대해 물었다. 진욱은 그녀를 바라보던 시선을 승미에게로 돌렸다. 승미는 한 치의 흔들림도 없는 눈길로 진욱을 바라보며 그의 대답을 기다렸다. 그는 말했다.

"요즘 제가 푹 빠져 있는 여자입니다. 이 여자라면 평생을 함께해도 좋을 것 같은, 그런 여자죠."

"그 정도로 성 사장님의 혼을 빼놓던가요?"

"보는 것만으로도 혼은 빠져나가더군요."

그는 그녀가 조금도 부끄럽지 않은 듯 너무나 당당하게 소개했다. 하지만 그녀는 고개도 제대로 들지 못한 채 전남편의 눈길을 피하고 있었다. 그의 대답을 들은 승미가 물었다.

"그럼, 결혼이라도…… 하겠다는 말인가요?"

"못할 것도 없죠. 이 사람만 허락한다면 난 충분히 그럴 용의가 있으니까."

그의 대답에 그녀도 놀랐다. 고개를 숙이고 있던 희수는 고개를 들어 올려 그를 바라보았다. 자신을 바라보는 그의 눈빛이 따뜻했다. 그의 눈빛이 온전히 자신만의 것이었으면 좋겠다는 희망이 그녀의 내부를 감싸고돌았다.

'나, 어떻게 해요? 당신이 좋아요. 자꾸만 당신이…… 좋아져요.'

그 때 그녀의 전남편이 말했다.

"어떤 사람이든 과거가 없는 사람은 없는데…… 두 사람은 서로에 대해 모든 걸 다 아는 사이인가요?"

"알만큼은 압니다. 이 사람도 날 이해하고, 나도 이 사람을 이해하죠."

"그래…… 요?"

진욱의 말에 그녀의 전남편은 느릿한 어조로 대답하며 그녀를 바라봤다. 그와 눈이 마주치자 그녀는 재빨리 눈길을 돌렸다. 그 때 진욱이 물었다.

"당신, 목마르지 않아? 시원한 음료수 한 잔 가져다 줄까?"

"그, 그래요."

그녀는 마지못한 듯 대답했다. 그가 그녀의 음료수를 가져다 주기 위해 자리를 뜨자 전남편 곁에 있던 승미가 그의 뒤를 따라갔다. 그러자 전남편이 주위를 살피며 물었다.

"어떻게 된 거야?"

"……"

"어떻게 된 거냐고 묻잖아. 네가 왜 성 사장 파트너로 이 자리에 있는 거야?"

"……모르는 척, 해줘요."

그녀는 주눅 든 얼굴로 그에게 말했다. 그는 사람들의 이목이 있기에 큰소리는 내지 못한 채 물었다.

"왜? 성 사장은 네가 내 와이프였다는 사실을 모르나 보지?"

"속일 생각은 없어요."

"성 사장이 저렇게 나오는데 지금까지 말하지 않은 게 속인거지 뭐야?"

"난…… 난……."

"재주도 좋군. 그럼 그건 아냐? 네 년이 정신병자라는 거?"

그의 말에 그녀는 금세 바닥에 주저앉을 것 같았다. 그녀가 떨리는 눈길로 그를 바라보자 그는 그런 그녀를 보며 협박했다.

"성 사장 곁에서 떠나. 그렇지 않으면 네 년의 과거를 모조리 폭로해 버릴 테니까."

"제발……."

그녀는 자신의 전남편이 김동철 사장이라는 사실을 그에게 알리고 싶지 않았다. 이렇게 형편없는 사람과 부부의 연을 맺고 살았다는 사실을 그가 몰라주길 바랐다. 그녀의 애원을 들으며 그는 이죽거렸다.

"이 바닥에서 성 사장 모르면 간첩이지. 얼마나 독한 인간인 줄 알아? 한 번 아닌 인간은 두 번 다시 보지 않고, 아주 싹까지 잘라내 버리는 독종이 바로 성진욱이야. 그런데 네 년이 내 와이프였다는 사실을 성 사장이 알면 널 지금처럼 대해 줄까? 천만의 말씀이야. 다시 성 사장과 함께 있는 꼴이 내 눈에 보이면 네 년이 내 와이프였다는 사실을 모두 얘기할 테니까 그렇게 알아."

"나…… 나, 그 사람이……."

"왜? 사랑이라도 하냐? 남자 하나 만족시키지 못하는 네 년이? 네가 뭘 모르나 본데 남자들은 꽃이 만족시켜 주지 못하면 그 꽃을 꺾어 버리고 다른 꽃을 찾아가는 거야. 아직 몸까지는 주지 않은 모양이지? 그러니까 성 사장 저놈이 그런 눈빛으로 네 년을 바라보겠지?"

그의 이죽거림은 끝이 없을 것만 같았다. 그녀는 온몸의 힘이 빠져나가고 금세라도 정신을 잃을 것처럼 앞이 하얗게 변해갔다. 그 때 전남편의 뒤에서 진욱이 음료수 잔을 들고 다가오는 게 보였다. 그녀는 정신을 차리기 위해 머리를 흔들었지만 그녀의 얼굴에서는 식은땀이 배어나고 있었다.

"오래 기다렸나? 여기 음료수…… 왜 그래?"

"……왜요?"

그녀는 제대로 호흡할 수 없어 숨이 가빠지는 걸 느꼈다. 그러자 진욱은 그녀의 맞은편에 서 있는 그녀의 전남편을 힐긋 바라본 후 그녀를 부축했다.

"왜 이렇게 식은땀을 흘려? 어디 아파? 게다가 몸은 왜 이렇게 떨어? 추워?"

"진욱 씨, 나…… 나……."

그녀는 입을 열었지만 아무런 말도 할 수가 없었다. 정신을 차리기 위해 그의 팔을 붙잡았지만 그녀에게 밀려든 공포는 결국 그녀를 쓰러뜨리고 말았다.

"희수야! 박희수!"

그녀가 휘청이며 바닥으로 쓰러지자 그녀를 부축하며 진욱이 소리쳤다. 하지만 그녀는 의식을 잃었고 더 이상 아무런 생각도 할 수 없는 세계로 향했다. 그렇게 깊은 잠에 빠진 그녀는 꿈을 꿨다, 악몽을.

"아악!"
"이리 나와!"
그녀의 남편은 그녀의 머리채를 휘어잡고 이리저리 끌고 다녔다. 미칠 것 같은 고통이 그녀를 죽음으로 몰아갔다.
"흐흑…… 잘못했어요. 용서해 주세요."
"매번 똑같은 소리, 그러면서도 넌 날 거부해. 왜? 왜 거부해? 왜냐고!"
짝—
그는 그녀의 뺨을 거칠게 후려쳤고 그녀는 바닥에 아무렇게나 내팽개쳐졌다. 그녀의 입술이 터져서 피가 새어 나오는지 피비린내가 그녀의 코를 뚫고 스며들었다.
"여보…… 제발……."
"대! 오늘은 네 년의 몸뚱이를 가져야겠으니까, 대라고!"
그녀에 대한 배려라고는 조금도 없었다. 그녀의 남편은 싫다는 그녀의 뺨을 이리저리 후려치며 그녀의 옷을 벗겼다. 그리고 마치 짐승처럼 그녀의 몸을 주물러댔다. 미칠 것 같은 치욕스러움이 그녀의 몸을 감쌌다. 그는 전혀 준비가 되어 있지 않은 그녀의 몸 안으로 밀고 들어왔다. 찢어지는 고통이 그녀의 내부를 감쌌다.

"아악!"

"그래, 그렇게 소리 질러! 네 년이 내 마음에 들게 행동하는 건 그 신음 소리 하나밖에는 없는 것 같으니까 계속 소리 질러."

그녀의 신음 소리 듣는 걸 좋아하던 남편은 죽을 것 같은 그녀의 고통은 무시한 채 그녀의 몸 안을 난도질했다. 그리고 자신의 성욕이 풀릴 때까지 그녀를 희롱하다가 그녀가 거의 죽은 듯 힘이 빠지자 마치 가지고 놀던 인형을 버리듯 그녀를 버리고 집을 나갔다.

"흐흑…… 싫어, 싫어요."

"희수야."

"아악…… 제발…… 꺅……."

"희수야, 왜 그래? 희수야!"

남편의 성폭행에 괴로운 듯 흐느끼며 소리를 지르던 그녀는 자신의 몸을 흔드는 손길에 눈을 떴다. 눈을 뜬 그녀는 멍하니 주위를 둘러봤다. 집이 아니었다. 꿈속에서 그녀를 고통으로 몰아넣던 집이 아니었다. 그녀의 눈이 서서히 자신을 바라보고 있는 남자에게로 향했다. 그는 남편이 아니었다. 진욱이었다. 안도의 눈물이 그녀의 눈 꼬리를 타고 흘러내렸다.

"흑흑……."

"젠장."

그는 나직하게 욕설을 내뱉으며 울고 있는 그녀를 거칠게 품에 안았다. 꿈이었다. 꿈을 꾸었던 것이다. 얼마나 생생한 꿈인지 마치, 지금도 전남편의 손길이 자신의 몸에 닿아 있는 것 같은 기분이 들었다. 진욱은 그녀를 품에 안고 토닥이며 말했다.

"괜찮아, 내가 있으니까 괜찮아."

"흑흑…… 무서워요. 아파요."

"어디가 아파? 말해 봐. 의사 데려올까?"

그는 그녀를 안고 있던 손을 풀며 물었다. 그러자 그녀는 더욱 그의 품에 매달리며 말했다.

"안아 줘요. 꼭 안아 줘요."

"꿈이야. 넌 꿈을 꾼 거야. 그렇지?"

그는 단호한 목소리로 물었다. 그녀는 천천히 고개를 끄덕이며 울었다. 한 번 터진 눈물은 멈출 생각을 하지 않은 채 계속 흘러내렸다.

"어떤 꿈? 말해 봐."

그녀는 말할 수 없었다. 그렇게 치욕적인 순간을 자신의 입으로 말하면 정말 손목을 그어 버리고 싶을지도 모른다는 생각이 들었다.

"나…… 버리지 말아요. 날 좀, 지켜줘요."

그녀는 울며 그에게 애원했다. 복수의 화신, 자신에게 잘못한 사람은 가차 없이 정리해 버린다는 남자 진욱이 만약 그녀의 전 남편이 누구인지 알게 된다면, 같은 업계에서 1, 2위를 내로라 하는 회사의 오너라는 사실을 알게 된다면 그때도 자신을 위해 줄지, 그때도 자신을 이렇게 따뜻하게 감싸줄지 그녀는 자신이 없었다.

"버리지 않아. 무슨 일이 있어도 지켜줄게. 도대체 뭐가 널 이렇게 두렵게 만드는 거야? 뭐야? 말해 봐."

"……"

그녀는 말하지 않았다. 그녀는 흐느낌이 잦아들 때까지 그의 품에서 떨어지려고 하지 않았고 진욱은 참을성 있게 그녀를 토닥이며 기다려 주었다. 그녀는 그의 품 안이 무척이나 편안하다는 사실을 다시 한 번 깨달았다. 그의 어깨는 넓었고 자신이 기대도 좋을 만큼 단단하고 견고했다. 그라면 세상에서 오는 어떤 화살도 모두 막아 줄 수 있을 거라는 확신이 점점 그녀의 의식 속에 뿌리를 내렸다. 그녀는 나직한 목소리로 말했다.

"나…… 당신이 좋아요."

"……"

그녀의 망설이는 듯한 고백에 그는 아무런 말도 하지 않았다. 그녀는 그의 표정이 보고 싶어 그의 품 안에서 벗어나며 그를 바라봤다. 그러자 그는 아무런 표정도 짓고 있지 않았다. 그녀는 순간 자신이 실수했다고 생각했다. 그에게 부담을 줬다고 생각했다. 그녀는 어쩔 줄 모르는 얼굴로 고개를 숙이며 말했다.

"미, 미안해요. 난 그런 뜻으로……."

"뭐가 미안해?"

"당신에게…… 부담을 주려는 생각은 없었어요."

"누가, 부담스럽대?"

"네?"

그녀의 말에 그는 물었다. 놀란 그녀가 고개를 들어 올리자 그는 그녀의 입술에 가볍게 키스하며 말했다.

"나도 너 좋아해. 아니, 사랑하는 것 같아."

"지, 진욱 씨……."

"깨달은 건 좀 됐는데 네가 부담스러워할까봐 참고 있었던 것뿐이야."

"흐흑……."

"또 우는 건가?"

눈물이 났다. 너무 기뻐서, 너무 행복해서 그녀는 울었다. 그가 자신을 사랑하고 있다는 사실에 눈물이 나는 걸 보면 자신의 마음도 그의 마음과 다르지 않기 때문이라고 그녀는 생각했다.

"승미를 보낼 때 다시는 사랑 같은 거 하지 않겠다고 생각했는데, 세상에서 가장 믿지 못할 게 여자라고 생각했는데…… 후후, 또다시 사랑이라는 마법에 걸려들다니. 하지만 난 피하지 않아. 또다시 상처를 받을 수 있다고 해도 난 피하지 않아. 그리고 믿음이 있어."

"……."

"네가 날 아프게 하지 않을 거라는 믿음."

"……내가, 진욱 씨를 아프게 할 수도…… 있어요. 그럼 그때는 어떻게 할래요?"

"글쎄, 난 원래 좋은 것이든, 나쁜 것이든 내가 받은 것의 두 배로 돌려주는 놈이야. 만약 네가 날 아프게 하면 내가 아픈 것보다 널 더 많이 아프게 할 거야. 그러니까 날 아프게 할 생각은 하지 마. 내가 아프면 넌 고통스러울 거야."

그의 말은 두려움보다 깊은 공포가 있었다. 만약 그가 아프면 그녀는 그가 아픈 것만으로도 자신이 고통스러울 것이라는 생각이 들었다.

'그런데, 어쩌죠? 내 전남편이 누구였는지 알게 되면 당신이…… 아플 수도 있을 텐데.'

그녀의 얼굴에 어두운 그늘이 드리웠다. 그는 침대 위로 올라와 그녀의 곁에 누우며 앉아 있는 그녀를 올려다봤다.

"왜요?"

"……무슨 꿈, 꾼 거야?"

"……."

그녀는 말이 없었다. 그러자 그는 그녀를 자신의 품으로 잡아

당겨 뉘이며 다시 물었다.

"말해 봐. 나한테는 단 한 개도 숨기지 말고 말해. 무슨 꿈이야?"

"전, 남편 꿈이요."

그녀는 마지못한 듯 대답했다. 그러자 그는 잠시 아무런 말도 하지 않은 채 그녀의 머리를 쓰다듬었다. 그리고 잠시 후 물었다.

"많이, 괴로웠나?"

"……네."

"우리…… 결혼할래?"

"네?"

그의 갑작스러운 청혼에 그녀는 깜짝 놀란 얼굴로 자리에서 일어났다. 그러자 그는 팔로 자신의 머리를 받치며 그녀에게 말했다.

"너, 나 없을 때 또 전남편 꿈꾸면 오늘처럼 서럽게 울 거잖아. 나 없는 데서 네가 우는 거 싫거든."

"진욱 씨……."

"결혼이 싫으면 내 집으로 옮겨와. 네가 악몽으로 시달릴 때 내가 널 붙잡아 줄 수 있게 박 검사한테 사실대로 얘기하고 내 집으로 와서 살아."

"진욱 씨, 난…… 난……."

그녀는 얘기를 해야 한다고 생각했다. 자신의 전남편이 현 프로덕션의 김동철 사장이었다고 말해야 했다. 하지만, 입이 떨어지지 않았다. 자신이 그 말을 내뱉는 순간 그가 자신을 경멸 어린 시선으로 바라보게 될까봐 두려워서 도저히 입이 떨어지지 않았다. 그는 물었다.

"어떻게 할래? 결혼을 할래? 아니면 그냥 내 집으로 들어올래?"

"모르…… 겠어요."

"내일 당장 박 검사 만나서 얘기할까?"

"혼란…… 스러워요."

"혼란스러울 것 없어. 난, 널 사랑하고 너도 내가 좋다며? 감정에 충실해. 그거 하나면 된 거야."

그는 모든 게 쉬워 보였다. 그녀 또한 그처럼 모든 걸 쉽게 생각하고 싶었다. 그럴 수 있다면 참 행복할 것 같았다. 그녀는 자신 없는 눈길로 진욱을 바라보며 아무런 대답도 하지 못했다. 그저, 지금을 즐기고 싶었다. 그의 품에 안길 때 행복했고, 그의 속삭임에 눈물 나게 고맙고 감사한 지금을 느끼며 살아 있다는 것에 감사하고 싶었다. 그럴 수만 있다면 영원히.

9. 그의 분노

월요일 아침, 진욱은 출근하고 싶지 않았지만 그녀가 자꾸만 밀어내는 바람에 결국은 사무실로 향했다. 그녀에게 자신의 마음을 고백한 이후부터 그는 그녀가 더욱 좋아졌다. 그녀에 대한 마음이 더욱 깊어지고 진지해졌다. 자신도 모르게 그의 얼굴에는 미소가 감돌고 있었다. 사원들을 대하는 그의 태도도 부드러워지고 있었다. 사랑의 힘은 사람을 변하게 만드는 위력이 있었다.

그가 사무실에 도착하자 그의 비서가 공손히 고개를 숙이며 인사했다.

"사장님 나오셨어요?"

"커피 한 잔 부탁해."

"네. 저, 그리고……."

"뭐지?"

여비서가 말꼬리를 흐렸다. 그가 바라보자 여비서는 말했다.

"사무실에 손님이 한 분 와계십니다."

"손님? 누구?"

"저, 그게……."

비서는 그의 눈치를 살필 뿐 누구라고 말을 하지 못했다. 그는 자신의 뒤를 따라오고 있는 승우를 힐긋 바라본 후 사무실로 들어갔다. 사무실에는 아무도 없었다. 그 때 그의 의자가 빙글 돌아가며 의자에 앉아 있는 승미가 나타났다. 부드러웠던 그의 얼굴이 순식간에 굳어졌다. 하지만 승미의 얼굴에는 미소가 감돌았다.

"아침부터 네가 왜 여기 있어? 네 소속사는 여기가 아닐 텐데?"

"있을 만하니까 있지 않겠어요?"

"뭐야? 경비 불러서 끌어내기 전에 네 발로 나가. 스타 얼굴에 먹칠하고 싶어?"

"당신은 나한테 그렇게 못해."

"뭐?"

"내가 어떤 소식을 가지고 왔는데? 많은 대중에게 웃음거리가 되게 생긴 당신을 구해 주기 위해 내가 어떤 뉴스를 가지고 왔는데 당신이 나를 쫓아내?"

승미는 너무나 당당하게 그에게 말했다. 그는 잔뜩 찌푸린 얼굴로 그녀를 바라보며 목소리 톤을 낮추어 말했다.

"어쨌든 내 자리에서 일어나."

"뭐, 그 정도는 내가 양보하지."

그녀는 자리에서 일어나 그가 서 있는 소파 쪽으로 다가와 풀썩 주저앉았다. 그 때 비서가 커피를 가지고 들어왔다.

"아, 나도 한 잔 가져다 줄래요?"

"됐어. 그 커피 손님한테 드려. 난 갑자기 커피 먹고 싶은 생각이 없어졌으니까."

그의 말에 비서는 커피 잔을 승미 앞에 내려놓고 방을 나갔다. 승미는 비서가 내려놓은 커피를 한 모금 마시며 말했다.

"천장 안 무너지는데 그만 앉지 그래?"

"뭐야? 할 말이나 빨리 하고 나가."

"급할 것 없잖아."

"김 사장이 너 이러고 다니는 거 아냐? 자신의 소속사가 아닌 남의 소속사에 와서 정보를 주겠다고 하고 다니는 걸 김 사장이 아는지 모르겠군."

"회사와는 상관없는 일이야."

그의 말에 미소 짓던 승미의 얼굴이 굳어졌다. 그는 승미의 눈을 똑바로 바라보며 몸을 소파 등받이에 기댔다.

"그래? 그렇다면 나는 별로 들을 얘기가 없는 것 같은데?"

"박희수 얘기인데도?"

그녀의 이름이 승미 입에서 튀어나오자 그는 순간 움찔했다. 하지만 승미 앞에서 태연하기 위해 그는 최대한 노력하며 말했다.

"글쎄, 내가 만나는 여자라고 해서 모두 쓸모 있는 얘기는 아니겠지."

"과연 그럴까?"

승미의 여유는 이유 없는 여유로 보이지 않았다. 그는 말없이 그녀를 주시했다. 그녀는 커피를 한 모금 더 마시더니 밑도 끝도 없이 말했다.

"당신, 그 여자하고 그만 만나."

"겨우, 그 말인가? 기가 막히는군. 헤어진 아내가 상관해야 할 일은 아닌 것 같지 않아?"

"헤어진 아내이긴 하지만 당신이 이 바닥 사람들에게 웃음거리가 되게 하고 싶지는 않아서 그래. 내 마음 정말 모르겠어?"

"웃음거리? 그거라면 네가 3년 전에 만들어 줬잖아. 이 바닥 사람들에게 불쌍한 새끼로 비치게 만들어서 내 자존심 모조리 깔아뭉개고 웃음거리로 만들었잖아. 그보다 더한 웃음거리가 또 있을까?"

"박희수, 그 여자 한 번 결혼했던 여자야."

그의 말에 그녀는 더 이상 시간을 끌지 않을 요량인 듯 말을 꺼냈다. 그녀의 말에 진욱은 한쪽 입 꼬리를 들어 올리며 물었다.

"겨우 그거야? 미안해서 어쩌나? 이미 아는 사실이고 난 사실 희수가 한 번 결혼했던 여자라는 게 더 좋아. 한 번씩 결혼에 실패해 본 사람들이니 상대의 아픔도 볼 줄 알고, 상대를 위해 더욱 노력할 수 있다는 증거지. 겨우 그것 때문에 날더러 그 여자를 포기하라고 했던 거야? 백승미도 많이 변했군."

"그럼 그 여자 남편도 알아?"

"뭐?"

"그 여자 남편이 누구였는지 아냐고? 당신도 아는 사람이야. 아니, 당신이 미워하는 사람이라고 해야 하나?"

승미의 말에 그의 눈이 가늘어졌다. 승우에게 그녀의 남편에 대해 조사해 보라고 지시를 내리긴 했는데 아직 답이 없었다. 그가 긴장하는 게 승미의 눈에 보인 모양이었다. 하긴 한때 사랑했다고 믿었던 여자였고 부부로 2년을 살았는데 그 정도도 눈치 채지 못한다는 게 더 말이 되지 않았다.

"왜? 긴장돼?"

"네가 하고 싶은 말이 뭐야? 요점만 간단히 말해."

"내가 말하고 싶은 요점은 우스운 남자 되기 전에 그만두라는 거야."

"누구야?"

"……현 프로덕션 김동철 사장."

"뭐? 하하하, 하하하."

승미는 그의 눈을 똑바로 바라보며 느릿한 어조로 대답했다. 그 말을 들은 진욱은 큰소리로 웃어 버렸다. 그러자 승미의 미간이 찌푸려졌다.

"지금…… 내가 농담한다고 생각해요?"

"그럼, 아닌가?

큰소리로 웃던 그가 얼굴을 차갑게 굳히며 물었다. 그러자 이번에는 승미가 큰소리로 웃기 시작했다.

"하하하, 그 정도야?"

"뭐가 말이지?"

"그 여자가 김동철 사장의 와이프였다는 걸 믿지 못할 정도로 그 여자한테 빠져 있는 거냐고? 그 여자가 뭐가 잘났는데? 겨우 그 정도 여자한테……."

짝—

"닥쳐! 너같이 화냥기 있는 여자는 그 여자한테 그런 식으로 말할 자격 없어."

"당신이 감히, 감히 날 때려?"

그의 손이 승미의 **뺨**을 때렸고 그녀는 기가 막힌 듯 진욱을 바라보며 소리쳤다.

"못 때릴 거라고 생각해?"

"내가 다른 사람하고 있는 거 보고도 당신은 날 때리지 않았어. 그런데 겨우 그런 여자 때문에 날 때려?"

"그건 때리지 않은 게 아니라 때릴 가치가 없다고 생각했던 거야."

"뭐라고?"

"분명히 말했지? 용서는 한 번이면 족하다고. 내 용서를 쓸모없는 짓으로 만들어 버린 건 바로 너야. 그런 너한테 내가 왜 더럽게 내 손을 대야 하지?"

"변······ 했구나?"

그의 말에 승미는 상처받은 눈길로 그를 바라보며 말했다. 하지만 그는 그녀의 상처받은 눈 따위 별 관계없는 듯 차가운 눈길로 그녀를 똑바로 바라보며 말했다.

"사람은 변해. 그리고 너와 나 사이에서 먼저 변한 건 너야."

"당신, 후회할 거야."

"후회해도 너한테는 가지 않아. 그러니까 안심해."

그의 말에 그녀는 이를 악물고 자리에서 일어났다. 그는 몸을 뒤로 기대며 말했다.

"배웅까지는 바라지 말라고. 그럴 마음도, 그럴 사이도 아니라고 생각하니까."

승미는 차갑게 쏘아붙이는 그를 노려보다가 또각거리는 구둣발 소리를 남기고 그의 방을 나갔다. 그녀가 나가자 여유 있어 보이던 그의 얼굴이 긴장으로 굳어졌다. 그는 소파 옆에 있는 전화를 들었다.

-네, 사장님.

"이승우 씨 들여보내."

-알겠습니다.

그는 두통이 일어나는 듯 머리를 한 손으로 짚고 있었다. 잠시 후 그의 비서가 사무실 안으로 들어왔다.

"찾으셨습니까?"

"박희수 전남편에 대해 조사하라고 한 건 어떻게 됐어?"

"여기 있습니다."

마침 승우의 손에는 그녀의 남편에 대한 자료가 들려 있었다. 그는 신경질적인 시선으로 승우를 바라본 후 그가 가져온 자료를 꺼내 바라보았다.

"이건……."

"맞습니다. 박희수 씨의 전남편은 현 프로덕션의 김동철 사장입니다."

서류를 들고 있는 그의 손이 부들거리며 떨렸다. 그는 서류를 붙잡은 손에 힘을 주었다. 말도 안 되는 일이었다. 많고 많은 사람 중에, 많고 많은 사업가 중에 왜 하필 김동철이란 말인가? 도대체 이게 무슨 운명의 장난이란 말인가? 그는 기막힌 현실을 직시하자 자신도 모르게 눈을 꼭 감았다.

"사장님······."

"······그만 나가 봐."

"네, 알겠습니다."

"아무도 들여보내지 말고 전화 연결도 하지 마."

"네."

그의 지시가 떨어지자 승우는 사무실을 나갔다. 그는 충격을 받은 눈길로 승우가 가져온 자료를 읽어 내려갔다. 그리고 마지막까지 읽어 내려간 그는 서류를 쫙쫙 찢어서 던져 버렸다.

"말도 안 돼. 이건 말도 안 되는 일이라고!"

같은 업계에 있는 남자의, 그것도 인간성 더럽고 최악인 남자가 데리고 살던 여자를 자신의 여자로 데리고 산다면 업계에서 그는 순식간에 바보 천치 같은 놈이 되고 마는 상황이었다. 멍하니 중얼거리던 그는 승미가 마셨던 찻잔을 들어서 벽을 향해 던져 버렸다. 유리가 산산조각 나는 소리가 사무실에 울려 퍼졌다.

그가 받은 충격은 하늘이 노랗게 변할 정도의 것이었다. 마치, 그녀에게 배신을 당한 듯한 대 혼란이었다. 그 때 그의 휴대폰이 울렸다. 전화기를 꺼내 바라보니 그녀였다. 그는 순간 갈등했다. 한편으로는 그녀의 목소리를 듣고 싶었지만 또 한편으로는 지금 그녀를 보게 된다면 자신이 그녀에게 어떤 상처를 입힐지 두려웠다. 그는 결국 자신의 휴대폰을 꺼버리는 쪽을 선택했다.

 금요일 밤에 김동철 사장이 그녀를 바라보던 눈길이 떠올랐다. 그때는 그저, 색을 밝히는 남자라서 그렇다고 생각했다. 그에게 이상한 질문을 던질 때도 그리 신경 쓰지 않았다. 하지만, 이제는 알 것 같았다. 그 눈빛과 말들, 알면서도 모르는 척하며 자신을 우롱한 그녀가 미웠다.
 '감히…… 감히…… 날, 우롱해?'

 "언니 왜 그래? 꼭 똥 마려운 강아지처럼."
 "……."
 "언니!"
 "응?"
 "왜 그러냐고? 뭐, 기다리는 전화 있어?"
 5일째 진욱을 보지 못했다. 단 한순간도 떨어져 있는 게 힘이 든다는 그가 5일째 그녀에게 전화 한 통 하지 않은 채 행방불명 상태였다. 그의 비서에게 전화를 하자 해외 출장 중이라고 했다. 하지만 해외 출장을 갔다 하더라도 틈틈이 전화라도 할 사람이었다. 그가 자취를 감추자 그녀는 불안해서 미칠 것만 같았다.
 "아, 아니야. 늦었는데 그만 쉬어."
 그녀는 상황을 알지 못하는 희정에게 아무런 말도 하지 못한 채 자신의 방으로 들어갔다. 그 때였다. 휴대폰이 울렸다. 그녀는 깜짝 놀란 얼굴로 휴대폰 액정을 바라봤다. 하지만 모르는 전화였다. 그녀는 혹시나 하는 마음에 전화를 받았다.

"여보세요."

-나야.

"나가 누구……?"

그녀는 순간 숨을 헉 하고 들이쉬었다. 전남편이었다. 순간 그녀는 등골이 오싹해지는 기분이었다.

-벌써 내 목소리도 잊었나? 성 사장이 잘해 주나 보지?

"무, 무슨…… 일이에요?"

-잠깐 내려와. 아파트 아래 있어.

"다, 당신이 왜 여기에……."

-내려오라면 내려오지 무슨 말이 그렇게 많아? 네 년이 나하고 이혼하더니 간이 배 밖으로 튀어나왔구나?

"미, 미안해요."

금세 성난 목소리로 말하는 그에게 그녀는 사과했다. 그러자 그는 목소리를 한 톤 낮추며 말했다.

-내려와. 안 그러면 내가 올라갈 테니까.

"내, 내려갈게요."

희정이 집에 있는데 전남편이 올라오면 언성이 높아질 것 같아서 그녀는 자신이 내려가겠다는 말을 남기고 전화를 끊었다.

그녀는 희정이 듣지 못하도록 뒤꿈치를 들고 살며시 집을 빠져나갔다. 그녀가 아래층으로 내려가자 주차장 쪽에서 전남편이 걸어 나왔다.

"여기에 살고 있었구만?"

"여긴…… 어떻게 알았어요?"

"알려고만 하면 그거 모를까봐? 여전히 순진하구만."

그의 손이 그녀의 얼굴을 쓰다듬었다. 순간 그녀의 온몸에 역한 기분이 스며들기 시작했다. 그녀는 자신도 모르게 그의 손을 쳐냈다. 그러자 그가 기분 나쁜 얼굴로 그녀를 노려봤다.

"미, 미안해요."

"뭐, 좋아. 나도 이제 네 년한테 별 관심이 없으니까. 일주일이나 지났는데 성 사장하고는 정리했나?"

"……"

"너, 지금 내 말 무시하냐? 겨우 너 같은 년이 내 말을 무시해? 어?"

전남편의 손이 높이 치켜 올라가자 그녀는 두 팔로 자신의 얼굴을 가리며 몸을 낮췄다. 하지만 다행히 그의 손이 내려오지는 않았다.

"내가 성 사장 만날까? 만나서 말할까? 네 년이 내 여자였다고? 그럼 성 사장이 좋아하겠다, 어? 같은 업계에서, 그것도 나이 많은 내가 갖고 놀던 네 년을 사람들 앞에서 지 여자라고 소개하려면 젊은 놈 비위 틀어지지 않겠냐?"

"기, 기다려 줘요. 제발…… 그 사람…… 해외, 출장 중이에요."

"해외 출장? 하…… 너 거짓말도 할 줄 아냐?"

"네?"

"이틀 전에도 레스토랑에 여자 데리고 나타났던 놈이 무슨 해외 출장? 너 지금 소설 쓰냐? 어?"

전남편의 말에 그녀의 떨리던 눈길이 순식간에 멈췄다. 그의 비서는 분명히 그가 해외 출장 중이라고 말했었다. 그녀의 몸이 충격으로 서서히 굳어갔다. 그런 그녀의 감성을 더욱 자극하고 싶었던 것일까? 전남편이 물었다.

"그게 아니라면 너 벌써 성 사장한테 채였냐? 왜? 그날 호텔 방 잡아서 들어가는 것 같던데 너랑 자보니까 성 사장이 만족을 못하겠다고 하든? 하긴 나도 네 년하고 살 때 밤마다 기분 더러웠는데 한창때인 성 사장이야 오죽하겠어?"

"저, 정말…… 그 사람 만났…… 었나요?"

"이년이 날 뭐로 보고 개수작이야?"

그녀의 전남편은 그녀의 질문이 마음에 들지 않는 듯 소리쳤다. 그녀는 믿을 수가 없었다. 하지만 이상했다. 그는 월요일 아침에 그녀를 출근시켜 준 후로 모습을 드러내지도, 전화 통화를 할 수도 없었다. 그녀가 멍하니 있자 그녀의 전남편이 말했다.

"딱 3일 주겠어. 3일 안에 성 사장, 그 새끼하고 정리하지 않으면 그 뒤는 나도 책임 못 져. 알겠어?"

그녀는 그의 말을 듣지 않았다. 아니, 들리지 않았다. 그녀의 모든 생각은 진욱이 정말 해외에 나가 있는지, 아니면 자신을 피하기 위한 방편이었는지 알고 싶다는 생각밖에 없었다. 그녀가 멍하니 서 있자 그녀의 전남편은 경고 섞인 협박을 남기고 그 자리를 떠났다.

그녀는 정신을 차리고 길가 쪽으로 뛰어가 택시 한 대를 잡아타고 그의 집으로 향했다. 자신의 눈으로 확인하고 싶었다. 만약 그가 해외 출장 중이라면 집에 없어야 했다. 절대로.

'그래, 그 사람이 거짓말한 걸거야. 아니면, 비슷한 사람을 봤겠지.'

하지만 진욱처럼 훤칠한 외모를 가진 사람이 또 있을까? 의문이 꼬리에 꼬리를 물고 늘어졌다. 그녀는 택시에서 내려 그의 집으로 올라갔다. 너무나 익숙한 길이었고, 너무나 익숙한 공간이었다.

아파트 입구에 있는 경비 아저씨는 그녀가 그의 집을 드나들 때 자주 봐서인지 웃으며 눈인사까지 했다. 엘리베이터를 타고 그의 집으로 올라간 그녀는 초인종을 누르기 위해 10분을 망설였다. 확인하고 싶은 마음과 그냥 이대로도 좋다는 마음이 싸우다가 결국 확인하고 싶다는 마음이 이겼다.

딩동딩동.

그녀는 초인종을 눌렀지만 인기척이 없었다. 그녀는 순간 안도하며 서서히 얼굴에 미소를 지었다.

'휴, 그 사람이 거짓말한 거야. 진욱 씨가 나를 피할 이유가 없잖아.'

그녀는 안도하며 발길을 돌리려 했다. 그런데 그 때 그의 집에서 문 열리는 소리가 들렸다. 그녀의 얼굴에 맴돌던 미소는 서서히 자취를 감춰가기 시작했고 몸을 돌렸던 그녀는 다시 발길을 돌려야 했다.

문이 열리고 그가 나타났다. 허리에 목욕타월 한 장을 걸친 모습으로 누워 있었는지 머리카락이 부스스한 모습으로 그녀의 눈앞에 나타났다. 그녀는 순간 할 말을 잃고 말았다.

"여기는 웬일이지?"

"다, 당신이 어떻게……."

"어떻게? 내가 내 집에 있는 게 이상한가?"

"아니, 하지만……."

"자기야, 누구 왔어?"

그녀가 더듬거리며 말을 하는데 집 안에서 여자 목소리가 들려왔다. 순간 그녀의 몸이 충격으로 뻣뻣하게 굳었다. 멍하니 그를 바라보자 그가 물었다.

"할 말 있나?"

"……."
"없으면 그만 돌아가고."
"지, 진욱 씨……."
그는 아무런 변명도, 설명도 없이 문을 닫으려 했다. 그녀는 나오지 않는 목소리를 내어 필사적으로 그를 붙잡았다. 그는 안으로 들어가려다 말고 태연한 얼굴로 그녀를 바라보며 물었다.
"뭐지?"
"추, 출장에서는 언제……."
"출장? 아, 설마 내가 진짜 출장 갔다고 생각한 건가?"
"……."
그의 목소리가 너무나 차가웠다. 아니, 마치 모르는 사람처럼 무관심했다. 그녀는 믿을 수가 없었다. 지금 일어나는 일이 마치, 꿈인 것처럼 믿어지지가 않았다.
"항상 전화하고, 찾아가고, 아침마다 직장까지 데려다 주던 사람이 전화도 없고, 찾아가지도 않고, 비서는 출장 중이라고 하면 무슨 의미인지 몰라?"
"하지만……."
"왜냐고? 별식은 별식일 뿐, 주 메뉴가 될 수는 없더라고."
"하…… 말도 안 돼."
"말이 안 되는 것 같으면 보여줄까?"
그녀가 그의 말뜻을 이해하지 못한 채 바라보자 그는 고갯짓을 하며 말했다.

"못 믿겠으면 들어와서 보든지. 이제 네 자리가 없어졌다는 거, 확인하고 싶어?"

그녀는 무슨 말을 해야 할지 아무 말도 떠오르지 않았다. 그녀가 멍한 표정으로 서 있자 그는 차가운 눈길로 그녀를 바라보며 말했다.

"다시는 내 눈에 띄는 일 없었으면 좋겠군. 물론, 이제 여기도 네가 와야 할 곳이 아니라는 것 정도는 알겠지?"

그는 그녀의 대답은 듣지도 않은 채 문을 닫고 안으로 들어가 버렸다. 그의 집 앞 복도에서 그녀는 문이 닫히자마자 바닥에 풀썩 주저앉고 말았다. 머리가 빙글빙글 돌아대는 통에 일어설 수가 없었다. 도대체 어디서부터 무엇이 잘못된 건지 그녀는 알 수 없었다. 기억도 나지 않았고, 생각할 수도 없었다.

'도대체 뭐가, 어디서부터 어떻게…… 꼬인 거죠? 사랑한다고, 했던 사람이…… 결혼하자고까지 했던 사람이…… 세상에서 날 가장 따뜻한 눈으로 바라봐 줬던 사람이 어째서…… 어째서 그러는 거냐고요? 어째서…….'

그녀는 그렇게 그의 집 앞에서 한참을 움직이지 못했다. 기어 나오다시피 맨션을 벗어난 그녀는 집으로 터벅터벅 걸어갔다. 실감이 나지 않아서, 그가 자신을 버렸다는 실감이 나지 않아서 그녀는 울 수도 없었다. 아니, 울지 않았다. 울면 그의 말을 인정하는 것 같아서 나오려는 눈물을 꾹 눌러 참았다.

멍한 눈길로 거리를 걷고 있는데 전화가 울렸다. 그녀는 마치 행동이 입력된 로버트처럼 무표정한 얼굴로 전화를 받았다.

"네."

-언니, 어디야? 언제 나간 거야?

"희정아……."

-언니, 목소리 왜 그래?

"희정아, 나……."

-언니! 지금 어디야? 왜 그래?

"아…… 파."

그녀는 목이 메어 나오지 않는 말을 겨우 쏟아냈다. 그녀의 말에 희정은 다급한 목소리로 물었다.

-거기가 어딘데? 도대체 어디가 아픈데? 미치겠네!

"흐흑…… 아, 파."

그녀의 눈에서 결국은 눈물이 흘러나왔고 그녀의 입에서 흐느낌이 새어 나왔다. 그러자 희정이 놀란 목소리로 물었다.

-언니, 울어?

"……."

-언니! 언니, 지금 어디야? 대답 좀 해봐.

희정이 외치는 소리가 들려왔지만 그녀는 말없이 전화를 끊었다. 또다시 남자 때문에 아파하는 모습을 동생에게 보여줄 수는 없었다. 그녀는 그 상태로 집에 들어갈 수도 없을 것 같아 포장마차로 들어갔다.

"아줌마 소주 한 병 주세요."

"네."

아주머니는 소주 한 병과 함께 어묵 국물을 가져다 줬다. 그녀는 소주를 잔에 따라 한 잔, 한 잔 들이켰다.

'믿을 수 없어. 그 사람이…… 그럴 리가 없어.'

그녀는 믿어지지 않았다. 하지만 술이 몸 안으로 들어가면 들어갈수록 그녀의 머릿속에는 단 한 마디가 맴돌았다.

[자기야, 누구 왔어?]

'어째서…… 도대체 어째서…….'

그녀는 영문도 모른 채 이렇게 그와 끝낼 수는 없다고 생각했다. 술이 들어가면 들어갈수록 그녀는 그가 보고 싶었다. 자신을 향해 환하게 미소 지어 주는, 아이처럼 투정 부리는, 한순간도 자신과 떨어지고 싶지 않다며 떼쓰는 진욱이 보고 싶었다.

만지고 싶었다. 안고 싶었고 키스하고 싶었고 그의 품에 안기고 싶었다. 그녀는 그에게 이미 중독되어 있는 상태였다. 지금에 와서 자신을 별식 취급하는 진욱의 행동에 순순히 수긍할 수가 없었다. 그녀는 자꾸만 흘러내리는 눈물을 닦아내며 그에게 전화를 걸었다.

'제발, 좀 받아요. 이렇게 끝낼 수는 없어.'

그녀는 끊임없이 그에게 전화를 걸었다. 자신이 계속 걸다 보면 그가 받아줄 거라고 생각했다. 하지만 그는 전화를 받지 않았다. 결국 그녀 앞에 쌓이는 건 술병이었고 그녀의 의식은 점점 현실과 멀어져가고 있었다. 그녀는 술기운이 점점 강해지자 탁자에 몸을 뉘이며 나직하게 중얼거렸다.

"제발, 제발…… 나 버리지, 말아요."

그녀의 눈에서 눈물 한 방울이 흘러나와 그녀의 콧등에 맺혔다. 그녀가 술에 취해 잠이 든 후 누군가 그녀의 콧등에 맺힌 눈물을 닦아내며 말했다.

"널, 품기에는 이제까지 지켜온 내 자존심이…… 너무 강하다."

10. 그녀와 자존심의 무게는?

 그녀의 전남편에 대해 알게 된 진욱은 일주일을 술로 보냈다. 단 하루도 여자를 만나지 않은 날이 없었다. 그의 선택은 사랑이 아닌 자존심이었다. 업계에서 쌓아올린 자신의 평판을 무너뜨리고 싶은 마음은 추호도 없었다. 그래서 여자를 만났다. 다른 여자들을 만나다 보면 그녀는 자신의 기억 속에서 사라지고 없을 거라고 생각했기 때문이었다.

 하지만 5일째 되는 날 그녀는 그를 찾아왔고 힘들어하는 그녀를 보내놓고 그는 터벅터벅 그녀의 뒤를 따랐다. 그냥 집 안에 있기에는 그녀를 향한 마음이 그의 세포들을 하나씩 터트려서 결국 그를 죽이고 말 것 같았기 때문이었다.

 "널, 품기에는 이제까지 지켜온 내 자존심이…… 너무 강하다."

술에 취한 그녀는 계속 그에게 전화를 했고 그는 끝까지 그녀의 전화를 받지 않았다. 결국 탁자에 쓰러진 그녀에게 다가가 보니 그녀의 콧등에 눈물이 맺혀 있었다. 그녀의 눈물은 그의 가슴을 깎았다. 쓰리고 아프게.

"아주머니, 여기 술값입니다."

그는 지갑에서 수표 한 장을 꺼내 아주머니에게 건넨 후 그녀를 등에 업었다. 그러자 아주머니가 그를 붙잡았다.

"젊은 양반, 거스름돈 가져가셔야지."

"됐습니다."

그의 온 중심은 희수에게로 향해 있었다. 그는 그녀를 들쳐 업고 포장마차를 나가서 자신의 집으로 터벅터벅 걸어갔다.

"왜 하필 김 사장인가? 왜 하필이면, 많고 많은 남자 중에 왜 하필 김 사장이야. 왜 하필!"

그는 괴로운 목소리로 그녀를 원망하듯 말했다. 하지만 그녀는 술에 취해서 그의 말을 알아듣지 못했다.

"힘들어도, 괴로워도, 죽을 것 같아도 여기서 끝내야 해. 그렇지 않으면 너도 우스워지고, 나도 우스워져. 내가 어떻게 살았는데, 어떻게 이 거탑을 세웠는데…… 미안하지만 난 널 포기해. 이 바닥에서 우스운 놈이 되느니 널, 포기하겠다고. 젠장."

하지만 그녀를 포기하겠다는 그의 눈에서는 눈물 줄기가 흘러나오고 있었다. 그는 그녀를 등에 업은 이 순간이 행복했다.

단 한 번도 행복한 적이 없다고 생각했는데 그녀와 함께했던 시간의 행복이 손가락 사이사이로 빠져나가자 그것이 행복이었구나, 이렇게 내가 이 여자를 업고 걸어갈 수 있는 것이 행복이구나, 하는 생각이 들었다. 하지만 그는 모질어지기로 했다. 독해지기로 했다. 우스운 놈이 되지 않기 위해, 자신이 이 바닥에서 매장시키려는 남자의 여자였던 그녀를 포기하기로 했다.

"널 위한 건 아니지만 어쨌든 널 힘들게 한 사람에 대한 복수는 내가 할 것 같군."

그는 그녀를 자신의 집으로 데려가 손님방에 눕히고 한동안 그녀를 바라보다가 속삭였다. 그의 눈에는 슬픔이 가득 들어차 있었다. 한동안 그녀의 얼굴만 바라보던 그는 잠들어 있는 그녀의 입술에 살며시 입 맞추며 속삭였다.

"안녕, 내 사랑."

그는 그녀를 누인 방에서 나가 서재로 들어갔다. 오늘 밤은 잠이 올 것 같지 않았다. 그는 그녀를 만났을 때부터, 그녀가 자신의 집에 처음 온 날, 처음 그녀를 품에 안은 날 등을 떠올렸다. 그의 눈에 눈물이 맺혔다. 괴로운 듯 자신의 머리를 헝클어 버리는 그의 가슴이 갈기갈기 찢겨져 누빌 수도 없을 정도의 형편없는 심장이 되어 버린 것 같았다.

그는 그렇게 한숨도 자지 못한 채 밤을 지새웠다. 그리고 그녀가 일어날 시간이 되자 그는 욕실로 들어가 샤워를 하고 정장을 차려 입었다. 그리고 주방으로 나가 커피를 내리며 그녀를 차갑게 맞이할 준비를 했다. 커피를 컵에 따르고 있는데 방문이 열리고 그녀가 밖으로 나왔다. 그녀는 주방에 있는 진욱을 바라보더니 천천히 다가와 물었다.

"이게 어떻게……."

"술은 좀 깼나?"

"……네."

"술 깼으면 거기 좀 앉지."

그는 그녀를 제대로 바라보지도 않은 채 차갑기 이야기한 후 자신도 커피 잔을 들고 식탁으로 다가가 자리에 앉았다. 그러자 그녀는 어리둥절한 표정을 지으며 그의 맞은편에 앉았다. 그는 차가운 시선으로 그녀를 바라봤다. 그러자 그녀는 그의 시선을 피하며 고개를 숙였다. 마치 자신이 잘못을 한 사람처럼.

"내가 전에 만나던 여자 술시중까지 들어 줘야 하나?"

"전에…… 만나던…… 여자요?"

"그래, 전에 만나던 여자. 네가 현재 내 여자가 아니니까 전에 만나던 여자라고 해야 맞지 않겠어?"

"나한테…… 왜 그래요?"

"그건 네가 더 잘 알 텐데?"

"아니요, 모르겠어요. 당신이 갑자기 왜 이러는지 정말 모르겠어요."

"뻔뻔하군."

그녀의 말에 그는 피식 웃으며 말했다. 그러자 그녀는 그의 갑작스러운 태도 변화에 충격을 받은 듯 놀란 눈길로 그를 바라봤다. 그는 말을 이었다.

"뭐, 좋아. 어차피 세련되지 못한 여자라는 걸 알면서도 세련된 여자들을 정리하는 방식으로 정리하려고 했던 내 잘못도 있으니까. 넌 너에게 맞는 방식으로 정리해 주도록 하지."

"왜 이러는지부터 설명해 주는 게…… 순서 아닌가요?"

"순서? 난 네가 충분히 알고 있을 거라고 생각하는데 모른다면 알려줘야겠지. 내가 너한테 뭐라고 했지? 배신하지 말라고 했지?"

"난, 당신을 배신한 적이 없어요."

"없다고 말하고 싶겠지. 그럼 뭐 하나 물어보지. 네 전남편 이름이 뭐지?"

"네?"

그의 질문에 그녀의 눈이 휘둥그렇게 변해갔다. 하지만 그의 잔인한 질문은 거기서 멈추지 않았다.

"직업은?"

"……"

"나이는?"

"……"

"넌 날 철저히 기만했어."

"지, 진욱 씨 말하려고 했어요. 정말 말하려고……."

"모든 일에는 때가 있는 법이지. 넌 그 파티에서 네 남편을 보기 전에 나에게 말했어야 했어. 그날 난 그것도 모르고 그 자리에서 뭐라고 했지? 네 남편의 의미심장한 질문들에 내가 얼마나 바보 같은 대답들을 했는지 기억나지 않아?"

그는 얼굴색 하나 변하지 않고 그녀를 궁지로 몰아넣었다. 그녀는 어쩔 줄 모르는 얼굴로 그를 바라보며 변명하려는 듯 입을 열었지만 그의 말에 말을 끝맺지 못했다.

"미안해요. 하지만 그렇게 보게 되리라고는……."

"몰랐다고 말하지 마. 네 남편은 나와 같은 업종에 종사하는 남자였고 5년이나 함께 살았으면서 그 파티가 어떤 파티인지 모른다고는 말하지 않겠지? 그 자리에 한국에서는 그래도 크다 하는 프로덕션의 오너가 참석하지 않을 거라고 생각했나? 그랬나?"

"미안해요. 흐흑…… 정말, 미안해요."

"그 눈물 치워. 역겨우니까."

"하지만 정말이에요. 정말 그렇게 보리라고는 생각지도 못했고, 또 말하려고 했어요. 정말이에요. 믿어 줘요."

"믿어 줘? 뭐, 좋아. 믿어 주는데 무슨 문제가 있겠어. 믿어 줄 테니 다시는 내 앞에 나타나지 마."

"진욱 씨……."

그의 단호한 말에 그녀는 눈물 흘리던 눈을 크게 뜨고 그를 바라봤다. 그녀의 눈을 보면 마음이 약해질 것 같아서 그는 고개를 돌려버렸다.

"날 아무렇지도 않게 속일 수 있는 여자, 난 필요 없어. 5년이나 살 부비면서 살아 놓고 어떻게 그 자리에서 태연한 얼굴로 모르는 척할 수 있지?"

"잘못했어요. 흐흑…… 제발, 제발 나 버리지 말아요."

"내가 누군지 몰라? 나, 성진욱이야. 내 비위에 거슬리는 인간은 가차 없이 정리해 버리는 성진욱이라고. 너는 다를 거라고 생각했나? 그런 거라면 그거야말로 착각이야. 착각에서 그만 깨어나."

"진욱 씨, 한 번만…… 이번 한 번만 이해해 줄 수 없어요? 당신, 한 번은 용서해 주는 사람이잖아요. 이번 한 번 만이요."

"아니, 한 번 용서해 줘도 똑같은 실수는 계속 발생하더군. 그래서 하지 않기로 했어. 그러니까 그만 돌아가. 그리고 난 너와 더 이상 상관없는 사람이니까 여기도 더 이상은 찾아오지 마. 네 얼굴 보고 싶지 않아."

그는 차갑게 쏘아붙이며 자리에서 일어났다. 그녀의 눈길이 떨리고 있었다. 하지만 그는 차가운 얼굴을 유지한 채 그녀를 바라봤다.

"용서하기…… 힘든 일인가요? 그게 그렇게 용서하기…….."

"내 입장에 대해 생각해 본 적 있나? 같은 업계야. 이름만 대면 누가 누구인지 모두 아는 세계라고. 그런 세계에서 늙은이가 데리고 살던 여자를 내가 물려받아 살고 있다는 말이라도 들어야 네 속이 시원해? 그래?"

"그게, 두려운가요?"

"두렵냐고? 아니, 더러워. 두려운 게 아니라 그런 더러운 소리 듣기 싫어서 너 보지 않겠다고. 아직도 무슨 말인지 못 알아들어?"

"……아니요."

그가 그녀를 향해 소리를 내지르자 그녀는 잠시 아무런 말이 없었다. 그녀는 자리에서 일어나며 대답했다. 그리고 그에게 허리 숙여 인사를 했다.

"당신의 입장을 생각하지 못했어요. 난 그저, 이혼한 후 그 누구에게도 열 수 없었던 마음을 당신이 열게 해줘서, 남자 손이라면 몸서리쳐져서 누굴 만날 수도 없었던 날 너무나 자연스럽게 당신을 받아들이게 만들어 줘서 얼마나 고마웠는지 몰라요. 내가 오랜 시간 바라보던 조 선생님도 하지 못한 일을 당신은 해줬어요. 당신이 고마웠고 당신이 내게 베풀어 준 마음에 보답하고 싶었어요. 말해야 한다는 건 알고 있었지만…… 아니, 이런 말 이제와 무슨 소용이겠어요? 내가 바보였어요. 당신을 힘들게 할 생각은 없었는데…… 그동안 정말 미안하고 고마웠어요. 당신, 잊지 못할 거예요."

"아니, 잊어. 난, 너 이미 지웠으니까."

"당신은 지워요. 날 떠올리면 괴로운 기억만 있을 테니 지워도 돼요. 하지만, 난 세상에 태어나 처음으로 행복했어요. 당신 때문에, 당신으로 인해 처음으로 태어나길 잘 했다는 생각을 했고, 살아 있는 게 감사하다고 생각했어요. 그래서 잊지 않아요. 내게 처음으로 행복을 준 사람이니까."

"그래? 그럼 마음대로 해. 내가 네 마음까지 어쩌겠나?"

"건강…… 하세요."

그녀는 그에게 다시 고개를 숙인 후 그의 집을 나섰다. 그는 집을 나가는 그녀를 바라보지 않았다. 그의 얼굴은 잔뜩 일그러졌고 잠시 후 현관문이 열렸다 닫히는 소리가 들림과 동시에 그는 의자에 털썩 주저앉았다.

"하…… 하……."

숨이 쉬어지지 않았다. 그녀가 자신을 완전히 떠났다는 충격이 그의 기도를 막아 버렸고 그는 헉헉거리며 뜨거운 눈물을 흘리기 시작했다.

"으윽……."

그는 새어 나오려는 울음소리를 삼키기 위해 입을 자신의 주먹으로 막았다. 그의 얼굴은 벌겋게 달아올라 있었다. 그는 바닥에 주저앉아 고통에 찬 신음 소리를 흘려야 했다. 그녀가 아닌 자신의 자존심을 선택한 그는 자신의 선택이 틀리지 않다고 생각했다. 그런데 가슴이 너무나 아팠다. 숨이 쉬어지지 않을 정도로, 온 세상이 갑자기 암흑의 세계로 변해 버릴 정도로 힘이 들어서 미칠 것만 같았다. 그 고통을 덜어내려는 듯이 그는 양주병을 들고 액체를 벌컥벌컥 들이켰다.

'하…… 하…… 아파서 미칠 것 같아. 온몸이 산산조각이 나서 부서져 버린 것 같아. 미칠 것 같아. 아악…….'

순간 그는 그녀를 잡고 싶었다. 그래서 신발도 신지 않은 채 집을 뛰어나갔다. 맨발로 엘리베이터를 타고 아래로 내려간 그는 로비를 지나며 그녀를 찾았다. 그가 두리번거리자 경비가 물었다.

"그 아가씨라면 벌써 택시 타고 떠나셨는데요."

경비는 그에게 친절하게 그녀의 행방에 대해 말해 주었다. 그 순간 그는 알았다, 다시는 그녀를 잡을 수 없다는 사실을. 다시는 그녀를 자신의 품에 안을 수도, 그녀로 인해 행복함을 느낄 수도 없다는 사실을 알았다. 그리고 이 모든 게 현 프로덕션의 김동철 사장 때문이라는 생각에 모든 분노의 화살이 김동철에게로 날아갔다. 그의 생각이 그곳에 멈추자 그는 악마 같은 얼굴로 휴대폰을 꺼내 전화를 걸었다.

-네, 사장님.

"지금 당장 집으로 와. 현 프로덕션 비리 조사해 둔 자료 가지고."

-네, 알겠습니다.

그는 재빨리 자신의 집으로 올라갔다.

'김동철 당신, 가만두지 않을 거야. 그녀와 날 이렇게 만든 대가, 톡톡히 치르게 해주겠어.'

그의 복수심이 활활 불타올랐다. 정말 오랜만에 느껴 보는 복수심이었다. 잠시 후 그의 비서가 도착하자 그는 또다시 어디론가 전화를 걸었다.

-여보세요.

"박 검사, 성진욱입니다."

-아, 네. 사장님.

"지금 잠깐 봤으면 하는데, 괜찮겠습니까?"

-미안하지만 다음에 보면 안 될까요?

"아니, 지금 봤으면 합니다."

그는 고집을 부렸다. 희정이 아니면 다른 사람을 통해서라도 현 프로덕션을 무너뜨리고 말겠다는 게 그의 생각이었다. 그의 고집스러운 말에 희정이 말했다.

-실은 언니가 행방불명이 되는 바람에 제가 지금 사무실에 없거든요.

"희수…… 씨라면……."

희정의 갑작스러운 말에 그는 순간 주춤했다. 자신을 바라보며 눈물을 흘리던 그녀의 눈빛이 떠오르자 그는 자신도 모르게 입술을 깨물었다. 믿어 달라는 그녀의 애원을 무시한 채 독하고 무서운 말들을 쏟아낸 자신이 죽이고 싶을 정도로 저주스러웠다.

-어젯밤에 갑자기 집을 나가서는 아직까지 안 들어오고 있어요. 일단 언니하고 연락이 되는 대로…….

"지금, 들어갔을 겁니다."

-네?

"아침에 잠깐 봤어요."

-언니를요? 성 사장님이 언니를 왜요?

그의 말에 희정은 의문 가득한 목소리로 물었다. 그는 아무것도 아닌 것처럼 말했다.

"아, 내가 희수 씨에게 부탁할 게 있어서 잠깐 만났습니다."

-부탁이라니요?

"그건 개인적인 부탁이라 말하긴 그렇고 희수 씨는 별일 없는 것 같으니 만나서 현 프로덕션 김동철 사장 얘기합시다."

-……지금, 뭐라고 하셨어요?

이 정도면 희정도 구미가 당길 거라는 생각에 그는 말했다. 그의 예상대로 희정은 반응을 보였다.

"박 검사, 현 프로덕션 김동철 사장 비리 조사하고 다니지 않습니까? 그 얘기 하고 싶은데, 그래도 시간이 안 됩니까?"

-어디서 뵐까요? 검찰청으로 오시겠어요? 아니면 제가······.

"가죠. 30분 후에 어때요?"

-알겠습니다. 지금 바로 검찰청으로 들어가죠.

전화를 끊는 그의 얼굴이 무섭게 일그러졌다. 그는 자리에서 일어나 옷을 단정하게 살핀 후 집을 나섰다.

"검찰청으로 가."

"네, 알겠습니다."

밖에서 대기하고 있던 그의 비서는 곧바로 검찰청으로 차를 몰았다. 검찰청으로 들어가 박희정 검사 방 앞에 선 진욱은 손에 들려 있는 봉투를 바라봤다. 그 안에는 지난 3년 간 김동철에 대해 조사한 자료가 가득 들어 있었다.

자신이 버린 백승미를 다시 스크린에 내보낸 그의 복수심 때문에 시작된 일이 이렇게 어마어마하게 큰 복수의 도구로 사용될 거라고는 생각하지 못했다. 3년 전 그의 생각은 그랬다. 자신에게 상처를 남긴 백승미와 계약을 하고 스크린에 내보낸 김동철의 지혜롭지 못한 생각에 대한 그의 복수와 함께 현 프로덕션 정도 되는 규모의 회사를 헐값에 매입해 들이려는 생각이었다.

하지만 이제는 그 회사를 사도 그만, 사지 않아도 그만이었다. 자신의 복수, 그녀를 아프게 한 복수로 그는 만족할 수 있을 것 같았다. 반드시 무너뜨리겠다는 분노가 그를 지배하는 한 김동철은 무너질 것이다. 뭐 하나 남김없이 모든 걸 잃게 만들 것이다.

똑똑.

그는 짧게 노크를 하고 안으로 들어갔다. 그가 들어가자 사무장으로 보이는 남자가 물었다.

"혹시 성진욱 사장님 되십니까?"

"그렇습니다."

"검사님께서 기다리고 계십니다. 이쪽으로 오세요."

그는 말없이 남자를 따라갔다. 안쪽으로 문이 하나 열리고 그가 안으로 들어가니 의자에 앉아 있던 희정이 자리에서 일어나 그를 맞았다.

"기다리고 있었습니다."

"그럴 거라고 생각했습니다."

"커피, 드시겠어요?"

"아니, 됐습니다."

"그만 나가 보세요."

"네, 검사님."

희정의 지시에 사무장은 그녀의 방을 나갔다.

"이쪽으로 앉으세요."

"박 검사도, 나도 시간이 남아도는 사람들은 아니니 간단하게 본론부터 이야기합시다."

"그러시죠."

그의 단호한 표정에 희정은 고개를 끄덕였다. 그는 자리에 앉아 희정에게 봉투를 내놓기 전에 물었다.

"자신 있습니까?"

"네?"

"김동철 사장, 제대로 망하게 만들 자신 있냐고 물었습니다."

"자신이 없었다면 시작도 하지 않았을 겁니다. 그 인간이 모든 걸 잃고 거리의 비렁뱅이가 되기 전까지는 멈추지 않을 겁니다."

"……언니 때문에?"

희정의 눈에는 그의 눈에 나타나 있는 분노가 가득했다. 말하는 것만으로도 그녀의 분노는 활활 타오르는 것 같았다. 그의 질문에 희정은 약간 놀란 눈길로 진욱을 바라봤다.

"그걸, 어떻게……."

"언니 때문이라면, 꼭 성공하길 바랍니다."

"먼저 하나 묻고 싶은 게 있는데 아무래도 이상해서 그러니까 오해는 하지 말고 들어 주세요."

"얼마든지."

"단도직입적으로 묻겠습니다. 성 사장님하고 우리 언니……어떤, 사이시죠? 오늘 아침에 언니를 만나셨다는 것도 그렇고,

좀 걸리는 게 몇 가지 있어서요."

"후후, 얘기했던 것 같은데요. 목숨을 빚진 사이라고."

"그것…… 뿐인가요?"

희정은 그의 말을 믿을 수 없다는 듯 되물었다. 그녀의 질문에 진욱은 잠시 말을 하지 못했다. 희정은 그를 집요한 눈길로 바라봤다. 그는 피식 웃으며 말했다.

"그럼 뭐가 더 있을 거라고 생각하는 겁니까?"

"아, 그렇다면 다행이고요."

"다행? 박 검사는 내가 마음에 들지 않는 모양이군요."

"성 사장님이 마음에 들고 안 들고의 문제가 아닙니다. 성 사장님은 높은 위치에 있으니 그에 맞는 여자를 만나려고만 들면 얼마든지 만날 수 있다고 알고 있습니다. 아니, 여자들이 줄을 서는데도 특별히 누군가를 만나지 않는 건 성 사장님의 선택이라고 알고 있습니다."

"그래서요?"

"하지만 우리 언니는 달라요. 난 우리 언니가 너무 잘난 남자, 만나지 않기를 바라요."

"어째서?"

"……더 이상 상처받으면, 언니가 내 곁을 떠나버릴지도 모르니까요."

희정의 표정은 무섭게 변해 있었다.

"그게, 무슨 말입니까?"

"모르시겠지만 우리 언니 정신병원에 입원해 있었던 적이 있어요. 그런데 정신과로 이동하기 전에 자살하려고 시도했던 적이 있어요."

"자살?"

"네, 그게 김동철 그 인간 때문이었죠. 전 그 인간을 법이라는 이름으로 벌하지 않고는 절대로 잠 편하게 못 잡니다."

'자살'이라는 말에 그는 놀란 시선으로 희정을 바라봤다. 정신과 치료를 받았다는 건 알고 있지만 그녀가 자살을 하려고 했다는 사실은 알지 못했다. 그가 얼굴을 잔뜩 찌푸린 채 희정을 바라보자 그녀는 말했다.

"그렇게 잘난 남자가 아니어도 언니를 진심으로 아껴줄 수 있는 사람, 언니를 행복하게 만들어 줄 수 있는 사람이면 돼요. 그런 사람이라면 전 기쁜 마음으로 언니를 보내줄 수 있어요. 또 그렇게 할 거예요. 언니가 찾지 못하면 제가 찾을 거예요. 찾아서 언니를 행복하게 해줄 수 있는 사람과 맺어 줄 거예요."

"희수 씨가…… 결혼하고 싶다고 했습니까?"

"아니요. 하지만 이제 겨우 서른인데 평생을 이렇게 혼자 지낼 수는 없으니까요. 언니는 제 결혼에 관심이 많은 것 같지만 난 언니가 좋은 사람 만나서 행복해지기 전까지는 결혼하지 않아요. 그게 내가 언니에게 해줄 수 있는 마지막 선물이니까요."

"하지만 언니가 결혼을 원하지 않을 수도 있지 않습니까?"

그녀가 다른 남자의 여자가 될 수도 있다는 생각은 단 한 번도 해보지 못했었다. 자신이 버린 순간 그녀는 분명 다른 남자의 여자도 될 수 있었다. 그런데 왜 그런 생각을 못했는지, 끔찍했다. 그녀가 다른 남자의 품에 안겨 있는 상상만으로도 그는 온몸이 오그라드는 것 같았다.

"그건 사랑하는 사람을 만나기 전의 얘기죠. 사랑하는 사람이 생기면 결혼하고 싶어지는 게 여자의 마음이에요. 언니한테도 좋은 사람이 생기면 결혼하고 싶은 마음이 생길 거예요. 어쨌든 성 사장님과 언니가 특별한 사이가 아니라니 다행이네요. 그럼 일 얘기할까요?"

"……그럽시다."

'왜 이렇게 기분이 더러운 거지? 그녀보다는 네 자존심이 더 중요해서, 사람들에게 손가락질 받고 싶지 않아서 잡았던 손을 놓은 건 너잖아. 비겁하게 행동한 건 그녀가 아니라 바로 너라고. 그런데…… 그녀가 평생 너만 바라보며 살아주길 바라는 이 대책 없는 이기심은 뭐야? 너란 놈은 정말…….'

그의 이성이 그에게 속삭였다. 아주 잠시 그의 안색이 어두워졌다. 하지만 자신을 바라보고 있는 희정에게 자신의 이런 이기적인 감정을 들키고 싶지 않아 그는 옆에 뒀던 서류봉투를 그녀에게 내밀었다.

"3년 동안 수집한 자료예요. 물론 박 검사가 수집한 자료와 중복되는 내용들도 많이 있겠지만 아마도 그렇지 않은 게 더 많을 거예요. 자료 검토하고 결정적으로 김동철을 치고 싶다면 말해요. 김동철이 하우스에 가는 날짜를 빼낼 수 있으니."

"김동철이 하우스에 가는 날까지 알 수 있다는 말씀입니까?"

"김동철의 도박으로 회사 자체가 위협받고 있는데 3년 동안 뒤를 캐면서 그 정도도 모를 거라고 생각합니까?"

그의 차가운 목소리에 그녀는 이해할 수 없다는 얼굴로 물었다.

"왜요? 성 사장님은 김동철과 아무런 관계가 없는 걸로 알고 있는데 왜 김동철의 뒷조사를 하신 거죠?"

"내가 버린 걸 주워간 대가라고 할까?"

"백승미 씨를 말씀하십니까?"

"후후, 역시 검사라 말귀 하나는 빨리 알아듣는군요."

그는 웃었다. 하지만 그의 웃음소리에는 공허함이 맴돌았다. 아주 소중한 걸 잃어버린 듯한 허전함과 공허함.

"겨우 그런 이유 하나로 3년 동안 자료 조사를 했다는 게 전, 이해가 가지 않는군요."

"그 이유만 있었던 건 아닙니다."

"그럼, 뭐죠?"

"SJ 기획사를 한국 최고의 기획사로 키워내는데 현 프로덕션을 흡수하려고 했을 뿐입니다."

"합병을 말씀, 하시나요?"

"합병은 따져야 할 문제도 많고 치러야 할 값도 만만치 않죠."

그는 합병을 좋아하지 않았다. 합병이라는 건 허울 좋은 임시방편에 지나지 않았다. 온전히 자신이 이룬 왕국이 되려면 두 개의 회사가 아니라, 하나의 회사가 되어야 했다.

"그럼 흡수라는 건……."

"헐값에 사들이는 거죠."

"사들여요?"

"지금 현 프로덕션은 자금난에 시달리고 있습니다. 그리고 난, 현 프로덕션의 지분을 25% 정도 가지고 있습니다."

"25%라면……."

그의 말에 희정의 눈이 커다랗게 변했다. 그는 말을 이었다.

"김동철이 무너지고 나면 아마도 지금으로써는 내가 지분율이 가장 높을 겁니다."

"그걸, 김동철이 모른단 말인가요? 성 사장님의 지분이 25%나 되는 걸?"

"그 사람도 뭔가 한 번 빠지면 물불 안 가리고 앞뒤 못 재는 스타일이던데, 알았겠습니까? 이미 도박에 정신 나간 인간이 회사 지분이 어디로 새어 나가고 있는지 체크나 하겠습니까?"

"그래서, 김동철이 무너지면 그 회사를 헐값에 사들여 SJ 기회사로 흡수하시려고요?"

"그렇게 되면 대한민국에서 SJ 기획사를 따라올 기업은 없겠죠."

그는 커다란 포부를 가진 남자였다. 포부가 포부로 끝나는 남자가 아닌 그걸 이루어낼 줄 아는 행동이 뒤따르는 남자였다. 희정은 그를 두려운 시선으로 바라봤다. 하지만 그의 생각은 온전히 박희수라는 여자에게만 향해 있었다. 희정은 그 자리에서 자료들을 꺼내 대충 둘러보더니 놀란 눈길로 물었다.

"도대체 이 서류들은 어디서 조사한 거죠?"

"스파이."

"네?"

"업체는 항상 자신의 기업을 누르려고 하는 타 기업들을 배척하고, 자신이 먼저 성장하기 위해 스파이를 파견하죠."

"그럼 설마……."

"내가 보낸 스파이가 현재 김동철 사장의 비서 자리에 있습니다."

김동철은 운이 나쁜 친구였다. 그때 자신이 버린 백승미를 주워가지만 않았어도 복수의 화신이 내뿜는 불을 받지는 않았을 텐데. 김동철은 그의 분노를 끄집어냈고, 결국은 그 분노에 자기 자신이 타죽는다는 사실도 모른 채 살고 있었다.

"갑자기 성 사장님이 무척…… 무서운 분이라는 생각이 드는데요."

"자신이 이루고자 하는 걸 이루기 위해서라면 난 얼마든지 무서워질 수 있는 놈입니다. 소중한 것까지⋯⋯ 내 마음까지 버릴 정도로."

그는 마치 자신에게 이야기하듯이 그녀에게 말했다. 그런 그를 바라보며 희정은 아무런 말도 하지 않았다. 그저 그를 안쓰러운 듯이 바라볼 뿐이었다. 그런 눈길이 싫어서 그는 자리에서 일어났다.

"박 검사의 자신 있다는 말, 믿어도 되겠습니까?"

"믿으세요. 아, 그리고 하우스 집결하는 날 좀 알려주시겠어요? 아직 검찰의 정보망은 그렇게 깊숙하지 않아서요."

"그러죠. 대신 한 치의 실수도 없어야 합니다. 내가 말해 주는 날짜에 정확하게 김동철을 잡아들이지 않으면 박 검사의 목이 김동철에 의해 날아갈지도 몰라요. 그러니, 긴장을 늦추지 않는 게 좋을 겁니다."

"알겠습니다. 성 사장님 말씀, 명심하죠."

그는 고개를 끄덕이며 박 검사의 방을 나왔다. 김동철은 법의 심판을 받을 것이고 자신은 공중에 붕 떠버린 현 프로덕션의 새 주인이 되면 되는 일이었다. 하지만, 그 무엇 하나 그를 기쁘게 만드는 건 없었다. 그가 검찰청 주차장으로 걸어가자 그의 비서가 나와서 고개를 숙였다.

"일은 잘 되셨습니까?"

"그래."

그는 짧게 대답한 후 뒷좌석에 올랐다. 그가 올라타자 승우가 물었다.

"회사로 가시겠습니까?"

"아니, 병원."

"병원이요? 오늘은 정기 검진 일이 아닌데……."

"……."

그가 아무런 말도 하지 않자 승우는 병원으로 차를 몰았다. 그녀를 보낸 지 몇 시간이나 지났던가? 얼마 되지 않는 것 같은데도 그는 그녀가 보고 싶었다. 멀리서라도, 그저 지켜보는 것만이라도 해야 그가 숨을 쉴 수 있을 것 같았다. 병원으로 향하는 동안 그는 3년 전을 떠올렸다.

[성진욱, 그 친구만 완전히 바보 된 거지.]

[그러게. 살던 여자 다른 놈이랑 바람 펴서 이혼해, 이혼한 여자 자기 소속사에 두기 껄끄러우니까 버렸더니 그걸 현 프로덕션의 김 사장이 데려가 요즘 주가가 한참 올라가고 있다니, 지금쯤 성 사장 비위 좀 틀어지지 않았겠어?]

[그 친구도 불쌍한 친구지. 그러게 마누라 단속을 잘 했어야지. 아무리 성 사장 그 친구가 잘난 친구라고는 해도 그 정도 미모의 여자가 한 사람한테 만족하겠어?]

사람들이 수군대는 소리를 떠올리던 그는 두려워졌다. 잘 알지도 못하는 사람들이 자신에 대해 잘 알지도 못하는 말들로 떠들어댈 때의 기분은 당해 보지 않은 사람은 알 수 없는 것이었다. 얼굴 들고 밖에 나가는 일이 쪽팔려서 그는 외국으로 이민을 갈까도 생각했었다. 하지만 이겨내고 싶었다. 이를 악물고 이겨내고 싶었고, 그는 이겨냈다. 그런데 그런 시련을 또다시 겪어야 한다는 사실이 그를 주춤하게 만들었다.

"사장님, 병원에 도착했습니다."

그의 상념 속으로 승우의 말이 흘러 들어왔다. 밖을 내다보니 병원이었다. 그는 차에서 내려 병원으로 들어갔다. 간호사 데스크를 지나치던 그는 발길을 멈추고 간호사들을 바라봤다. 그녀를 찾기 위함이었다. 하지만 그녀의 모습은 그 어디에서도 찾아볼 수 없었다. 그는 그곳을 지나쳐 조 선생의 방으로 향했다.

똑똑.

"네."

대답 소리에 그는 문을 열고 안으로 들어갔다.

"정기 검진 일은 꼭 지키라고 그렇게 강조했는데 일주일이나 지난 이제야 오신 겁니까?"

그의 등장에 조 선생은 비웃듯 이야기했다. 그는 무뚝뚝한 목소리로 대답했다.

"환자에게도 사정이라는 건 있는 거니까 환자의 돈으로 먹고 사는 의사 선생이 이해하시죠."

"삐딱하신 건 여전하시네요."

"삐딱한 게 나니까."

그는 괜히 조 선생에게 시비조로 이야기했다. 하지만 조 선생은 그에게 화를 내지도, 그의 말에 기분 나빠하지도 않는 것처럼 피식 웃으며 말했다.

"이쪽으로 와서 앉으시죠."

그가 조 선생 앞으로 다가가 앉자 원철은 그의 무릎을 살피고 몇 가지 체크를 했다. 그리고 물었다.

"활동하실 때 무릎이 아프다거나 하지는 않으셨습니까?"

"전혀."

"다행이네요. 운동 열심히 하세요. 하지만 너무 무리는 하지 마시고요."

"……그 사람, 출근했습니까?"

그는 조 선생의 주의사항에는 아무런 대답도 하지 않다가 망설이는 듯한 목소리로 물었다. 원철은 그의 진료카드에 그의 상태에 대해 기재하며 물었다.

"그 사람이라니, 누구 말씀이시죠?"

"……"

"박희수 씨 말입니까?"

"알면 묻지 말고 대답이나 해요."

자신은 바라보지도 않은 채 묻는 조 선생의 태도가 기분 나쁜 듯 그는 성난 눈길로 바라보았다. 그가 말이 없자 조 선생은 고개를 들어 그를 바라보며 물었고, 그는 그런 조 선생에게 쏘아붙였다. 그러자 조 선생이 물었다.

"내가 그걸 성진욱 씨에게 대답할 의무가 있나요?"

"……됐습니다. 내가 실언을 한 것 같군요."

그는 그 누구에게도 아쉬운 소리를 내고 싶어 하지 않을 정도로 자존심이 세서 자신을 조롱하는 듯한 조 선생의 눈길까지 받으며 그 자리에 앉아 있고 싶은 생각은 없었다. 그래서 자리에서 일어나 뒤돌아섰다. 그러자 조 선생이 물었다.

"희수 씨, 좋아합니까?"

"나 또한 그걸 의사 선생한테 대답할 의무는 없는 것 같은데?"

"그걸 대답해 준다면 나도 희수 씨에 대해 이야기해 드리죠."

조 선생의 말에 그는 천천히 뒤돌아섰다. 원철은 도전적인 눈빛으로 그를 바라보고 있었다. 만약 그녀가 조 선생을 좋아하지 않았다면 그는 원철과 좋은 친구가 되었을 수도 있을 것 같다는 생각이 들었다. 그는 대답 대신 물었다.

"그럼 내 질문부터 대답을 하시죠. 그게 왜 궁금한 겁니까?"

"흠…… 글쎄요, 내가 희수 씨를 알게 되면서부터 난 희수 씨 보호자 같은 느낌이었어요. 요즘 희수 씨가 많이 달라진 게 혹시, 성진욱 씨 때문은 아닐까 생각하던 참이었어요. 그래서 궁금합니다. 희수 씨, 사랑합니까?"

"……그렇다면?"

"희수 씨를 가족처럼 생각하고 아끼는 사람의 입장에서 말하겠습니다. 성진욱 씨의 마음을 접든지, 아니면 자신의 자존심이나 오만을 버리세요. 둘 중에 하나를 선택하지 않으면 희수 씨가 다쳐요."

"후후, 충고가 한발 늦었군요."

"그게 무슨 말씀이시죠?"

"난, 이미 하나를 버렸어요."

그는 표정 없는 얼굴로 조 선생을 바라보며 대꾸했다. 그의 말을 들은 조 선생은 잠시 아무런 말도 하지 않은 채 그의 얼굴 표정만 바라보다가 천천히, 느릿한 어조로 말했다.

"택한 하나가, 희수 씨는 아닌 것 같군요."

"아마도."

그의 말에 조 선생은 천천히 고개를 끄덕였다.

"차라리 잘 된 건지도 모르겠네요. 성진욱 씨처럼 독한 사람, 희수 씨에게는 안 어울린다고 생각했는데."

"박 검사하고 같은 말을 하는군요."

"희정 씨도 언니를 생각하는 마음이 크니까 그렇게 생각했을 거예요. 희수 씨가 행복해지기 전까지는 자신도 결혼은 생각조차 할 수 없다고 말하는 사람이니까."

원철의 말에 진욱은 그녀의 말을 떠올렸다.

[나…… 행복한 여자로 만들어 줄래요?]

그녀는 동생을 위해 행복한 여자가 되어야 한다고 말했었다. 그리고 그는 행복하게 해주겠다고 약속했었다. 하지만 그 약속을 지키지 못한 사람은 자신이었다.

"성진욱 씨를 알기 전에는 이런 일이 단 한 번도 없던 사람인데, 요즘은 결근이 잦아요. 오늘 감기 몸살인 것 같다고 연락이 왔어요. 그래서 출근하지 않았습니다. 하지만, 감기 몸살이 아닌 마음의 몸살을 앓고 있을 것 같다는 생각이 드네요."

그는 고개를 끄덕이며 문 쪽으로 걸음을 옮겼다. 하지만 그가 문고리를 붙잡을 때 조 선생의 목소리가 다시 그의 발걸음을 붙잡았다.

"희수 씨보다 자신의 자존심이 더 소중하다고 생각해서 선택했을 텐데, 성진욱 씨는 전혀 좋아 보이지 않네요."

"그것까지 의사 양반이 신경 쓸 일은 아닌 것 같군요."

그는 차갑게 쏘아붙인 후 그의 방을 나섰다.

'좋아 보이지 않는다고? 그거야말로 찬사군. 지금의 내 상태는 그야말로 최악인데.'

그는 병원을 벗어나 차에 올랐다.

"사무실로 들어가시겠습니까?"

"아니, 집으로 가. 그리고 김동철 하우스 가는 날 확인해서 박 검사한테 알려줘."

"네, 알겠습니다."

의욕이 없었다. 아무것도 하고 싶지 않았다. 그냥, 자고 싶었다. 자고 일어나면 악몽에서 깨어날 것 같은 기분이었다.

'보고 싶다…….'

11. 사랑하지 말것을……

"희수 씨, 이 환자 소독 좀 해줘."

"네, 선생님."

병원 응급실은 언제나 바쁜 곳이었다. 조 선생의 말에 그녀는 재빨리 움직이기 시작했다. 8월 초의 날씨는 병원 안에 에어컨들이 아무리 빵빵하게 돌아간다 해도 사람을 숨 막히게 만드는 최악의 계절이었다. 하지만 희수는 아무런 불평도 하지 않은 채 휴가도 없이 일했다.

그녀에게는 차라리 그게 좋았다. 한 달 동안 그렇게 열심히 일만 했다. 일하지 않으면, 생각할 시간이 있으면 또다시 정신을 놓게 될까봐 그녀는 두려워서 바쁘게 뛰었다.

진욱 덕분에 그녀는 아침에서 오후 두시까지만 근무를 했고 남는 시간을 사용하기 위해 요리 학원에 등록했다. 예전에 동생 희정이 했던 말이 떠올랐기 때문이다. 음식 만드는 일을 좋아하니 요리를 배워서 식당을 해보는 것도 나쁘지 않을 것 같았다.

"아악……."

"많이 아프세요?"

"이 여자가 지금 누굴 놀리나…… 댁 같으면 찢어진 살에다가 소독약 들이대면 안 아프겠어?"

"조금만 참으세요."

"그런 말을 누가 못해? 그런 말은 나도 해."

 남자는 특히 엄살이 심한 사람 같았다. 아픈데 화풀이할 곳이 없어 보이는 남자의 행동에 그녀는 입가에 미소를 머금었다. 그러자 남자가 물었다.

"이봐! 당신 왜 웃어? 지금 내가 웃긴다는 거야?"

"네? 아, 아니요. 저는 그런 뜻으로 웃은 게 아니라……."

"이봐요! 자길 치료해 주는 사람한테 그렇게 큰소리치는 사람이 어디 있습니까? 제정신입니까?"

 그녀가 곤란한 얼굴로 환자에게 이야기하는데 그녀의 말을 막아서는 목소리가 있었다. 바로 그 환자를 병원으로 데려온 119 구급대 직원이었다. 남자의 목소리에 그녀는 더 놀라서 눈을 크게 뜨고 그를 바라봤다. 구급대 직원의 말에 남자는 한풀 꺾인 목소리로 말했다.

"아, 아프니까 그런 거 아닙니까? 아프니까."

"그러게 싸움질은 왜 합니까? 자신이 잘못해서 그렇게 되어놓고 지금 누굴 원망해요? 간호사가 댁 같은 환자 봉인 줄 압니까?"

"저, 저기요······."

남자는 자신이 지금 어디에 있는지도 모르는 듯 흥분한 상태 같았고 그녀가 작은 목소리로 그를 부르자 환자를 나무라던 구급대 직원이 그녀에게로 눈길을 돌리며 환하게 웃었다.

"왜요, 희수 씨?"

"저, 제가 알아서 할 테니까 그만······ 나가 주실래요?"

"아, 네. 알겠습니다."

자신이 흥분했다는 걸 깨달은 것일까? 그는 한 손으로 자신의 뒷머리를 긁적이며 응급실을 나갔다. 그러자 조금 전까지도 그녀에게 큰소리를 치던 환자가 반짝이는 눈으로 그녀를 바라보며 물었다.

"애인?"

"네?"

"뭐, 애인 맞구만."

"아니에요."

"에이, 딱 사이즈가 나오는데!"

"정말 아니라니까요."

환자는 그녀의 말을 믿지 않는 것 같았다. 하지만 다른 누군가가 그 장면을 봤더라도 그녀의 말을 믿지 않을 것이었다. 남자는 얼마 전부터 그녀에게 차 한 잔 하자, 저녁 식사 어떠냐고 물어오며 관심을 보이고 있었다. 예전부터 그녀에게 관심 있어 하는 건 알고 있었지만 그녀는 그의 관심을 외면했었다. 하지만 요즘 부쩍 적극적으로 다가오는 그가 무척이나 부담스러운 상태였다.

"다 됐습니다."

"잘해 봐요. 진짜로 좋아하는 것 같은데."

"네?"

그녀가 소독을 하고 자리에서 일어나자 남자는 그녀에게 진지한 얼굴로 이야기했다.

"아까 그 사람 말이에요. 꽤 순진한 남자 같은데, 간호사 언니 많이 좋아하는 모양이에요. 얼굴에 딱 써 있네."

"그럼 저는 이만."

그녀는 환자의 말에 아무런 대꾸도 하지 않은 채 응급실을 나가 간호사 데스크로 향했다. 그런데 간호사 데스크에 그가 있었다. 그는 서성이며 그녀를 기다리는 듯했다. 아무래도 확실히 대답해 두지 않으면 계속 이런 일이 생길 것 같아 그녀는 한숨을 내쉬며 그가 있는 곳으로 걸어갔다.

"희수 씨······."

"잠깐 차 한 잔 하실래요?"

"저, 정말요?"

"따라오세요."

그녀의 제안에 남자는 깜짝 놀란 얼굴이었다. 그녀는 말없이 그와 함께 휴게실로 들어가 자판기에 동전을 넣으려 했다. 그러자 그가 말했다.

"제가 뺄 테니까 희수 씨는 앉아 계세요."

"아니요, 제가……."

"아휴, 제가 한다니까요."

남자는 꽤나 활발한 성격의 소유자 같았다. 그녀는 결국 그에게 밀려 휴게실에 먼저 자리를 잡고 앉았다. 그러자 그가 커피를 가져와 그녀의 앞에 놓아 주며 맞은편에 앉았다. 그가 가져다 놓은 커피를 바라보기만 하던 그녀가 물었다.

"저기 성함이……."

"아직 제 이름…… 모르세요?"

"죄송합니다. 이름 외우는 거 잘 못해서요."

자신의 이름조차 알지 못하는 그녀가 섭섭한 듯싶었다. 하지만 그녀의 대답에 그는 괜찮아진 듯 다시 환하게 웃으며 말했다.

"정승준입니다."

"아, 정승준 씨. 저기 제가 할 말은 다름이 아니라……."

"압니다."

"네?"

"희수 씨가 저 마음에 없어 하는 거 압니다. 하지만 전 희수 씨가 좋아요. 올 때마다 희수 씨한테 말하고 싶었지만 제가 숫기가 좀 없거든요. 그래서 그냥 멀리서 바라보기만 했는데 어느 날부터 희수 씨가 보이지 않더라고요. 전 희수 씨가 병원을 그만둔지 알고 얼마나 놀랐는지 몰라요."

그녀가 진욱의 간병인이 되어 병실에서 지낼 때를 이야기하는 모양이었다.

"저기, 하지만……"

"딱 3번만 만나 주세요."

"네?"

"딱 3번만 데이트해 보시고 그래도 제가 아니다 싶으시면 그때는 더 이상 강요하지 않을게요. 그때는 정말 희수 씨 의견 존중할게요."

그는 그녀에게 애원했다. 그의 얼굴을 보고 있던 희수는 나직한 목소리로 말했다.

"저, 이혼녀예요."

"알고…… 있어요."

그녀는 자신이 이혼녀라는 이야기를 꺼내면 그가 포기할 거라는 생각에서 꺼냈다. 하지만 그는 이미 알고 있으니 만나 달라는 눈길로 그녀를 응시했다.

"하지만 마음에도 없는데 제가 승준 씨를 만나는 건······."

"제가 어떤 사람인지 희수 씨 아직 모르잖아요. 그러니까 딱 3번만 만나 봐요. 그때도 싫다고 하면 그때는 정말 제가 포기한다니까요."

그는 막무가내였고 그녀가 그의 제안을 받아들이지 않고서는 자리에서 일어설 수 없을 것 같았다. 그래서 그녀는 고개를 끄덕였다. 확실히 그를 정리하기 위해서.

"알겠어요. 그럼 3번 만나고도 제가 아니라고 할 때는 확실히 마음 접어 주시는 거죠?"

"네, 그럴게요. 허락, 하는 건가요?"

"네."

"하하하, 감사합니다. 희수 씨 정말 고마워요."

남자는 그녀가 만나 주겠다고 하는 것 하나만으로도 고마운 듯 자리에서 일어나 그녀에게 고개를 숙이며 인사를 했다.

"아, 그리고 제가 일할 때 중간에서 나서지 말아주셨으면 좋겠어요. 병원 사람들도 그렇고 환자들도 자꾸 이상한 말을 하거든요."

"이상한 말이요?"

"제가 정승준 씨와 무슨 사이라도 되는 줄 알아요."

"그렇다면 더 해야겠는걸요!"

더 해야겠다는 승준을 진지한 눈길로 바라보던 희수는 그에게 고개를 숙이며 말했다.

"부탁드리겠습니다. 저 사람들 입에 오르내리는 거 싫어요."

"왜, 왜 그래요! 알았어요. 이제 그러지 않을 테니까 고개 드세요."

그녀가 상체를 숙여 부탁을 하자 승준은 꽤 당황한 얼굴로 그녀를 바라보며 말했다. 그에게 부탁을 한 그녀는 자리에서 일어나며 말했다.

"그럼, 저는 이만 가볼게요."

"아, 내일 저녁에 시간 괜찮으세요?"

"아…… 네. 내일 저녁 괜찮아요."

"잘 됐네요. 그럼 내일 식사하시고 저랑 영화 한 편 보시죠."

"……"

영화라는 말에 그녀는 진욱이 떠올랐다. 그와 함께 영화관에서 영화를 보다가 그의 갑작스러운 키스에 얼굴을 붉히던 일이 떠올라 그녀는 순간 자신도 모르게 얼굴을 붉혔다. 그러자 승준이 물었다.

"왜요? 싫으세요?"

"아, 아니요. 괜찮아요. 그럼 내일 뵙죠."

"2시에 끝나시죠?"

"네."

"그럼 4시쯤 만나서 5시 영화 보고 7시쯤 식사하면 되겠네

요."

"알겠습니다. 그럼 내일 봬요."

"네."

그녀는 마지못해 승준과의 약속을 잡고 일터로 돌아갔다. 그녀가 데스크 쪽으로 걸어가는데 조 선생이 응급실에서 나오며 그녀를 불렀다.

"희수 씨."

"네?"

"점심 같이 할래?"

"점심이요?"

"응. 같이 밥 먹은 거 꽤 오래된 것 같아서."

"네."

"그럼 10분 후에 병원 로비로 내려와."

"네."

조 선생은 그녀에게 미소 지은 후 복도를 걸어가 버렸다. 희수는 자신의 자리로 돌아가 몇 가지 체크를 한 후 아래층으로 내려갔다. 그녀가 내려가자 조 선생은 이미 내려와 있었다.

"오래 기다리셨어요?"

"아니. 옷 안 갈아입고 왔네."

"옷을 갈아입다니요?"

"밖으로 나갈 건데."

"네? 구내식당이 아니고요?"

"병원 근처에 스파게티 잘 하는 집이 생겼어. 뭐, 어때. 괜찮지 않아?"

그녀는 밖으로 나가는지 모른 채 간호사복 그대로 입고 있었다. 조 선생은 그녀의 옷 입은 모습을 바라보더니 괜찮다 했고 그녀 또한 그다지 문제될 건 없다고 생각했다. 그들은 병원 근처에 있는 스파게티 집으로 자리를 옮겼다. 식당은 마치 동화 속에 있는 집처럼 아기자기 하게 꾸며져 있었다. 그들은 안으로 들어가 요리를 주문했다.

"아, 점심시간을 밖에서 보내는 게 얼마 만인지 기억도 안 나네."

"워낙에 바쁘니까요."

"그러게. 가끔은 구내식당에서 밥 먹는 일도 힘들 때가 있으니 의사들 건강이 남아나겠어?"

"후후, 그러니까 먹을 수 있을 때 잘 먹어야죠."

"그러게."

그녀의 말에 조 선생은 고개를 끄덕였다. 잠시 창밖으로 고개를 돌렸던 그녀가 말했다.

"할 말, 있으시죠?"

"어? 역시, 희수 씨 눈치 하나는 못 당하지."

"무슨 일인데요?"

"희수 씨 요즘 만나는 남자 없어?"

조 선생이 누굴 겨냥해 하는 이야기인지 그녀는 알 수 있을 것 같았다. 그녀는 피식 웃으며 물었다.

"119 구급대 직원이요?"

"어? 아, 아니. 꼭 그런 건 아니고…… 어, 맞아. 희수 씨를 대하는 게 예사롭지가 않던데."

"마음에 없다고 거절했는데 3번만 만나 달라고 하네요."

"어? 그 남자가 그래?"

"네."

"그래서 희수 씨는 뭐라고 했어?"

꽤 궁금했었던 모양이었다. 원철은 눈까지 빛내며 결과에 대해 물었다.

"3번 만나 봐서 아닌 것 같으면 거절한다고 했어요."

"그랬더니?"

"그때는 자기도 더 붙잡지 않겠다고 하던데요?"

"꽤 신사적인 남자네. 환자한테 들이댈 때는 무식한 면이 다소 있을 줄 알았는데."

"그건 모르겠어요. 3번 만나서 싫다고 하면 마음 접겠다고 하니까 만나겠다고 말한 것뿐이에요."

"희수 씨는 전혀 마음이 없고?"

조 선생의 말이 이상하게 들렸다. 그녀는 물었다.

"무슨, 뜻으로 말씀하시는지……."

"휴, 내가 진짜 희수 씨한테 이런 말 하게 될지는 몰랐는데……."

"무슨 말씀인데요?"

"희수 씨 나, 장가 좀 보내주라."

"네?"

그의 갑작스러운 말에 그녀는 할 말을 잃었다. 도대체 자신에게 장가를 보내달라는 말이 무엇인지 그녀가 얼굴을 찌푸리며 생각하는데 그가 하소연하듯이 이야기를 시작했다.

"희정 씨가 영, 내 맘을 몰라주네."

"희정이가 왜요?"

"언니가 좋은 사람 만나서 행복해지고 결혼하기 전까지는 결혼 생각이 없대. 자기만 먼저 결혼하고 나면 언니 혼자 남을 거라면서."

"네?"

"나도 희수 씨가 어떤 사람인지 알고, 또 희수 씨가 얼마나 힘들었는지도 알기 때문에 이해하려고 하는데 내 나이 33살이야. 나도 이제 사랑하는 사람이랑 결혼해서 토끼 같은 자식 낳고 알콩달콩 살아야 하지 않겠어?"

그녀는 충격을 받은 듯 그의 말을 듣고 있었다. 희정이 자신의 불행한 결혼생활로 인해 결혼을 거부한다고 생각만 했지 자신이 결혼하고 난 후에 남겨질 그녀 생각을 하고 있다는 생각은 단 한 번도 해본 적이 없었기 때문이다.

"희정이가, 그래요? 나 좋은 사람 만나서 결혼하면 자신은 그 뒤에 결혼하겠다고?"

"응. 웬만하면 희수 씨한테 이런 말 안 하려고 했는데 희수 씨는 평생 혼자 살 것처럼 하고 있는데 희정 씨는 언니 결혼하면 하겠다고 하고, 아주 미치겠어."

"죄송해요. 제가 희정이하고 얘기를……."

"하지 마."

"네?"

"내가 희수 씨한테 이런 얘기 한 거 알면 희정 씨가 나 다시는 안 보려고 할 거야."

조 선생의 말을 들으며 희수는 순간 느낄 수 있었다. 고집 센 동생 희정을 행복하게 해줄 수 있는 사람은 조 선생밖에 없다는 것을.

"희정이, 정말 사랑하시는군요?"

"그럼 내가 장난하는 걸로 보여?"

장난처럼 보이지 않았다. 그녀는 조 선생을 향해 환하게 웃어 보이며 말했다.

"조 선생님이라면 제부감으로 괜찮을 것 같은데요."

"제부? 이야, 그거 괜찮네. 그럼 나는 처형이라고 불러야 하나?"

"후후, 조 선생님 미안해요. 저 때문에 피해 가게 해서."

"아니, 그런 말 들으려고 말을 꺼낸 건 아니고…… 그래서 내가 생각해 봤는데 희정 씨가 그렇게 걱정하는데 희정 씨와 내가 결혼해서 희수 씨도 같이 살면 어떻겠어?"

"네? 절더러 신혼부부 눈치 봐 가며 더부살이하라고요?"

"더부살이는 무슨? 진심이야. 나도 가족이 없으니까 없는 사람들끼리 같이 살면 외롭지 않아서 좋잖아."

조 선생의 뜻은 알 것 같았지만 그럴 수는 없었다. 아니, 그러고 싶지 않았다.

"그건 제가 싫어요."

"왜?"

"그냥, 그러고 싶지 않아요."

"그럼 어떻게 하냐? 미치겠다, 진짜."

언제 둘이 결혼 얘기까지 오고갔는지 바보 같은 자신보다 낫다는 생각이 들었다.

"제가 희정이하고 잘 얘기 해볼게요. 그러니까 너무 걱정하지 마세요. 저도 동생 앞길 막는 언니는 되고 싶지 않아요."

"희수 씨가 그런 언니라는 게 아니라……."

"무슨 말씀인지 알겠어요. 일단은 제가 잘 얘기 해볼 테니 걱정 마세요."

"부탁 좀 해도, 될까?"

"그럼요. 저야말로 우리 희정이 부탁드릴게요."

"휴, 결혼 한번 하기 힘들다."

 힘들다고 말하는 조 선생의 얼굴에는 행복한 마음이 배어 있었다. 그녀가 조 선생의 얼굴을 바라보고 있는데 주문한 음식들이 나왔고 그들은 점심 식사를 마치고 병원으로 들어갔다. 그녀는 오후에 요리 학원에 갔다가 집으로 들어가 저녁 식사 준비를 했다. 희정은 늦게까지 일을 하다가 10시가 다 되는 시간에 집으로 돌아왔다.

"언니, 나 왔어."

"늦었네."

"어, 일이 많아서."

"많이 피곤해?"

"왜?"

"그냥 차 한 잔 하려고."

"이 시간에?"

"할 말도 좀 있고."

 단 한 번도 늦은 시간에 차를 마시자고 해본 적이 없는 그녀가 갑자기 차 한 잔 하자고 하자 희정은 꽤 놀란 얼굴로 그녀를 바라봤다. 하지만 거절하지는 않았다.

"그러지, 뭐. 씻고 나올게. 아, 나는 아이스티로 준비해 줘. 날

씨가 너무 더워서 녹초가 될 판이야."

"그래, 그럴게."

희정이 욕실로 들어가고 난 후 그녀는 오는 길에 사가지고 들어온 케이크를 한쪽씩 접시에 담고 아이스티를 두 잔 준비했다. 얼음을 갈아서 아이스티에 넣고 있는데 희정이 밖으로 나왔다.

"아, 시원해. 오늘 하루 종일 얼마나 샤워가 하고 싶었는지 몰라."

"왜? 피곤했어?"

"피곤한 것보다 요즘은 날씨가 더우니까 더 기운이 빠지는 것 같아."

"그렇긴 해. 삼복더위다 보니까. 일단 이것부터 마셔. 시원해."

"땡큐."

그녀가 시원한 아이스티를 희정의 앞으로 밀어 주자 희정은 기진맥진한 목소리로 인사를 하며 아이스티를 들이켰다.

"아, 시원해. 천국이다, 지상 천국."

"이것도 먹어 봐. 오다가 맛있어 보여서 사왔어."

"안 그래도 출출했는데 잘 됐다."

희정은 그녀가 내민 모카케이크를 포크로 찍어서 입 안으로 가져갔다.

"어때?"

"으음, 오랜만에 먹으니까 맛있다."

"그렇지?"

"응, 다른 여자들이 보면 언니하고 나 욕 얻어먹을 것 같아."

"왜?"

"다른 여자들은 조금만 먹어도 살이 찐다고 난리인데 우리는 이 밤에 아이스티와 모카케이크를 먹고 있잖아. 이거 아무나 하는 거 아니야. 언니나 나처럼 살 안 찌는 체질로 복 받고 태어난 여자들이나 할 수 있는 거야."

"그런가?"

희정의 말에 그녀는 빙긋이 웃으며 자신의 앞에 놓인 케이크와 아이스티를 먹었다. 케이크를 반절쯤 먹은 후 희수는 희정의 눈치를 살피며 입을 열었다.

"희정아."

"응?"

"우리, 이제 따로 사는 게, 어떨까?"

"뭐? 갑자기 그게 무슨 소리야?"

그녀의 말에 희정은 깜짝 놀란 얼굴로 물었다. 하지만 희수는 해야 하는 일이라고 생각했기 때문에 무덤덤하게 말을 이었다.

"생각해 봤는데 내가 너하고 살고 있으니까 자꾸 생활에 안주하려고 하는 것 같아."

"글쎄, 그게 무슨 소리냐고?"

"나도 이제 좋은 사람 만나야지."

"언니……."

"언제까지 이렇게 살 수는 없잖아. 나한테도 뭔가 변화가 필요한 것 같아."

"그 변화가 나하고 따로 사는 거란 말이야?"

희정은 민감한 목소리로 되물었다. 그녀는 얼굴에 싱긋 미소를 띠우며 말했다.

"응, 그것부터 시작하려고."

"언니 지금 만나는 사람도 없잖아. 진짜 따로 살고 싶은 거라면 나중에 언니가 만나는 사람 있을 때 그때 말해. 지금은 안 돼."

"내가 만나는 사람이 없다고 누가 그래?"

"그럼, 있단 말이야?"

"벌써 내일도 데이트 약속이 있는데 만나는 사람이 없기는 내가 왜 없어?"

"거짓말……."

희정은 믿을 수 없다는 눈길로 그녀를 바라봤다. 희수는 온화한 미소를 지으며 말했다.

"좋은 사람이야. 네가 본다면 글쎄…… 잘난 사람은 아니야. 하지만 따뜻한 사람이야."

"……뭐 하는 사람인데? 아니, 그 사람 나 좀 만나게 해줘."

"119 구급대원이야. 그리고 내가 애니? 이제 만나기 시작한 남자를 동생한테 먼저 보여주고 만나게. 지금은 그냥 아무 생각 없이 만나 보고 싶어. 나도 좋은 사람이랑 영화도 보고 싶고 밥도 먹고 싶고 즐거운 대화도 나누고 싶어. 지금은 그냥 그래."

"언니, 세상 사람이 모두 언니 생각처럼 좋은 사람만 있는 건 아니야. 그러니까 내가 먼저 보고……."

"박희정!"

그녀를 걱정하는 희정의 이름을 큰소리로 부르자 희정이 깜짝 놀란 얼굴로 그녀를 바라봤다.

"그만해."

"뭘?"

"내 걱정 그만하고 넌 네 삶에 충실해. 네 언니가 아무리 바보 같다고는 하지만 좋은 사람인지, 좋은 사람이 아닌지 구분할 줄은 알아. 이제 내 보호자 노릇 그만해. 너 그럴 때마다 언니 마음이 아파."

"내가 언제 그랬다고……."

"너 그랬어. 마치 어린애 유치원 보내놓은 엄마처럼 내 일이라면 너 신경 예민해져서 뭐 하나 그냥 지나치는 법이 없었어. 그런 너 보면서 내 마음은 편했는지 알아?"

그녀가 동생에게 동생의 삶을 찾아주기 위한 방법은 이 정도밖에 없는 것 같았다. 하지만 갑작스러운 희수의 변화에 놀란 듯 희정은 동그랗게 뜬 눈으로 그녀를 바라볼 뿐 아무런 대답도 하지 못했다.

"언니 이제부터 행복해질 거야. 좋은 사람도 만나고, 좋은 사람과 데이트도 하고. 사람 만나는 거 이제 두렵지 않아. 그러니까 요리 학원에도 다니고 있지. 언제까지 무섭다고 피할 수만은 없다는 거 나도 알고 있었어. 그러니까 너도 이제 내 걱정은 그만하고 좋은 사람도 만나고 좋은 사람과 데이트도 해. 언니는 그랬으면 좋겠어."

"정말…… 무섭지 않아? 언니가 요리 학원에 등록했다고 했을 때 솔직히 놀랐어. 하지만 언니가 괜찮다고 하니까 아무 말도 하지 않았어. 그런데 따로 살자는 건 좀 의외야. 나하고 사는 거, 싫어?"

"너 머리 좋은 대한민국 검사 아니야? 갑자기 왜 그렇게 바보처럼 굴어? 그게 싫어서가 아니잖아. 언니 홀로서기 연습하려고 그러는 거잖아. 나이 서른에 사람 만나는 게 무서워서 맞춰진 생활 속에서만 움직인다는 거 창피해. 혼자 서는 연습을 하기 위해서는 내가 기댈 누군가가 곁에 없어야 하지 않겠어?"

"그렇다고 꼭 따로 살 필요가 있어? 언니 아니라고 해도 일반 여자들도 혼자 사는 거 무서워하는 여자들도 많아."

"그러니까 해본다고. 혼자 살면서 누구한테도 의지하지 않고 세상을 살아가는 법을 배우고 싶다고. 언니 마음 모르겠어?"

"……생각, 생각 좀 해보자. 지금은 너무나 갑작스러워서……뭐라고 할 말이 없어."

희정에게도 시간이 필요할 거라는 생각은 했다. 그녀는 고개를 끄덕이며 말했다.

"그래, 생각해 봐. 네가 언니 생각 이해해 줄 거라고 믿어."

"강요하지 마."

"후후, 강요하는 거 아니야. 피곤할 텐데 그만 쉬어. 나도 내일은 데이트 있어서 팩이라도 한 장 하고 자야겠다."

"언니, 그거 알아?"

"뭐?"

"언니는 내가 모르는 줄 알겠지만 얼마 전에 언니가 나한테 손찌검하고 집을 나갔다 온 뒤로 언니…… 변했어."

희수는 동생의 말에 그날 밤을 떠올렸다. 그녀에게 마법 같은 일이 일어난 아름다운 밤이었다. 그의 손길 하나하나가 그녀의 신경세포를 눈뜨게 했다. 그녀가 그날 밤을 떠올리며 그의 손길 하나하나를 떠올리고 있는데 희정의 말이 이어졌다.

"뭐랄까? 내가 다시 본 언니는, 여자 같았다고 할까? 이제까지는 남자, 여자 구분 지어 언니를 생각해 본 적이 없었어. 그런데 그날은 언니가 여자 같더라."

"그, 그거야 내가 여자니까……."

"아니, 그냥 여자가 아니라 누군가에게 사랑 받고 있는 기분 좋은 행복감이 얼굴에 가득 들어차서 언니를 아름다운 여자로 보이게 했어. 내일 만나는 사람…… 그때도 만나고 있었던 거야?"

"……응."

그녀는 희정에게 거짓말을 했다. 이제 다시는 만날 수 없는 진욱에 대한 이야기를 꺼내느니 희정이 그렇게 믿기를 바랐다. 아니, 그게 옳다고 생각했다. 그녀의 말에 희정은 고개를 끄덕였다.

"그랬구나. 그럼 됐어. 언니 얼굴에 그런 행복감을 심어 줄 수 있는 사람이라면 난 그게 누구든, 뭘 하는 사람이든 괜찮아. 따로 살자는 언니 말…… 심각하게 생각해 볼게. 나 생각하는 동안 조금만 기다려 줘."

"……그래."

"난 피곤해서 그만 자야겠다. 언니, 잘 자."

"그래."

희정은 그녀에게 어색한 미소를 보이며 자신의 방으로 들어갔다. 희수는 그 자리에 못 박힌 듯 움직이지 못하다가 냉장고에 있는 소주 한 병을 가지고 방으로 들어갔다. 술이라도 마시지 않으면 이 시간을 견뎌내지 못할 것 같아서 그녀는 매일 밤 동생 몰래 술을 마시고 잠이 들었다. 방으로 들어간 그녀는 문에 몸을 기대며 중얼거렸다.

"차라리 사랑하지 말 것을…… 그랬다면 이렇게 아프지도, 눈물 나지도 않았을 텐데."

생각하는 것만으로도 그녀의 눈에 눈물이 차올랐다. 그녀는 침대에 앉아서 소주를 따서 한 모금 들이켰다. 그날 아침 그의 차가운 말이 떠올랐다.

[내 입장에 대해 생각해 본 적 있나? 같은 업계야. 이름만 대면 누가 누구인지 모두 아는 세계라고. 그런 세계에서 늙은이가 데리고 살던 여자를 내가 물려받아 살고 있다는 말이라도 들어야 네 속이 시원해? 그래?]

잡을 수도 없었다. 무릎 꿇고 빌어서라도 그의 곁에 있고 싶었지만 그의 말을 듣자 그녀는 그를 잡을 수 없었다. 그를 잡는다면 그거야말로 자신의 이기심이라는 걸 알았기 때문이었다. 그를 볼 수 없는 한 달이 그녀에게는 10년처럼 느껴질 정도로 시간이 더디게 흘렀다.

하루 종일 바쁘게 일하고 학원에 가서 공부하고 정신없이 보내는 데도 시간이 너무 더디게 가서 미칠 것 같았다. 피곤한데도 밤이면 술을 마셔야 잠을 잘 수 있는 시간은 그녀의 몸에도 변화를 일으켰다. 그렇지 않아도 살이 없는 그녀인데 그녀는 요즘 계속 살이 빠졌다. 안쓰러울 정도로.

눈물을 안주 삼아 소주 한 병이 거의 비어갈 때쯤 그녀는 침대에 쓰러지듯이 누우며 말했다.

"당신을 사랑하지 않았다면…… 좋았겠지만 누군가를 향한 마음이 이렇게도 간절할 수 있다는 걸 알게 돼서…… 행복한지도…… 모르겠어요. 당신은 나에게…… 행복을 주는 사람이에요. 사랑해요."

12. 그가 보인다

"먼저 들어가겠습니다."

그녀는 업무 시간이 끝나자 옷을 갈아입고 나오며 인사를 건넸다.

"희수 씨 오늘 좋은 일 있어요?"

"네?"

"아니, 희수 씨 치마 입은 모습 처음 보는 것 같아서."

"아, 날씨도 덥고 해서 그냥……."

그녀는 거의 치마를 입지 않았다. 하지만 오늘 데이트가 있다는 말을 희정에게 해놓아서인지 오늘은 희정이 이 스커트를 입으라고 고집을 피우는 바람에 그녀는 마지못해 입고 나왔다.

"보기 좋아요. 앞으로도 그렇게 꾸미고 다녀요. 머리도 많이 길었네. 요즘 단발머리가 유행인데 희수 씨는 미용실 안 가도 되겠네. 앞으로는 머리 자르지 말아요. 머리 길면 잘 어울릴 것 같은데."

"후후, 네. 그럼 먼저 가볼게요."

"내일 봐요."

"네."

그녀는 간호사의 말에 희미한 미소를 지으며 병원을 나섰다. 그녀가 밖으로 나가자 어디선가 경적 소리가 울렸다. 따가운 햇살에 그녀가 한 손으로 눈을 가리며 경적 소리가 울린 곳을 바라보자 승용차의 문이 열리고 남자가 걸어 나왔다. 그 순간 그녀는 숨을 헉 하고 들이쉬었다.

"진욱…… 씨."

진욱이었다. 그녀는 깜짝 놀란 얼굴로 자신에게 활짝 웃으며 다가오는 그를 바라봤다. 그녀의 몸은 그 상태로 얼어 버렸다. 마치 아무 일도 없었다는 듯이 웃으며 다가오는 그를 멍한 시선으로 바라보고 있는데 다가온 그가 그녀의 팔을 붙잡으며 말했다.

"희수 씨, 이제 끝났어요?"

"……."

"희수 씨, 괜찮아요?"

그녀가 아무런 말도 하지 못한 채 멍하니 있자 다가온 남자는 그녀의 팔목을 붙잡으며 물었다. 그녀는 그가 자신의 팔을 붙잡는 순간 알았다. 진욱이 아니라 승준이었다. 그 순간 그녀는 자신의 팔을 붙잡은 승준의 팔을 거칠게 **뿌리쳤다**.

"희수 씨……."

그녀의 행동에 승준은 놀란 듯 그녀의 이름을 불렀다. 하지만 그가 자신의 손목을 잡고 있다는 사실이 인식되자 자신도 모르게 나온 행동이었다.

"아, 미, 미안해요."

"……아닙니다. 불쾌하셨다면 제가 사과드릴게요."

"아, 아니에요. 그런데 왜 여기에……."

"날이 더워서 걸어 나오시려면 힘들 것 같아서 주차장에 있었어요."

"하지만 약속 시간은……."

"4시죠. 2시에 끝나서 할 거 없잖아요."

그의 말에 그녀는 얼굴이 굳었다. 그리고 차가운 목소리로 이야기했다.

"미안하지만 저 지금부터 2시간 동안 할 일이 있거든요. 정승준 씨 마음대로 이러시면 곤란해요."

"아, 그래요? 그럼 타세요. 가는 곳까지 제가 데려다 드릴게요."

"아니요. 지하철이 편해요."

"날씨도 더운데 제 차 타고 가세요."

"미안합니다. 약속한 대로 4시에 뵙죠."

 자신의 차를 타고 가라는 승준의 말을 무시한 채 그녀는 걸음을 옮겼다. 그러자 승준이 재빨리 그녀의 팔목을 붙잡았다. 그녀는 순간 온몸에 소름이 돋았다.

"깍!"

"희수…… 씨……."

 그녀의 짧은 비명 소리에 승준이 깜짝 놀란 얼굴로 잡았던 그녀의 팔목을 놓았다. 그녀의 얼굴에는 두려움이 드러났다. 그녀가 두려운 눈길로 승준을 바라보자 승준 또한 이해할 수 없다는 눈길로 희수를 바라봤다.

"괜…… 찮아요?"

"……."

"희수 씨……."

"미안한데, 제 몸에 손대지 말아주시겠어요?"

"네? 아, 네."

 그녀는 그 말을 남기고 천천히 걸어가기 시작했다. 승준은 더 이상 그녀를 붙잡지 않았다. 그녀는 더운 여름날임에도 불구하고 두 팔로 자신의 몸을 감싸 안으며 중얼거렸다.

"괜찮아, 박희수. 아무것도 아니야."

 그녀는 지하철을 타고 요리 학원으로 향했다. 요리 학원의 수업을 마치자 3시 30분이었다. 그녀는 4시에 있는 승준과의 약속 시간이 재빨리 지나가 주기만을 바랐다. 마치 도살장에 끌려가듯 그녀는 승준과 약속한 영화관으로 걸음을 옮겼다. 그녀가 영화관에 거의 다다를 때쯤 영화관 앞에 서 있던 승준이 그녀의 이름을 불렀다.

"희수 씨, 여기예요."

그녀는 승준을 바라보며 고개를 살짝 숙였다. 그녀가 승준의 앞으로 다가가자 그는 병원 앞에서 있었던 일은 기억도 하지 않는 듯 그녀를 향하게 미소 지었다. 그녀는 정중하게 사과의 말을 했다.

"저, 좀 전에 병원 앞에서는…… 죄송했습니다."

"아니에요. 처음 만나는 건데 제가 너무 무례했던 것 같아요."

다행히 그는 이해하는 듯한 얼굴이었다. 그의 배려에 그녀가 슬며시 미소 짓자 그는 환하게 웃으며 말했다.

"희수 씨 웃는 얼굴 보기 참 힘드네요."

"아닌데……."

"아니긴 뭐가 아니에요? 웃는 거 보려고 내가 얼마나 노력을 하는데. 어쨌든 그건 식사하면서 천천히 얘기하도록 하고 영화 시간 다 돼가고 있으니까 들어가요."

"네."

승준의 말에 그녀가 어색한 표정을 짓자 그는 활짝 웃으며 걸음을 옮겼다. 안으로 들어가던 승준이 물었다.

"희수 씨, 음료수 뭐 마실래요?"

"생각 없는데요."

"그래요? 그럼 잠깐 여기서 기다려요."

"네."

그는 고개를 끄덕이더니 어디론가 뛰어갔다. 그리고 잠시 후 팝콘이 담긴 상자와 함께 아이스티 두 잔을 손에 들고 나타났다.

"자요."

"생각 없다고…… 했는데."

"영화관에 와서 생각 없는 게 어디 있어요? 더우니까 아이스티 마셔요."

"고마워요."

그녀는 마지못한 듯 그가 건네는 아이스티를 받았다. 그는 손목에 있는 시계를 들여다보더니 말했다.

"영화 시작 5분 전이에요. 들어가요."

"네."

그녀는 환한 미소를 지을 줄 아는 남자 승준과 함께 상영관 쪽으로 걸음을 옮겼다. 하지만 걸음을 옮기며 고개를 들어 올린 그녀는 순간 그 자리에서 얼어 버려 더 이상 걸을 수가 없었다. 또다시 그가 보였다. 그녀는 순간 심장이 정지하는 듯했다.

'아닐 거야. 분명히 이번에도 다른 사람이야.'

그녀가 얼어붙어 버린 자신을 녹이기 위해 자신에게 속삭이는데 그 때 승준이 물었다.

"아는 사람이에요?"

"네?"

"저 사람 아는 사람이냐고요?"

그녀는 멍한 눈길로 승준을 바라보다가 승준이 가리키는 쪽으로 고개를 돌렸다. 이번에는 잘못 본 게 아닌 모양이었다. 성난 눈길로 자신을 바라보는 진욱이 그 자리에 있었다. 한 달 전보다 꽤 야윈 얼굴에 짧은 스포츠머리를 하고 있는 그는 인상이 더욱 위험해 보였다. 그녀가 움직이지 않자 그 자리에 서 있던 그가 움직였다. 그녀 쪽으로 천천히 걸어왔다. 그녀는 순간 긴장했다.

'무슨 말을 해야 하지? 한 달 만에 만났는데 무슨 말을 하면 좋을까?'

그녀의 가슴은 설렘으로 가득했다. 하지만 그 설렘은 순식간에 산산조각이 나버리고 말았다. 그는 그녀를 모르는 사람처럼 지나쳐 가버렸던 것이었다. 말 한마디 없이 차가운 얼굴로 지나쳐 가는 그의 움직임을 따라 그녀의 몸도 조금씩 움직였다. 그는 조금의 망설임도 없이 그녀의 곁을 지나쳐 갔다.

"희수 씨…… 희수 씨……."

"네?"

"누군데 그래요? 아는 사람이에요?"

"아, 아니에요."

그녀는 승준의 부름에 겨우 정신을 차렸다.

"그럼 가죠. 영화 시작하겠어요."

"……네."

그녀는 떨어지지 않는 발길을 돌렸다. 승준과 함께 영화관으로 들어갔지만 그녀는 영화에 집중할 수가 없었다. 재미있는 코믹 영화였는데 그녀는 눈물이 났다.

'나쁜 사람, 인사라도…… 하고 가지.'

단 한 번도 그를 원망한 적이 없었다. 하지만 지금 그녀는 그에 대한 원망이 입에서 흘러나왔다. 사람들은 재미있다고 웃고 있는데 그녀는 울고 있었다. 즐겁게 영화를 볼 수가 없었다. 어느 한군데 그의 얼굴이 떠오르지 않는 곳이 없었다.

"희수 씨……."

그녀의 훌쩍거림에 결국 승준이 그녀의 이름을 불렀다. 그녀는 더 이상 그 자리에 앉아 있을 수가 없었다.

"정말…… 미안해요."

그녀는 사과를 건네고 재빨리 영화관을 뛰쳐나갔다. 그녀는 다음 상영 시간을 기다리고 있는 사람들의 힐끔거림도 느끼지 못한 채 재빨리 화장실로 뛰어 들어갔다.

"흐흑……."

억눌렀던 눈물이 흐느낌 소리와 함께 터져 나왔다. 매정한 그가 원망스러웠다. 자신을 외면한 그가 원망스러웠다. 매정하고, 원망스러운 그를 사랑했다. 오직 진욱만이 자신의 남자가 되어 줄 수 있음을 그녀는 오늘 다시 한 번 깨달았다. 한참 억눌렀던 눈물을 쏟아내고 있는데 그녀의 휴대폰이 울렸다. 승준이었다.

그녀는 전화를 받지 않았다. 아니, 목소리가 나오지 않아 전화를 받을 수가 없었다. 결국 화장실에서 가슴속에 묻어뒀던 눈물을 30분 동안이나 쏟아낸 그녀는 기진맥진한 얼굴로 화장실을 나섰다. 집으로 돌아가기 위해 영화관 정문 쪽으로 걸어 나가는데 그녀의 이름을 부르는 목소리가 들려왔다.

"희수 씨!"

자신의 이름이 튀어나오자 그녀는 천천히 뒤돌아봤다. 승준이었다. 그녀는 벌겋게 충혈 되어 있는 눈을 보이지 않기 위해 고개를 숙였다. 그러자 그가 자신의 앞에 와서 서는 게 보였다. 그녀가 고개를 숙이고 아무 말도 하지 않자 승준이 물었다.

"다 울었어요?"

"네?"

"얼마나 울었기에 고개도 못 들어요?"

"아, 아직…… 안 갔어요?"

"데이트하다가 여자 두고 가는 정신 나간 놈은 아니거든요."

"……미안해요."

승준의 말에 그녀는 미안하다는 말밖에 할 말이 없었다. 그녀가 고개를 들지 못하자 승준이 고개를 숙여 그녀의 얼굴 밑으로 자신의 얼굴을 들이밀었다. 깜짝 놀란 그녀는 자신도 모르게 얼굴을 들어 올렸다. 그러자 승준이 웃으며 말했다.

"이제야 얼굴 좀 보겠네."

"보기, 별로 안 좋아요. 오늘은 그냥……."

"저녁 먹으러 가죠. 뭐 먹을래요?"

그녀의 말이 끝나기도 전에 승준이 물었다. 하지만 그녀는 지금 승준과 저녁 먹으러 갈 생각이 전혀 없었다. 그냥 집으로 들어가 눕고 싶었다. 아무 생각 없이 잠들고 싶었.

"정말 미안해요. 오늘은 그냥 집으로 갈게요."

"어차피 3번까지는 가지도 못할 것 같은데 오늘이라도 완벽한 데이트하고 들어가요."

"네?"

"뭐, 억울하긴 하지만 마음속에 다른 남자가 들어가 있는데 3번이 아니라 300번 데이트를 한다고 해도 내가 그 자리에 들어갈 수 있겠어요?"

"승준 씨……."

"그러니까 오늘 저녁은, 나하고 먹어 줄 거죠?"

이런 상황에서 못 먹겠다고 도리질치는 여자가 몇이나 될까? 그녀는 결국 고개를 끄덕이고 말았다. 그러자 승준이 활짝 웃으며 물었다.

"뭐 먹을래요?"

"승준 씨가, 알아서 정해요."

"그래요? 흠…… 그럼, 먹으면 기분이 아주 좋아지는 거 먹으러 가요."

"네?"

"희수 씨 기분 별로 같으니까 우리 그거 먹어요. 그럼 기분 나빴던 거 금세 잊혀질 거예요."

"그게 뭔데요?"

"가보면 알아요."

그는 메뉴에 대해서는 설명해 주지 않은 채 그녀를 데리고 어디론가 향했다. 희수는 그가 무엇을 먹으러 가든지 관심 없었다. 그녀의 관심은 오로지 진욱이었다. 가는 내내 그녀는 그의 얼굴로 머릿속이 꽉 차 있었다. 잠시 후 승준이 말했다.

"다 왔어요. 내려요."

"아, 네."

넋 놓고 앉아 있던 그녀는 승준을 따라 식당으로 들어갔다. 안으로 들어가자 식당 안에는 손님들이 많이 있었다. 거의 앉을 자리도 없어 보일 정도였다. 그들이 그나마 남아 있는 한쪽 구석에 자리를 잡고 앉자 그가 말했다.

"여기 있어요. 주문하고 잠깐 화장실 좀 다녀올게요."

"네."

 승준은 그녀에게 말한 후 카운터 쪽으로 다가갔다. 그녀는 휴대폰을 꺼내서 진욱의 휴대폰 번호를 눌렀다. 하지만 그녀는 통화 버튼을 누르지 못한 채 번호만 바라봤다. 그게 하루 이틀 일이 아니었다. 그의 목소리라도 듣고 싶어서 번호는 누르지만 통화 버튼을 누를 용기는 없었다.

 그녀가 망설이는 눈길로 휴대폰을 바라보고 왔는데 그녀의 눈앞에 향긋한 꽃향기와 함께 화려한 꽃다발이 들어왔다.

"이건……."

"선물이에요."

"정승준 씨."

"너무 우울해 보여요."

"미안해요. 이럴 생각으로 나왔던 건 아닌데……."

 그녀가 미안한 마음에 고개를 숙이자 그가 물었다.

"이거 안 받아요? 희수 씨 웃는 얼굴 보려고 일부러 나가서 사 가지고 온 건데."

"후후, 고마워요."

 그녀는 억지로 웃었다. 그 웃음이 억지웃음이라는 걸 승준이 모를 리가 없었다. 하지만 그는 아는 척하지 않은 채 말했다.

"거봐요. 웃으니까 좋잖아요."

"오늘은 정말 미안했어요."

"됐어요. 그럴 수도 있는 거지. 그런데 여기 아직도 음식 안 나왔어요?"

"네."

"오늘은 꽤 늦네."

"여기 나왔습니다."

그의 말이 끝나기가 무섭게 종업원으로 보이는 남자가 그들의 탁자에 낙지볶음과 여러 가지 반찬들을 놓아 주었다. 그녀가 놀란 눈으로 승준을 바라보자 그는 씨익 웃었다.

"이건……."

"우울할 때는 매운 음식 먹으면 기분이 좋아져요."

"저 때문에 일부러 오신 거예요?"

"그렇다고 하면 희수 씨가 부담스럽겠죠?"

"아마도, 그럴 것 같아요."

"후후, 나도 이 집 낙지볶음 좋아해요. 너무 매워서 먹을 때마다 다시는 안 먹는다고 하거든요. 그런데 며칠 지나면 또 이 맛이 생각나요. 희수 씨도 한번 먹어 봐요. 정말 우울한 기분이 날아가요."

자신을 향한 그의 배려에 그녀는 미안한 마음이 들었다. 그래서 음식을 넘기지 못할 것 같았지만 젓가락을 들고 낙지 하나를 입으로 가져갔다. 그녀가 낙지를 씹기 시작하자 승준이 물었다.

"어때요?"

"하…… 매워요."

그녀는 자신도 모르게 혀를 내밀었다. 그러자 승준이 환하게 웃으며 말했다.

"이건 그 맛에 먹는 거예요."

"이렇게 매운데 먹으러 오는 사람이 이렇게나 많아요?"

"맛있으니까요. 매워도 맛은 끝내줘요."

"승준 씨도 어서 먹어요."

"네."

그녀의 말에 승준도 젓가락을 들고 낙지를 입 안으로 집어넣었다. 그녀 앞이라 티를 내지 않으려 노력하는 것 같았지만 잠시 후 그의 이마에서 땀이 배어났다. 그 모습을 보며 그녀는 피식 웃었다.

"왜요?"

"많이 맵죠?"

"그다지 맵지 않은데, 왜요?"

"거짓말, 이마에 땀이 많이 나는데요."

"아, 그래요? 하하하, 희수 씨 앞에서는 거짓말도 못하겠네."

그는 큰소리로 웃으며 한 손으로 이마의 땀을 닦았다. 그녀는 자신의 가방에 들어 있던 손수건을 꺼내 그에게 건넸다. 그러자 손으로 땀을 닦던 승준이 놀란 눈길로 그녀를 바라봤다.

"닦으세요."

"괜찮은데……."

"절 향한 승준 씨의 배려에 대한 제 보답이에요."

"후후, 고마워요."

그녀의 말에 승준은 웃는 얼굴로 그녀의 보답을 받아들였다. 그의 말대로 매운 음식을 먹다 보니 우울하던 기분은 어느새 날아갔다. 아니, 날아갈 수밖에 없었다. 왜냐하면 너무 매워서 거기에 신경을 쏟다보니 다른 데 신경 쓰고 우울해할 겨를이 없었던 것이다.

"여기 밥 좀 볶아 주세요."

"네, 알겠습니다."

낙지를 어느 정도 다 먹고 나자 승준이 카운터에 소리쳤다. 그러자 아르바이트생이 대답을 하며 다가와 그들이 먹은 그릇에 밥을 볶아 주었다.

"먹어 봐요."

"여기에, 밥도 볶아 먹어요?"

"네. 솔직히 낙지보다 이 볶음밥이 맛있어서 여기에 오는 경우도 있어요."

희수는 앞에 놓인 볶음밥을 자신의 그릇에 떠놓고 한 수저를 입 안으로 가져갔다. 그의 말대로 낙지볶음보다 볶음밥이 더 맛있었다.

"어때요?"

"음…… 맛있어요."

"그렇죠?"

그녀의 대답에 성준은 그것 보라는 듯한 표정으로 그녀를 바라봤다. 그런 승준의 행동이 천진난만한 아이 같아서 그녀는 웃지 않을 수 없었다. 식사를 마치고 밖으로 나가 그녀가 말했다.

"저는 그냥 여기서 택시 타고 갈게요."

"무슨 소리예요? 제가 있는데 택시를 왜 타요?"

"피곤할 텐데 그만 들어가서 쉬세요."

"말도 안 돼요. 데이트하고 여자를 혼자 보내는 매너 없는 남자가 어디 있어요?"

"전, 정말 괜찮은데……."

그녀의 말에도 불구하고 승준은 자신의 차에 그녀를 태워 차를 출발시켰다. 그녀의 집으로 가는 길에 승준이 그녀의 눈치를 살피며 물었다.

"앞으로 2번의 데이트는 아무래도, 힘들겠죠?"

"……미안합니다."

그녀가 사과의 말을 건네자 승준은 잠시 아무런 말도 하지 않았다. 말없이 운전만 하던 그가 조용한 목소리로 물었다.

"아까, 영화관에서 봤던 그 사람인가요?"

"네?"

"희수 씨가 좋아하는 사람이요."

승준의 갑작스러운 질문에 그녀는 아무런 대답도 하지 못했다. 그녀가 대답하지 않자 그는 다른 말을 했다.

"그 남자 어디선가 많이 본 것 같았어요. 그래서 계속 생각했는데 예전에 내가 병원으로 데려갔던 남자 같은데…… 맞죠?"

"……네."

"어쩐지, 그런 것 같았어요. 아, 후회된다."

"뭐가요?"

그의 갑작스러운 말에 그녀가 놀란 눈으로 그를 바라보았다. 그러자 그는 앞만 보던 눈을 그녀와 맞추며 말했다.

"그 사람을 병원으로 데려가기 전에 내가 먼저 희수 씨한테 대시했으면 지금쯤 희수 씨가 나하고 사귀고 있을지도 모르잖아요."

"……그럴 수는 없을 거예요."

"왜요?"

"난, 그 사람이 아니면 안 되는 여자니까요. 그 사람 때문에 내가 특별해 보였고, 그 사람 때문에 행복했고, 그 사람 때문에 세상에 태어난 걸 처음으로 감사했어요. 오직 그 사람이 아니면 난…… 안 돼요."

"이야, 너무 잔인한 거 아니에요? 그냥 빈말이라도 그랬을지도 모른다고 해주지."

그녀가 추억에 젖은 듯 자신의 진심을 털어놓자 승준은 너무나 솔직한 그녀를 탓했다. 말해 놓고도 그녀는 승준에게 미안했다.

"미안해요. 하지만, 그게 내 마음이에요."
"그런데 왜 아까 영화관에서 모른 척했어요?"
"……."
"노코멘트?"
"……미안합니다."

그녀가 승준에게 할 수 있는 단 한 마디는 미안하다는 말밖에 없었다. 마음도 없으면서 3번만 만나 달라는 그의 말에 응한 것이 애초부터 실수였다. 그녀는 자신을 진심으로 대하는 승준에게 실수를 한 것이었다.

"뭐가 그렇게 미안해요?"
"정승준 씨한테 사실대로 이야기했어야 했는데, 이런 상황 보게 해서 정말 미안해요."
"그럴 거 없어요. 희수 씨는 처음부터 싫다고 했는데 3번만 만나 달라고 떼쓴 사람은 나잖아요. 그러니까 희수 씨가 미안해할 일이 아니에요."

자신의 상황을 제대로 이해하고 받아들여 주는 승준이 고마웠다. 그녀는 자신의 집으로 가는 길을 설명했고 그의 차는 잠시 후 아파트 앞에 도착했다.

"오늘 고맙고, 미안했어요."

"끝까지 미안하다고 하네. 그럼 나도 희수 씨한테 미안하다고 사과해야 하는 거예요?"

"아니요, 그런 건 아니에요."

승준의 말에 그녀는 놀란 얼굴로 재빨리 부인했다. 그러자 승준이 피식 웃으며 물었다.

"연인 사이는 될 수 없지만 그래도 병원에 가면 가끔 차 한 잔은 같이 해줄 거죠?"

"네, 그럴게요."

그녀가 얼굴에 미소를 띠우며 대답하자 승준이 그녀에게 손을 내밀었다. 그녀는 그가 내민 손을 바라만 봤다. 그러자 승준이 물었다.

"왜요? 악수도 안 해줄 거예요?"

"……미, 미안해요."

안 해주는 게 아니라 할 수가 없었다. 그녀는 진욱이 아닌 다른 남자와의 스킨십이 편치 않았다. 그녀는 결국 사과의 말을 건넸고 승준이 입을 벌리며 말했다.

"와, 무슨 조선시대도 아니고 해도 너무하네."

"미안해요."

"안 된다는 거 억지로 할 수도 없고…… 뭐, 어쨌든 그 남자와 무슨 사연이 있는지는 모르겠지만 잘 해결됐으면 좋겠네요."

"고마워요."

"그럼 어서 들어가 봐요. 꽤 피곤해 보이는데."

"그럼 조심히 가세요."

"네."

그녀는 그에게 인사를 한 후 차에서 내렸다. 그러자 승준은 차를 출발시켰고 승준의 차가 출발하는 모습을 지켜보던 그녀는 아파트 쪽으로 걸음을 옮겼다. 하지만 그녀는 안으로 들어가지 못한 채 누군가의 강인한 팔에 붙잡혀 끌려가기 시작했다.

"꺅!"

놀란 그녀는 자신을 붙잡고 있는 사람을 바라보았다. 그는 다름 아닌 진욱이었다. 그녀의 비명 소리에 진욱은 성난 목소리로 소리쳤다.

"조용히 해. 여기에서 험한 꼴 당하고 싶지 않으면."

그의 행동은 너무나 거칠었다. 그는 그녀를 끌고 가 자신의 차에 태운 후 재빨리 차를 출발시켰다. 희수는 불안한 눈길로 그를 바라보며 물었다.

"도대체, 지금 어디 가는 거예요?"

"널 죽일 수 있는 곳으로."

"……갑자기, 왜 이래요?"

그의 대답은 섬뜩했다. 그녀는 그의 대답에 아무런 대꾸도 하지 못하다가 조용한 목소리로 물었다. 하지만 그는 더 이상 그녀를 바라보지도, 그녀의 질문에 대답도 하지 않았다. 그녀는 그 순간 생각했다. 그와 함께 죽는 일이라면 죽는 것도 그리 나쁘지 않을 거라고. 그를 보지 못한 채 그리움에 사무쳐 평생을 살아야 한다면 그와 함께 죽는 일도 나쁘지 않다는 생각이 들었다. 그래서 그녀는 입을 닫았다.

잠시 후 그의 차는 그의 맨션 지하 주차장에 멈췄고 그는 그녀를 끌다시피 하며 자신의 집으로 데려갔다. 집 안으로 들어간 그는 그녀를 거칠게 내팽개친 후 주방으로 들어가 냉장고에서 생수 병을 꺼내 물을 벌컥벌컥 들이켰다. 그녀는 그런 그를 바라볼 뿐 아무런 말도 하지 않았다. 그러자 물을 마시던 그는 물병을 집어던지다시피 하며 거실로 걸어 나와 그녀를 쏘아보며 소리를 내질렀다.

"너 죽고 싶어? 내 손에 죽고 싶어서 환장했어?"

"……오면서 생각해 봤는데 나쁘지 않을 것 같아요."

"뭐?"

"성진욱 씨와 함께라면 죽는 것도 그리 나쁘지 않을 것 같다는 생각이 들었어요."

그를 바라보지 않은 채 대꾸하던 그녀의 눈이 진욱에게로 향했다. 그녀의 말에 분노로 이글거리던 그의 눈동자가 서서히 잦아들기 시작했다. 그는 기가 막힌 듯이 물었다.

"너, 너 그게 무슨 말인지 알고 하는 말이야? 네가 내뱉은 말이 무슨 말인지나 알고 내뱉는 거냐고!"

"보고 싶은데 보지 못하고, 함께 있고 싶은데 함께할 수 없고, 내 이름을 부르는 당신의 목소리를 듣고 싶은데 들을 수 없고…… 날 안아 주는 당신의 손길을 느끼고 싶은데 느낄 수 없어요. 그래서 매일 정신 나간 여자처럼 살아요. 살고 싶어서 사는 게 아니라 그저 숨을 쉬고 있으니까…… 습관처럼 살아요. 그게 죽은 목숨과 뭐가 달라요?"

그에게 질문을 던지는 그녀의 눈에서 금세 눈물이 흘러나왔다. 그녀의 눈물을 바라보던 그의 눈이 경직되었다. 그녀의 말에 그의 얼굴이 찌푸려졌다. 그는 무뚝뚝하고 차가운 목소리로 물었다.

"웃기지도 않는군. 죽은 목숨처럼 살아? 숨을 쉬고 있으니까 습관처럼 산다고? 그런 여자가 나와 헤어진 지 1년도 아니고 한 달 만에 벌써 다른 남자와 극장에 나타나나? 그것도 나하고 함께 갔던 극장에?"

"그럼…… 안 되나요?"

그의 질문에 그녀 또한 도박을 하는 심정으로 물었다. 그녀의 심정은 간절했다. 다른 남자와 만났다는 이유만으로 이렇게 분노를 내뿜는 그라면 한번쯤은 도박을 해봐도 좋지 않을까 하는 생각에 그녀는 필사적인 심정으로 물었다.

"내 인내심 테스트하나? 안 되냐고? 안 돼! 절대로 안 돼!"

"어째서요? 당신은 내가 김동철 씨의 아내……."

"더 말하지 마. 어째서 안 되냐고? 김동철, 그 개새끼하고 한때 살았다는 이유로 널 버렸으면서 내가 무슨 자격으로 이러는 거냐고? 그게 알고 싶은 거야? 그게 묻고 싶은 거야?"

"……."

"몰라, 젠장, 빌어먹을…… 그래, 너 버린 사람은 나야. 안 보겠다고, 오지 말라고 한 사람도 나야. 뻔뻔하게 널 버린 주제에 날더러 왜 그러냐고? 몰라! 모른다고! 내가 하루를 어떻게 사는지 네가 알아?"

"모르면…… 그렇게 화내지 말아요. 지금 당신이 화내야 할 일은 아무것도 없어요."

그의 얼굴에 괴로움이 고스란히 드러났다. 그의 괴로움이 그녀의 가슴에 새겨졌다. 자신이 아프고 힘든 만큼 그도 아프고 힘들었구나 하는 생각에 그녀의 눈시울이 뜨거워졌다. 하지만 그건 그녀만이 아니었다. 그녀에게 소리를 지르던 그 또한 눈이 벌겋게 충혈 되어 금세라도 눈물을 쏟을 것 같은 얼굴로 그녀를 바라보며 풀죽은 음성으로 말했다.

"아침에 눈뜨면 제일 먼저 떠오르는 게 너야. 네 생각을 지우려고 매일 아침 차가운 물에 샤워를 하고 출근해. 그래서 저녁에 퇴근하기 전까지 한시도 쉴 틈이 없을 정도로 일을 해. 그렇게 바쁘게 일을 하는데도 밤이면 네 생각 때문에 잠을 못 이뤄. 결국에는 술이 머리 꼭대기까지 차올라야 겨우 잠이 든다고. 알아? 넌, 그게 사람 사는 거라고 생각해? 그래도 견뎠어. 어쩔 수 없다고, 너도 나 때문에 조금은 힘들어할 거라고 생각하며 위안을 삼았어. 그런데 오늘 영화관에서 네가 다른 새끼랑 함께 있는 걸 본 내 기분이 어떨 것 같아? 어떨 것 같냐고!"

그는 결국 눈물을 흘리며 그녀에게 소리쳤다. 그는 절규하듯 바닥에 주저앉았고 그런 진욱의 모습을 바라보던 그녀의 눈에서도 눈물이 흘러내렸다. 그녀는 바닥에 쓰러진 그의 곁으로 다가가 그의 넓은 어깨를 자신의 팔로 안으며 말했다.

"흐흑…… 그럼 어떻게 해요? 당신은 날 용서할 수 없고, 날 받아들일 수 없다는데 그럼 어떻게 해야 하냐고요?"

"엿 같다. 정말 오늘 기분 엿 같다."

그는 자신을 위로하듯 붙잡은 그녀의 어깨에 고개를 숙이고 중얼거렸다. 그들은 서로를 부둥켜안고 눈물을 흘렸다. 이러지도, 저러지도 못하는 현실에 대한 절망감이 그들을 붙잡고 놓아주지 않았다. 그들의 흐느낌이 서서히 잦아들 무렵 진욱이 그녀를 번쩍 들어 올렸다.

"뭐, 뭐 하는 거예요?"

그녀의 얼굴에는 아직 멈추지 않은 눈물이 맺혀 있었다. 하지만 그는 아무런 대꾸도 하지 않은 채 그녀를 들고 자신의 방으로 들어갔다. 그리고 자신의 침대에 그녀를 내던지듯이 내려놓은 후 입고 있던 와이셔츠의 단추를 풀던 그는 무척이나 답답한 듯 와이셔츠를 거의 찢다시피 벗었다. 갑작스러운 그의 행동에 놀란 그녀가 걱정스러운 눈길로 그를 불렀다.

"진욱 씨…… 그러지 말아요. 갑자기 왜 그래요?"

"다시는 다른 남자 못 만나게 만들어 놓을 거야. 죽을 때까지 나만 생각하며 살게 만들어 놓을 거야."

"그러지 말, 으읍……."

자신의 행동을 만류하려는 그녀가 못마땅한 듯이 그는 그녀의 몸 위에 자신의 몸을 뉘이며 그녀의 입술에 거칠게 키스했다. 그녀는 그를 거부하지 않았다. 아니, 거부할 수가 없었다. 이 순간을 얼마나 기다려 왔는지, 그의 품에 안기길 얼마나 기다려 왔는지 알 수 없었다. 그의 품에 안겼다는 것 하나만으로도 그녀는 충분했다.

"그 새끼 다시 만나, 안 만나?"

"진욱 씨……."

"그것만 대답해! 만나, 안 만나?"

"……만나요."

그녀는 거짓말을 했다. 자신의 거짓말에 그가 마음을 바꿔 주길 바라는 그녀의 마음이었다. 하지만 그녀의 거짓말은 그의 행동을 거칠게 만들 뿐이었다. 그는 그녀가 입고 있는 얇은 민소매 원피스를 거의 찢어 버리듯 벗겨낸 후 그녀의 몸을 애무하기 시작했다.

그는 그녀의 입술을 거칠게 취했고 그녀의 목선을 애무하는 그의 턱은 까칠까칠했다. 그는 조금의 망설임도 없이 그녀의 브래지어를 벗겨내고 그녀의 젖꼭지를 베어 물었다. 그녀는 순간 자신이 원한 손길은 이게 아니었다는 걸 깨달았다. 그녀는 자신을 유린하듯 대하는 그를 힘껏 밀어내며 소리쳤다.

"하지 말아요!"

"뭐? 설마, 벌써 그 새끼랑 여기까지 갔나? 왜, 그 새끼가 더 짜릿해? 널 더 흥분의 도가니로 몰아넣어? 그 새끼가 그리워?"

그는 질투에 가득 찬 눈길로 그녀를 쏘아보며 소리쳤다. 그녀의 눈에서 눈물이 흘러내렸다. 자신을 소중히 대해 주지 않는 그가 원망스러웠다. 그녀는 눈물을 뚝뚝 흘리며 나직한 어조로 이야기했다.

"만나지 않아요. 그 사람과 잠을 잔 적도 없어요. 짜릿하지도…… 흥분의 도가니로 몰아넣지도 않아요. 그립지도 않아요. 흐흑…… 내가 원한 건, 당신의 사랑이었지 의미 없는 섹스가 아니었어요. 그러니까 내 몸에 손대지 말아요."

"뭐?"

그녀의 말에 진욱의 눈이 충격으로 물들어갔다. 그는 그녀를 멍한 눈길로 바라봤다. 그런 그를 바라보며 그녀는 말을 이었다.

"당신이 그리웠어요. 당신 때문에 잠자는 일도 힘들었고, 당신 목소리가 듣고 싶어서 하루에도 당신 전화번호를 몇 수십 번씩 핸드폰에 썼다, 지웠다 했는지 몰라요. 알기나 해요? 당신만 술로 잠든 거 아니야. 당신은 날 거부했으면서도 그렇게 힘들고 아픈 시간을 보냈는데 난 어땠을 것 같아요? 마냥 편하고 좋았을 것 같아……."

울면서 소리치는 그녀를 진욱이 품에 안았다. 그의 손길은 강인했다.

"놔요! 나 당신한테 할 말 많아요. 방금 당신이 날 어떻게 취급했는데, 방금 당신이 날, 흐흑……."

"미안해. 내가 잠깐 돌았었나봐. 정말, 미안해."

그의 입에서 곧 사과의 말이 튀어나왔다. 결국 그녀는 그의 품에서 목 놓아 울고 말았다. 이제까지 참았던 눈물을 한꺼번에 쏟아내듯 그렇게 그에게 안겨 울었다. 그 또한 울었다. 소리 내어 울지는 않았지만 그의 심장이 떨리는 소리가 그녀의 귓가에 들렸고 그의 어깨가 가냘프게 들썩이고 있다는 것을 그녀는 느낄 수 있었다.

그녀를 품에 안고 흐느끼던 진욱이 나직한 목소리로 그녀에게 속삭였다.

"사랑한다."

13. 자존심을 이긴 사랑

"사랑한다."

그의 갑작스러운 고백에 그녀는 눈물로 범벅된 얼굴을 들어 그를 올려다봤다. 그의 눈은 간절해 보였다. 그의 얼굴도 눈물에 젖어 있었다.

"하지…… 말아요."

그의 고백에 그녀가 할 수 있는 말은 하지 말라는 말뿐이었다. 그의 고백에 가슴 설레며, 그와 함께할 수 있다는 생각에 행복해하다가 그와 함께할 수 없다는 사실을 알았을 때의 무너져 내리는 가슴은 경험해 보지 못한 사람은 알 수 없는 심정이기 때문이었다. 그녀의 말에 진욱이 충격 받은 듯 물었다.

"설마…… 내가, 싫어진 건가? 그래?"

"지금, 무슨 말을 하는 거예요? 날, 보낸 건……."

"내가 아니라 내, 자존심이었어."

"네?"

"가슴으로는 이해하고 받아들일 수 있었지만 머리로는 절대로 받아들일 수가 없었어."

그는 그녀에게 자신의 심정을 털어놓았다. 그녀 또한 그의 마음을 이해할 수 있었기 때문에 순순히 떠났던 것이었다. 그녀는 나직한 목소리로 말했다.

"이해할 수…… 있어요."

"이해? 그걸 네가 왜 이해해? 나쁜 새끼라고, 천하의 냉혈한이라고 욕을 해야지 왜 이해를 해? 널 버린 나쁜 새끼라고 차라리 욕을 해."

"당신도 괴로웠잖아요. 편하기만 했던 건 아니었잖아요. 그런 당신을…… 내가 어떻게 욕을 해요? 어떻게 나쁘다고 해요? 내 잘못인데."

그녀의 말에 그의 눈은 절망감으로 일그러졌다. 그는 두 손으로 자신의 얼굴을 쓸어내리며 말을 이었다.

"자존심이…… 내 자존심이 널 받아들일 수가 없었어."

"알아요."

"아니, 넌 몰라. 남의 이목 따위 중요하지 않다고, 남의 수군거림 따위 나와는 상관없는 일이라고 최면을 걸듯 그렇게 살았어. 백승미를 보내고 그렇게 살았다고!"

그의 갑작스러운 고백에 놀란 건 그녀였다. 그가 자신을 받아들이지 못한 이유가 있는 것 같았다. 그래서 그녀는 괴로워하는 그를 안으며 물었다.

"뭐예요? 뭐가 당신을 힘들게 한 거예요?"

"……죽 쒀서 개 줬다는 말."

"네?"

"난 내가 아닌 다른 남자와 불결한 짓을 하고 다닌 승미를 용서할 수 없었고 이혼을 했어. 그리고 그녀와의 계약도 파기했지. 난 나에게 상처를 준 그녀를 철저히 버리기로 마음먹었어. 그런데 그런 백승미를 김동철 사장이 데려가서 다시 스크린에 내보냈고 업계 사람들은 마치 날 불쌍한 놈 취급하며 수군대기 시작했어. 죽 쒀서 개 줬다며, 데리고 살던 여자 늙은이한테 뺏긴 불쌍한 놈이라고 수군대기 시작했다고."

"세상에……."

"처음에는 괜찮다고 생각했어. 그따위 수군거림은 금세 잠잠해질 거라고, 사람들의 이목 따위 상관없다고 생각했어. 하지만 잘 알지도 못하는 사람들이 떠들어대는 소리가 나에게는 꽤 큰 상처로 다가왔어. 정리해서 이민 가려고까지 생각했으니까."

"정말…… 그 정도였어요?"

그의 고백에 그녀의 눈시울이 다시 젖어들었다. 그가 겪었을 고통을 생각하니 그녀의 가슴이 아리고 아팠다.

"변명 같겠지만, 두려웠어. 내가 널 받아들였을 때 내가 사는 세계의 사람들이 또다시 뭐라고 수군댈지, 이번에는 늙은이가 버린 여자를 데려가 산다고 비웃을까봐 두려웠어. 그래서 도저히 널 받아들일 수가 없었어. 또다시 그 지옥 같은 시간을 견뎌낼 자신이 없어서…… 난 내 자존심을 선택했던 거야. 널 버리고, 사랑하는 널 버리고, 날 행복하게 만들어 준 널 버리고 혼자서 잘 사는 방법을 선택했던 거라고. 젠장……."

그런 선택을 한 자신이 원망스러운 듯 그는 결국 욕설을 내뱉었다. 그녀는 온화한 음성으로 물었다.

"그래서…… 행복했어요?"

"행복한 걸로 보이나? 비웃고 싶은 거라면 마음껏 비웃어."

"비웃지 않아요. 그게 사람이니까. 자신이 상처받고 싶지 않고, 자신이 아프고 싶지 않아서 때로는 이기적으로 변하는 게 사람이니까."

"넌, 바보야."

"특별하다면서요?"

"특별한 바보지."

그의 말에 그녀는 웃었다. 그는 말없이 웃는 그녀의 얼굴을 바라봤다. 그리고 물었다.

"용서해, 줄 수 있겠어?"

"……."

"물론 내가 얼마나 이기적으로 굴었는지 알아. 내 자존심 때문에 우리 관계를 깨뜨려 버린 것도 나야. 하지만 네가 없는 한 달이 마치 영원처럼 느껴졌어. 시간이 너무 더뎌서 미칠 것 같았어. 술을 마셔야지 잠이 들고, 깨어 있는 동안에는 심장이 산산조각이 나는 듯한 기분 때문에 산다는 것 자체가 고통이었어. 네가 없을 때 난 잘 살았어. 웃을 일도, 웃고 싶지도 않았지만 그래도 잘 살았다고. 하지만…… 이젠 그럴 수가 없어. 네가 없으면 난…… 사람이 아니야."

"그럼요?"

"……괴물, 사람들을 괴롭히려고 존재하는 괴물이야."

그의 고백에 그녀는 행복한 눈길로 다가가 그의 입술에 살며시 입 맞췄다. 그는 거부하지 않은 채 그녀의 입술을 받아들였다. 그들의 키스 속에는 서로를 향한 사랑과 배려가 들어 있었다. 그녀가 천천히 입술을 떼자 진욱이 나직하게 속삭였다.

"공주님의 키스에 괴물은…… 사람이 되었습니다. 공주님이 없으면 한순간도 살아갈 수 없는, 숨조차 쉴 수 없는 사람으로……."

그의 말에 그녀는 미소 지었다. 그리고 그녀 또한 나직하게 속삭였다.

"공주님 또한 사람으로 변한 그가 없으면…… 행복할 수 없었습니다. 이제는, 그의 곁에서 행복해지고 싶은 소망이, 공주님의 가슴속에 가득합니다."

그녀의 말을 들은 그는 환하게 미소 지으며 그녀를 품에 안았다. 그의 손길에 행복이 느껴졌다. 그의 눈길에도, 그의 숨결에도, 그의 목소리에도 행복이 넘쳐났다.

"사랑해."

"사랑해요."

그의 입술이 그녀의 입술에 부드럽게 포개졌다. 그는 너무나 목이 말랐던 사람처럼 그녀의 모든 것을 소유하려는 듯 그녀의 입 안으로 혀를 밀어 넣었다. 그리고 그녀의 죽어 있던 감각들을 하나씩 깨우며 그녀를 하나씩 소유해 나가기 시작했다. 그녀의 입술에서 맴돌던 그가 갑자기 한숨을 내쉬며 말했다.

"후, 이제야 제대로 숨을 쉴 수 있을 것 같아."

"왜요?"

"숨 쉬는 게 힘들었어. 아마 네가 내 산소였나봐. 널 보내고 난 후에는 마치 산소가 부족한 곳에 살고 있는 사람처럼 숨 쉬는 게 너무나 힘들었어."

그의 말에 그녀는 걱정스러운 눈길로 물었다.

"이제는, 괜찮아요? 어디 안 좋은 건 아니에요? 병원에 안 가봐도 돼요?"

"걱정돼?"

"당연하죠. 당신이 기침만 해도 난 걱정 된다고요."

"그런 여자가 다른 남자하고 영화관에 나타나?"

"……."

"그 새끼 누구야?"

그는 질투심 가득한 눈길로 그녀를 바라보며 물었다. 그녀가 대답하지 않자 진욱은 침대 옆 탁자에 있는 휴대폰을 집어 들었다. 그녀는 걱정스러운 눈길로 물었다.

"뭐 하려고요?"

"조사하면 다 나오니까 말하기 싫으면 말하지 마. 그 새끼 가만 안 둬."

"그러지 말아요. 그 사람 좋은 사람이에요."

"뭐?"

그녀의 말에 그가 놀란 눈길로 그녀를 바라봤다. 그녀는 오늘 하루 종일 자신에게 배려를 아끼지 않은 승준에게 피해가 가는 일은 하고 싶지 않았다. 그래서 한 마디 했던 것이 그의 분노를 불러일으킨 모양이었다.

"너, 지금 뭐라고 했어?"

"뭐가요?"

"그 새끼 역성드는 거야? 너 설마……."

"사랑한다고 했잖아요. 내가, 사랑하는 사람은 당신이라고 했잖아요."

"그런데? 그런데 왜 그 새끼 편에서 얘기를 하는 거냐고?"

"좋은 사람이에요."

그녀의 말에 그는 눈을 가늘게 뜨고 그녀를 바라봤다. 그리고 진지한 표정으로 물었다.

"몇 번이나 만났어?"

"오늘 딱 한 번이요."

"거짓말."

"정말이에요."

"뭐 하는 놈이야?"

"119 구급대원이에요. 당신을 살려준 생명의 은인."

그녀의 말에 진욱의 인상이 찌푸려졌다.

"그게 무슨 말이야? 내 생명의 은인이라니?"

"당신 사고 났을 때 병원으로 데려온 사람이, 그 사람이에요."

"그거야 자기 일이 그런 건데 당연한 일이지, 생명의 은인은 무슨 은인?"

"그래도 그 사람이 진욱 씨를 우리 병원으로 데려오지 않았다면 진욱 씨와 난 만날 수 없었어요. 모르겠어요?"

"그건 운명이야."

"운명론자였어요?"

어울리지 않게 운명을 거론하자 그녀는 웃음을 참지 못하고 물었다. 그러자 그는 잠시 얼굴을 붉히며 말했다.

"어쨌든, 그 새끼 때문에 우리가 만난 건 아니야. 그리고 그 새끼 때문이라고 해도 어째서 네가 그 새끼하고 영화를 본 거야? 그건 네가 그 새끼하고 영화관에 나타난 이유가 될 수 없어."

"3번 데이트하고 그때도 싫으면 더 이상 관심 갖지 않겠다고 해서 만났어요."

"그 새끼가 추근댔나?"

그는 심각한 표정으로 물었다. 그의 표정을 본 희수는 이러다 정말 오늘 일 나겠다 싶어서 말했다.

"아니요, 그냥 관심이 좀 있었대요."

"그게 그거지."

"아니라니까요. 자꾸 삐딱하게 굴 거예요?"

자꾸만 물고 늘어지는 그에게 그녀가 큰소리를 치자 그는 한 풀 꺾인 목소리로 말했다.

"또, 만나?"

"또 만날까요?"

"그러기만 해봐. 그 새끼 대한민국 땅에 발도 못 붙이게 해놓을 테니까."

"복수의 화신께서 어련하시겠어요?"

"알면 만나지 마!"

그의 목소리는 무척이나 단호했다. 질투에 찬 그의 표정이 너무 귀여워 보여 더 놀려 주려다가 그녀는 말했다.

"안 만나기로 했어요."

"정말이야? 아니면 눈속임이야?"

"나, 못 믿어요?"

"……젠장, 믿어."

그녀의 진지한 질문에 그는 결국 믿는다고 대답하며 그녀의 목선에 얼굴을 파묻었다. 그녀는 자신의 어깨에 기대고 있는 그의 머리를 한 손으로 쓰다듬으며 물었다.

"이 머리, 왜 잘랐어요?"

"기분전환."

"그래서 기분전환이 됐어요?"

"아니, 기분만 더 더러워졌어."

"앞으로는 머리, 자르지 말아요. 당신은 좀 긴 듯한 머리가 자연스럽게 넘어갈 때 가장 멋져 보여요."

"그럼 너도 약속해."

그녀의 말에 그는 고개를 들어 올리고 그녀의 눈을 바라보며 말했다.

"뭘요?"

"다시는 다른 새끼 만나지 않겠다고."

"그게 아직도 걸려요?"

"평생 걸릴걸."

"후후, 다시는 안 만나요. 맹세."

그녀의 장난스러운 맹세에 그는 고개를 숙여 그녀의 목선에 입술을 가져가더니 잠시 후 따끔한 통증이 그녀의 온몸에 밀려들었다.

"헉…… 다, 당신……."

"내 거라는 표시야. 없어질 때마다 다시 할 테니까 그런 줄 알아."

"진욱 씨……."

"불안해. 네가 내 손에서 날아가 버릴까봐. 네가 없으면 난 이제 숨도 마음대로 쉴 수가 없는데……."

어린아이 같았다. 마치 갖고 싶은 걸 갖지 못해 안달이 난 어린아이처럼 그는 그녀에게 투정부리듯 이야기했다. 그녀는 두 손으로 그의 목을 붙잡고 그의 입술에 키스했다. 그리고 그의 입술에 대고 이야기했다.

"날, 믿어요. 난 절대로…… 당신 떠나지 않아요. 왜냐하면 당신을 떠나면 나도 숨을 쉴 수가 없더라고요."

"그 말, 정말…… 인가?"

"네."

"그럼 됐어. 그것으로 된 거야."

"당신, 견딜 수 있겠어요?"

그럼 됐다는 그의 말에 희수는 걱정스러운 눈길로 물었다. 그러자 그는 무슨 말인지 모르겠다는 듯이 그녀를 바라봤다.

"사람들이 하는 말……."

"그때는 혼자였지만 이제는 둘이잖아. 네가 내 곁에 있으면 그까짓 사람들의 입방아 정도 무시하며 살 수 있어. 넌, 상처받지 않을 수 있겠어?"

"당신이 있잖아요. 누군가 당신 없이 사람들 수군거림 받지 않을래, 당신과 함께하고 사람들 수군거림 받을래, 하고 묻는다면 난 후자를 택해요."

"특별하기만 한 줄 알았더니 용감하기도 하군. 나보다 더."

"당신 때문에 용감해진 거예요."

"나…… 못 참겠어. 매력적인 여자를 두고 너무 오랜 시간 굶었어."

그녀의 말이 그에게 감동을 불러일으킨 모양이었다. 그의 얼굴에 행복이 감돌더니 그는 그녀의 입술에 자신의 입술을 내렸다. 하지만 그녀는 손으로 그의 입술을 막았다. 그러자 그가 놀란 얼굴로 물었다.

"왜?"

"거짓말하지 말아요. 굶긴 뭘 굶어요?"

"어?"

"내가 찾아왔던 날 밤에……."

그녀가 무서운 눈길로 그를 노려보자 그는 금세 말을 더듬기 시작했다.

"어? 어…… 그건, 그러니까 그냥……."

"그냥? 어떻게 집에 다른 여자를 들일 수가 있어요?"

"질투하는 거야?"

"왜요? 나 같은 여자는 질투도 못하는 바보인 줄 알았어요?"

"아, 아니! 그런 생각 한 적 없어."

그녀의 갑작스러운 태도에 그는 당황한 얼굴로 부인했다. 그녀는 너무나 당당하고 잘나 보이던 그가 자신의 말 한 마디에 어쩔 줄 몰라 하는 모습을 보며 웃음이 터져 나오려는 걸 꾹 눌러 참고 이야기했다.

"그럼요? 그 여자 누군데요?"

"그게 사실은……."

"사실은?"

"다른 여자가 네 자리를 대신할 수 있을 줄 알았어."

"그래서요?"

"돈 주고 샀어. 그렇게라도 널 정리하려고 했는데 도저히…… 안 되더라."

"거짓말! 그날 그 여자하고 설마, 여기서……."

그녀가 놀란 눈길로 침대를 가리키자 그는 정색을 하며 말했다.

"무, 무슨 소리야? 내가 다른 여자를 여기 어떻게 눕혀? 너 가고 난 다음에 얼마 안 돼서 그 여자도 보냈어."

"그 말을 내가 어떻게 믿어요?"

"믿어. 안 그랬으면 다음날 네가 어떻게 내 집에 있었을 거라고 생각하나?"

"아, 그거 어떻게 된 거예요?"

그녀는 그가 여자를 집에 데려왔었다는 사실을 까맣게 잊은 채 물었다. 그러자 그의 얼굴이 붉어졌다.

"왜요? 뭔데요?"

"그날 네가 울면서 나가는데 마음이 안 놓여서 따라갔어."

"네?"

"걱정돼서 그냥 있을 수가 있어야지. 그래서 따라갔는데 결국은 포장마차에서 뻗었지?"

그녀는 그날 밤을 떠올리며 고개를 끄덕였다. 그녀가 고개를 끄덕이자 그가 웃으면서 말했다.

"그래서 내가 업고 왔어."

"저, 정말요?"

"응."

그러자 이번에는 그녀의 얼굴이 붉어졌다. 기억에도 없는데 자신이 그의 등에 업혔다는 사실이 그녀를 꽤 부끄럽게 했던 모양이었다. 그 모습을 보며 진욱이 말했다.

"다시는 그런 일 없을 거야. 그때는 너 때문에 너무 괴로워서 그랬으니까 그냥 한 번만 이해해 줘. 응?"

그는 마치 어린아이처럼 그녀에게 조르며 그녀의 입술에 다시 키스하려고 했다. 하지만 그녀는 호락호락하게 넘어가지 않을 듯 그를 손으로 막으며 물었다.

"그 말을 내가 어떻게 믿어요?"

"뭐?"

"당신 하는 일이 주위에 예쁘고 몸매 잘 빠진 여자들이 널려 있는 일인데, 연예인만 시켜 준다면 당신한테 몸이라도 바치겠다는 여자들이 줄을 설 텐데 그걸 내가 어떻게 믿냐고요?"

"참나, 얌전한 고양이 부뚜막에 먼저 올라간다더니…… 얌전하던 여자가 질투하니까 더 무섭네."

그는 기가 막힌 듯이 중얼거렸다. 하지만 그녀는 표정을 풀지 않았다. 그러자 그가 물었다.

"나, 못 믿어?"

"……"

"못 믿으면 할 수 없지."

"뭐가 할 수 없어요?"

"나하고 매일 같이 다녀."

"네?"

뜻밖의 말에 그녀는 깜짝 놀란 얼굴로 그를 바라봤다. 하지만 그의 표정은 진지했다.

"내가 어딜 가든지 같이 다니자고. 회사도 같이 가고, 사업하러 외국에 나갈 때도 같이 나가고, 또 화장실 갈 때도 같이 갈래?"

"미, 미쳤어."

"뭐가, 못 믿겠다며?"

"미, 믿어요. 진짜, 무슨 말을 못해!"

그녀는 기가 막힌 듯이 고개를 돌리며 믿는다고 말해 버렸다. 그러자 그가 두 손으로 그녀의 얼굴을 자신 쪽으로 돌리며 말했다.

"너, 실망시키는 일 없을 거야. 이번에 헤어져 있으면서 확실히 알았어. 난 네가 아니면 안 된다는 거. 그리고 난 예쁘고 쭉쭉빵빵인 여자들보다 특별한 바보가 더 좋은데…… 어쩌지?"

그의 부드러운 미소에 그녀는 결국 웃어 버리고 말았다. 그녀의 웃는 얼굴을 보면서 그는 웃지 않았다. 그의 눈빛은 진지했다. 그런 진욱의 눈빛을 바라보며 웃던 희수의 얼굴에도 긴장이 감돌았다. 그의 입술이 서서히 그녀의 입술에 내려앉았다. 마치 살랑거리는 바람에 꽃잎이 바닥에 내려앉듯 사뿐히 내려앉아 그녀의 혀의 감촉들을 서서히 일깨우기 시작했다.

"으음……."

그녀의 입에서 기분 좋은 신음 소리가 흘러나왔다.

"사랑해."

"행복해요."

그의 사랑고백에 그녀는 행복을 고백했다. 진욱은 오랜 목마름을 채우려는 듯이 그녀의 입술을 시작으로 그녀의 목을 혀로 애무했다. 그녀 또한 오랜 가뭄 뒤의 단비를 만나듯 그의 입술을, 그의 손길을 음미했다.

"하아……."

그녀의 입술에서 흘러나오는 신음 소리는 그녀도, 그도 점점 흥분의 세계로 몰아넣었다. 그의 입술이 그녀의 젖꼭지 위에서 춤을 추듯 맴돌았다. 그는 부드럽게 그녀의 젖가슴을 빨아들이며 그녀를 쾌락의 세계로 인도했다. 그녀를 향한 마법의 손이 움직이기 시작했다.

그의 손이 서서히 그녀의 다리를 애무했다. 그 순간 그녀의 음침했던 골짜기에 맑은 물이 흘러내리듯 촉촉하게 배어드는 기분이 들었다. 그들의 감정이 서서히 열정적으로 달아오를 무렵 그의 휴대폰이 울렸다. 갑작스러운 전화벨 소리에 희수는 감고 있던 눈을 떴다. 하지만 그는 손길을 멈추지 않았다.

"진욱 씨…… 전화가……."

"신경 쓰지 마."

그는 걸려오는 전화 따위 상관없다는 듯 그녀를 향한 열정적인 몸놀림을 멈추지 않았다. 그의 애무는 끝이 없을 것 같았다. 그녀는 눈을 감고 그의 애무를 받아들였다. 잠시 후 전화벨이 끊겼다. 그들은 다시 하나가 되기 위한 몸놀림을 계속 했다. 하지만 전화벨은 또다시 울리기 시작했다. 그녀는 결국 다시 눈을 뜨고 말했다.

"급한 전화인가 봐요."

"젠장, 이 시간에 누구야? 매너 없이."

그는 그녀를 향한 자신의 열정에 찬물을 끼얹은 인간을 죽이기라도 할 듯 거친 눈길로 탁자에 올려져 있는 휴대폰을 받았다.

"누구야?"

그는 사납게 소리를 내질렀다. 하지만 금세 반 죽여 놓을 것 같던 그의 기세는 침묵으로 일관됐다. 그가 전화를 받는 동안 그녀는 알몸인 자신의 몸을 가리기 위해 이불을 덮었다. 그는 그런 그녀를 힐긋 바라보더니 말했다.

"알았어. 수고 많았어."

그는 짧게 대답한 후 전화를 끊었다. 전화를 끊은 그의 표정이 잔뜩 일그러져 있었다. 그의 표정을 본 희수가 그의 손을 붙잡으며 물었다.

"안 좋은…… 일이에요?"

"글쎄, 난 좋은 일이라고 생각하지만 넌…… 잘 모르겠군."

그녀를 바라보며 이야기하던 그가 아리송한 표정을 지어 보였다. 그의 표정이 예사롭지 않아 그녀가 물었다.

"무슨 일인데요?"

"흠…… 전남편에 대해 어떻게 생각해?"

"네?"

"김동철, 구속됐어."

그의 말은 그녀의 가슴에 뜻밖의 파장을 불러일으켰다. 그녀가 놀란 눈길로 그를 바라보자 진욱이 설명했다.

"몇 년 전부터 꽤 큰 도박에 손을 댔어. 그래서 회사 재정상태도 점점 어려워졌고 회사 돈도 꽤 많이 가져다 썼어."

"어떻게 그런……."

그녀는 멍한 얼굴로 중얼거리듯 이야기했다.

"오늘 도박하는 사람들이 모이는 날이었고 그 현장을…… 박희정 검사가 덮쳤어."

"뭐, 뭐라고요? 희정이가요?"

"네가 당한 일들을 갚아 주고 싶었던 모양이야. 예전부터 김동철 도박 현장을 덮치기 위해 계속 조사를 해왔어. 그리고 오늘이 그날이라고 내가 제보했어. 김동철이 그동안 저질러온 비리 장부와 함께."

"당신은 그걸, 어떻게 알았어요?"

"내가 버린 백승미를 주워간 대가야. 날 힘들게 한 대가를 치르게 하기 위해 나도 김동철의 뒷조사를 꽤 했지."

그의 말에 희수는 충격을 받은 얼굴이었다. 그런 그녀의 얼굴을 바라보던 진욱이 나직한 목소리로 물었다.

"힘드나?"

"……."

"아직도 미련이……."

"아니요. 그저, 갑자기 그 사람이 참 불쌍한 사람 같다는 생각이 들어서요."

"불쌍해? 널 그렇게까지 아프게 하고, 정신과 치료까지 받게 만든 새끼가 불쌍해? 너란 여자는 도대체가……."

그녀의 말에 화를 내던 그는 결국 말을 끝맺지 못했다.

"애초부터 사랑했던 적도 없지만 미움도, 미련도 없어요. 아무런 감정도 없어요. 그가 구속됐다는 말이 그저 놀랍기만 할 뿐 마음의 동요가 일지 않아요. 이상하죠? 5년이나 함께 산 남편이었는데."

"그게 남편이었나? 그 개새끼는……."

"그런 사람 때문에 당신의 입이 더럽혀지는 거 난 원치 않아요."

그의 말에 희수는 고개를 가로저었다. 그러자 그는 고개를 끄덕였다.

"하긴, 이제 법의 심판을 받게 될 인간인데 내가 그런 말로 내 입을 더럽힐 필요가 없지. 어쨌든 너한테도 알려줘야 한다고 생각했어."

"자업자득이니까 어쩔 수 없죠."

그녀의 말에 그는 안심하는 표정이었다. 멍하니 앉아 있던 그녀가 갑자기 몸을 일으키며 말했다.

"집에 가봐야겠어요."

"뭐?"

"희정이가 오늘 무척 힘들었을 것 같아요."

"말도 안 돼. 지금 집에 가겠다고?"

"희정이 힘들었을 거예요. 가봐야 해요."

"오늘 박 검사 집에 못 들어가."

그의 말에 그녀가 고개를 돌렸다.

"왜요?"

"범인을 잡아 들였는데 오늘 집에 들어갈 수 있을 것 같아?"

"아……."

그녀는 그제야 제정신이 든 것 같았다. 대신 그녀는 자신의 휴대폰을 찾아 동생 희정에게 전화를 걸었다.

-어, 언니.

"어디야?"

-여기? 검찰청. 미리 전화한다는 게 못했네. 오늘 일 때문에 못 들어갈 것 같아.

"그래? 일이 많아?"

희정은 그녀에게 김동철을 잡아 들였다는 말을 하지 않았다. 희정의 목소리는 피곤에 절어 있었다.

−어, 좀 많아.

"그럼 내일 아침에 들어와?"

−아니, 내일도 좀 힘들 것 같아.

"그래? 그럼 아침에 옷이라도 가져다 줄까?"

−그래 줄래?

그녀의 말에 희정은 말했다. 그녀도 묻지 않았다. 그저 희정의 안부만을 물은 채 전화를 끊으려 했다.

"그래, 내일 아침에 옷 가지고 검찰청으로 갈게. 그럼, 수고해."

−응…… 저, 언니…….

"응?"

전화를 끊으려 하는데 수화기 건너편에서 희정의 다급한 목소리가 들려왔다. 그녀를 다급하게 부른 희정은 잠시 아무런 말도 하지 못했다. 그녀 또한 참을성 있게 기다렸다. 그러자 희정이 망설이는 듯한 목소리로 입을 열었다.

−미안해.

"뭐가?"

−나, 언니 복수…… 했어.

"……."

−김동철, 그 사람…….

"괜찮아?"

-응?

 어려운 이야기를 꺼내려는 동생이 더 걱정이 되는 듯 그녀는 물었다. 그러자 희정은 어리둥절한 목소리로 대꾸했다.

 "너한테도 쉬운 일은 아니었을 거야. 내 동생은 그 정도로 독하지 않으니까. 넌, 괜찮아?"

-난, 검사야. 항상 하는 일이고 이번 일도 다르지 않아.

 "그럼, 됐어. 네가 힘들지 않다면, 나도 괜찮아."

-그런데 언니가 그걸 어떻게 알고 있는 거야?

 "후후, 글쎄. 어쨌든 희정아, 너무 무리하지 말고 내일 아침에 옷 가지고 갈 테니까 쉬어가면서 일해."

-그래, 내일 봐.

 희정은 전화를 끊었다. 그녀 또한 풀이 꺾여 있는 것 같긴 했지만 그래도 희정의 목소리를 듣고 나니 그제야 마음이 좀 안정이 됐다. 그녀가 전화기를 들고 있자 진욱이 그녀의 전화기를 가져가 탁자 위에 올리고 그녀의 어깨에 손을 둘렀다. 그리고 물었다.

 "박 검사, 어때?"

 "힘이 좀 없는 것 같아요."

 "그래도 한때는 형부였기 때문인가?"

 "연수원에서 나오기 전까지 희정이는 그 사람이 정말 좋은 사람인 줄 알았어요. 그래서 배신감도 더 컸을 거예요."

"어쨌든 박 검사 대단한 여자야."

"환경이 그 아이를 그렇게 만든 거라고 해도 과언이 아니에요. 언니라고 하나 있는 게 워낙에 뭐 하나 제대로 처리하는 게 없으니까 모든 걸 자신이 해야 했어요. 언니 대신에."

그녀는 안타까운 듯이 이야기했다. 그러자 진욱이 그녀를 붙잡고 있는 팔에 힘을 주어 그녀의 이마에 입을 맞추며 말했다.

"이제 걱정하지 않아도 돼. 내가 있으니까."

"사랑해요."

그녀는 그를 올려다보며 속삭였다. 그러자 그는 그녀의 몸 위로 자리를 옮기며 말했다.

"정말 날 사랑한다면 이제 그만 허락해 주는 게 어때?"

심각한 그녀를 웃게 해주고 싶었던 걸까? 그의 장난스러움에 그녀는 결국 웃고 말았다. 그는 그녀의 입술에 부드럽게 키스했다.

"결혼하자."

"네?"

"네가 결혼에 대해 거부감이 있는 건 알지만…… 하고 싶다. 나도 다시는 결혼 같은 거 하지 않겠다고 맹세했었는데 다시 결혼이 하고 싶어졌어. 사랑하니까 같이 있고 싶고, 같이 있고 싶으니까 결혼이 하고 싶어. 나와, 결혼해 줄래?"

그는 간절한 눈빛으로 그녀에게 물었다. 그녀는 금세 눈물이라도 흘릴 것 같은 얼굴로 말했다.

"할게요. 당신이니까, 내 아픔 모두 감싸줄 수 있는 넓은 가슴을 가진 성진욱, 당신이니까 할게요. 사랑해요."

그녀의 말에 그의 얼굴에도 미소가 번져나갔다. 그들은 서로를 부둥켜안으며 행복을 확인했다. 그녀는 자신도 모르게 내뱉었다.

"행복해요."

"사랑하니까."

그들은 서로의 행복을 확인했다. 아픔은 아파 본 사람이 알듯한 번씩 아파 본 경험이 있는 진욱과 희수는 서로의 상처를 감싸 안으며 서로가 서로의 상처를 치유했다.

치유는 아주 작은 것에서 일어나는 기적과도 같은 것이었다. 상대방의 마음을 진심으로 이해하고 상대방이 아플 때 함께 아파 주는, 상대방이 기쁠 때 함께 기뻐해 주는 진실한 마음에서 우러나오는 것이 치유였다.

슬프고 아프기만 했던 그들의 인생에 신이 내린 가장 큰 축복은 치유의 기적이었다. 아픔을 치료하고 행복해질 수 있는 행복의 통로가 되기 위해 그들은 하나가 되었다. 그리고 약속했다. 행복의 통로를 잃지 말고 영원히 서로로 인해 행복하며 살아 숨 쉬는 것에 감사하자고.

에필로그

 희수는 원피스에 하얀색 볼레로를 걸쳤다. 살랑살랑 기분 좋은 가을바람이 불기 시작했다. 저녁에는 꽤 쌀쌀하기 때문에 원피스 위에 볼레로를 걸친 그녀가 거울에 자신의 모습을 비춰 본 후 거실로 나가자 기다리고 있던 진욱이 그녀에게 다가와 허리를 감싸 안았다.
"오늘도 여전히 아름다운데."
"사람들 있는 데서 자꾸 그런 말 하지 말아요."
 진욱은 사람들과 모이는 자리에서 자꾸만 그녀를 칭찬하는 말을 아끼지 않았다. 그럴 때마다 그녀는 얼굴이 화끈거려서 미칠 것 같았다.
 오늘은 그들의 결혼을 일주일 남겨 놓고 희정과 조 선생을 초대해 저녁 식사를 하기로 했다. 결혼 후 함께 살자는 그녀의 말은 진욱의 고집에 의해 무너졌다. 결국 그녀는 진욱의 집으로 들어와 함께 살고 있었다.

"빨리 가요. 희정이랑 조 선생님보다 늦게 가겠어요."

"상관없잖아. 처제랑 의사 선생도 한창 좋을 때인데."

"후후, 그렇긴 해요."

그녀의 결혼이 결정되고 나서 조 선생은 더욱 힘 있게 희정을 몰아붙였고 희정이 결혼을 수락하기 일보 직전이었다. 그들은 입술에 키스한 후 집을 나섰다. 그의 차를 타고 호텔 앞에 도착한 진욱은 차에서 내려 그녀의 허리에 팔을 두르며 속삭였다.

"저녁 식사 취소하고 호텔 방 잡아서 올라갈까?"

"미쳤어요?"

그녀가 정색을 하며 진욱을 바라보자 그가 말했다.

"몰랐어? 나 너한테 미쳐 있어. 하루 종일 어떻게 하면 너하고 같이 있을 수 있을까만 생각하는데."

"그만해요. 다른 사람들이 들으면 팔불출이라고 욕한단 말이에요."

"상관없어. 너와 함께라면 그런 소리 들어도 괜찮아."

"점점."

그녀가 마음에 들지 않는 듯 그를 흘겨보자 그는 그런 그녀의 입술에 키스하며 식당 쪽으로 발걸음을 옮겼다. 그리고 말했다. 마치, 자신이 큰 선심이나 쓰는 듯.

"그럼 오늘은 내가 양보하지. 하지만 오늘 밤은 양보 못해."
"몰라요, 빨리 가기나 해요."
그녀 또한 싫지 않은 목소리였다. 이제 밤마다 그의 품에 안기는 게 그녀에게는 너무나 자연스러운 일이 되어 버렸고 그의 품 안이 아니면 잠이 오지 않을 정도로 그녀는 그에게 익숙해져 있었다.
그들이 안으로 들어가자 미리 와 있던 희정과 조 선생이 자리에서 일어났다.
"우리가 늦었지? 미안. 조 선생님 미안해요."
"희수 씨도 참, 더 늦게 와도 됐을 텐데."
"그것 봐, 이쪽도 한창 좋을 때라니까."
조 선생의 말에 진욱이 맞장구를 쳤다. 그들이 자리에 앉자 따라 들어온 지배인이 그들에게 메뉴판을 건넸고 그들은 식사를 주문했다. 식사를 주문한 후 희정이 진욱을 바라보며 말했다.
"형부, 우리 언니 행복하게 만들어 줄 자신 있어요?"
"혀, 형부?"
처음이었다, 희정이 진욱에게 정식 호칭을 사용한 건. 희정의 말에 진욱이 놀란 얼굴로 바라보자 희정은 별거 아닌 듯 말했다.
"이제 그렇게 불러야죠. 일주일 뒤가 결혼인데."
"아, 이거 기분이…… 새로운데."

"왜요? 마음에 안 드세요?"

"아니, 아주 마음에 들어. 나한테도 진짜 가족이 생긴 것 같은 느낌이랄까?"

그는 감동을 받은 듯 얼굴까지 붉혔다. 그 모습을 바라보고 있던 조 선생이 말했다.

"그럼 나는 이제 형님이라고 불러야 하나?"

"조 선생님이 왜요?"

조 선생의 말에 희정이 민감하게 대꾸했다. 그러자 진욱이 금세 정색을 하며 말했다.

"그러게. 의사 선생은 아직 멀었지. 우리 처제 신랑감은 내가 고를 거라고."

"당신이 왜요? 희정이가 좋아하는 사람하고 결혼해야지, 왜 당신이 골라요?"

그의 말에 희수가 놀란 얼굴로 물었다. 그러자 진욱이 말했다.

"남자는 다 도둑놈이야. 우리 처제처럼 잘난 여자들은 아무한테나 못 줘. 처제, 걱정하지 마. 처제 짝은 내가 골라 줄게."

"정말이죠? 형부만 믿을게요."

"그래, 나만 믿어."

희정과 진욱의 대화를 듣던 조 선생의 얼굴이 일그러졌다. 그 모습을 보며 그녀가 말했다.

"난, 우리 희정이 짝으로는 조 선생님이 제격이라고 생각해

요."

"그렇지? 역시 희수 씨…… 아니, 처형밖에 없다니까요."

골난 얼굴로 앉아 있던 조 선생은 자신의 편을 들어주는 희수에게 넙죽 '처형'이라며 존댓말을 하기 시작했다. 그 모습을 바라보던 진욱이 말했다.

"어? 이러면 안 되는데."

"뭐가요?"

"당신이 그렇게 말하면 나도 동서로 이 의사 선생을 받아들여야 하잖아."

"형부! 형부가 골라 준다고 형부만 믿으라고 하셨잖아요."

"처제, 미안. 난 언니가 그렇다고 하면 언니 따라가. 부부일심동체 몰라?"

"네? 기가 막혀. 누가 지금의 형부를 보며 그 냉철한 사업가, 복수의 화신 성진욱 사장이라고 하겠어요? 도대체 누가 믿겠냐고? 완전히 와이프한테 빠진 팔……."

"불출 같다고? 후후, 들어오면서 언니한테 들었어."

희정의 기막힌 듯한 말에 진욱은 전혀 자존심 상하지 않은 얼굴로 부드럽게 받아쳤다. 사랑을 하는 그에게 이해 못할 일은 존재하지 않았으며 사랑을 하는데 내세울 자존심도 남아 있지 않았다. 그들의 대화를 듣던 조 선생이 말했다.

"들었죠? 희정 씨가 가장 소중히 여기는 언니 내외가 나한테 넘어온 것 같은데 희정 씨도 그만 허락하지 그래요?"

"글쎄요, 그건 두고 봐야죠."

하지만 희정은 호락호락하게 결혼을 수락하지 않았다. 그들의 티격태격하는 모습을 보며 진욱과 희수는 미소 지었다. 잠시 후 음식이 테이블에 올려지고 그들은 행복한 저녁 시간을 보내고 있었다. 그런데 그 때 그녀의 휴대폰이 울렸다.

"여보세요."

-…….

"여보세요."

말이 없었다. 그녀는 다시 말했지만 여전히 상대방은 말이 없었다. 그녀가 휴대폰 액정을 바라보니 모르는 전화번호였다.

"여보세요, 말씀하세요."

-흐흑…….

그래도 말이 없자 그녀는 전화를 끊으려 했다. 하지만 가느다란 흐느낌 소리가 그녀의 귓가를 파고들었다. 그녀는 깜짝 놀란 얼굴로 다시 말했다.

"여보세요? 누구?"

-흐흑…… 아줌마…….

민우였다. 민우가 울고 있었다. 그녀는 깜짝 놀란 얼굴로 소리쳤다.

"민우니? 민우야, 왜 울어? 왜 그러는데?"

-흑흑…… 할머니가, 할머니가…….

"할머니가 왜? 할머니가 어떠신데? 말 좀 해봐."

-숨을…… 안 쉬어요. 흑흑…… 아줌마, 나 무서워요.

"뭐?"

민우의 말을 들으며 그녀는 순간 생각이 정지해 버렸다. 그 때 조 선생의 목소리가 그녀의 정지해 버린 생각을 다시 돌리기 시작했다.

"무슨 일이에요? 민우 또 아프대요? 아닌데, 며칠 전데 정기 검진 때도 괜찮았는데……."

그녀는 조 선생의 말을 무시한 채 민우에게 물었다.

"민우야, 너 지금 어디야? 어디에 있어? 집이야?"

-흑흑…… 네.

"알았어. 지금 아줌마가 갈 테니까 꼼짝 말고 있어. 알았지?"

-빨리 오세요. 무서워요. 흑흑…….

"알았어. 최대한 빨리 갈게. 우리 민우는 아줌마 믿지?"

-흑흑…… 네.

아이의 목소리에 두려움이 가득 들어차 있었다. 그녀는 전화를 끊고 자리에서 일어났다. 그러자 진욱이 그녀의 팔을 붙잡으며 물었다.

"무슨 일이야?"

"가봐야겠어요."

"글쎄, 무슨 일인데?"

"돌아가신 것 같아요."

"뭐?"

그녀는 지금 자신이 무슨 말을 하는지 알 수 없었다. 정확한 의사소통이 될 수 없도록 말을 하고 있었다. 그러자 진욱이 그녀의 어깨를 붙잡고 소리쳤다.

"박희수! 정신 차려. 무슨 일인데?"

"민우 할머니가…… 돌아가신 것 같아요."

"뭐!"

그녀의 말에 진욱과 희정, 그리고 원철, 세 명이 합창으로 그녀에게 물었다. 다들 무척 놀란 얼굴이었다. 그녀는 정신을 차릴 수가 없었다. 민우가 혼자서 무서워하고 있을 생각을 하니 빨리 민우가 있는 곳으로 가야 한다는 생각밖에 할 수 없었다.

"일단 가지. 아, 의사 선생은 일단 병원 장례식장 좀 잡아 줘. 그리고 장례식장 차 좀 민우네 집으로 보내주고."

"알았어요."

"언니, 나도 같이 가."

"내 차 타고 가요. 어차피 내가 가서 할머니 상태를 봐야 할 것 같으니까."

그들은 식사를 하다 말고 다들 바삐 움직이기 시작했다. 조 선생은 가는 길에 병원으로 연락을 해서 장례식장 차를 보내달라고 요청하고 장례식장도 잡아 달라고 요청했다. 그들은 재빨리 민우네 집으로 이동했다. 퇴근 시간이라 차가 많이 막혀서 그녀는 민우의 전화를 받은 지 거의 1시간이 지나서야 민우의 집에 도착했다.

"민우야!"

다 쓰러져 가는 달동네에 살고 있는 민우네 집으로 들어간 그녀는 재빨리 민우를 불렀다. 그러자 마당 구석에서 민우가 겁에 질린 얼굴로 그녀를 바라보고 있었다. 아이는 몸을 부들부들 떨고 있었다. 그녀는 재빨리 민우의 곁으로 다가가 아이를 품에 안았다.

"민우야, 괜찮아? 괜찮은 거야?"

"흐흑…… 아줌마, 나, 너무 무서웠어요. 너무 무서워서……."

"괜찮아. 이제 아줌마가 왔잖아. 아줌마가 빨리 오고 싶었는데 늦어서 미안. 정말, 미안해."

그녀는 자신을 놓지 않고 떨고 있는 아이에게 사과한 후 아이를 자신의 따뜻한 품에 꼭 품어 주었다. 그녀가 떨고 있는 아이를 진정시키는 동안 방으로 들어간 조 선생과 진욱이 밖으로 나왔다. 그녀는 불안한 눈길로 물었다.

"어떻게…… 됐어요?"

"돌아가셨어요."

"……."

"평소에 혈압이 높으셨는데 혈압 때문인 것 같아요."

돌아가셨다는 말에 민우는 멈췄던 눈물을 다시 흘리기 시작했다. 그녀는 아이의 머리를 쓰다듬었다. 잠시 후 집 앞에 장례식장 차가 도착했고 이미 돌아가신 민우의 할머니는 장례식장 차를 타고 장례식장으로 이송되었다. 그녀는 민우를 품에 안고 진욱의 차 뒷자리에 몸을 실었다. 장례식장으로 이동하면서 그녀가 그에게 말했다.

"진욱 씨……."

"무슨 말 하려고 하는지 알아."

"당신이 좀, 해줘요."

"걱정하지 마. 이미 이승우 씨한테 지시해 놨어."

"고마워요."

"그런 말 하지 마. 남 같아."

"네."

장례식을 준비할 사람이 없었다. 그녀가 알기로 민우에게는 친척이 단 한 명도 없었다. 그녀는 혹시나 하는 마음에 물었다.

"민우야."

"네?"

"혹시, 민우한테 친척, 있어? 삼촌이나, 고모, 이모 같은 사람들."

"아니요."

아이는 고개를 가로저었다. 그때부터 민우에 대한 걱정이 시작되었다. 장례식이 끝나면 민우는 누구와 함께 살아야 하며 학교생활은 어떻게 해야 할지 그녀는 걱정이었다.

"그래, 그랬구나."

그들이 장례식장에 도착하자 이미 진욱의 비서가 장례식장에 도착해 화환도 세우고 장례 치를 준비를 하고 있었다. 장례식장에 도착한 그녀는 승우에게 고개를 숙이며 인사했다.

"수고가 많으시네요."

"아닙니다. 아이는, 괜찮나요?"

"많이 놀란 것 같아요."

"그렇겠죠. 아, 민우가 입을 상복은 안에 가져다 뒀습니다."

"네, 고마워요."

그녀는 인사를 건네고 안으로 들어가 민우의 옷을 갈아입히기 시작했다.

"민우야, 우리 민우가 할머니 보내 드려야 할 것 같다."

"아줌마……."

"응?"

"저는 이제…… 어떻게 해요?"

아이는 할머니를 보내는 일보다 자신이 더 걱정인 모양이었다. 눈치 없는 아이도 아니고 할머니가 돌아가신 이상 자신이 함께 살 가족이 없으니 분명히 그것이 더 걱정이 될 것이라는 생각이 들었다. 그녀는 풀죽어 있는 민우의 머리를 쓰다듬으며 말했다.

"걱정되니?"

"네. 저…… 고아원으로, 가야 하는 거죠?"

"……아니, 고아원에 안 가도 되니까 걱정하지 마."

그녀의 말에 아이는 믿기 힘든 눈길로 그녀를 바라봤다. 그녀는 아이를 향해 따뜻하게 미소 지었다. 아이는 더 이상 묻지 않았다. 그녀 또한 더 이상 이야기하지 않았다. 지금 이 순간에는 민우에게 무슨 말도 해줄 수가 없었다.

손님은 그리 많지 않았다. 간간이 찾아오는 손님들을 맞으며 아이는 의젓하게 행동했다. 3일 동안 제대로 먹지도 못하고, 잠도 자지 못하던 민우는 할머니가 화장터로 가서 관이 불 속으로 들어가자 숨이 넘어갈 정도로 눈물을 쏟아냈다. 왜 그렇지 않겠는가? 민우에게 할머니는 부모님 대신이었는데.

"흐흑…… 할머니…… 할머니, 가지 마…… 흐흑……."

"민우야, 이러면 안 돼. 민우야, 정신 차려야지."

그녀의 눈에서도 눈물이 흘러나왔다. 가지 말라고 소리를 지르는 아이가 안쓰러워 그 자리에서 울지 않은 사람이 없었다.

"할머니, 나 두고 가지 마…… 나, 무섭단, 말이야.…… 흐흑."

그녀는 우는 아이를 품에 안고 놓아주지 않았다. 할머니가 불 속에 활활 타는 모습을 바라보며 오열을 토하던 아이는 결국 그녀의 품속에서 잠이 들고 말았다. 많이 지쳤을 것이다. 이제 10살인 아이가 이겨내기에는 무척 힘든 시간일 것이라는 생각이 들었다. 할머니의 유골은 진욱이 납골당에 모셨다.

그녀는 잠든 민우를 품에 안고 진욱의 차 뒷좌석에서 기다렸다. 장례식을 마친 그들은 진욱의 집으로 향했다. 집에 도착하자 그는 그녀의 품에 있는 민우를 안아 들고 집으로 들어가 방 안에 눕혔다. 피곤했는지 세상모르고 잠이 든 민우의 이마에 희수는 입을 맞췄다.

"그만 나가. 이제 10살밖에 안 됐는데, 게다가 수술하고 회복기에 있는 아이가 이겨내기에는 힘든 시간이었을 거야."

"네."

그들은 아이의 방을 나가서 자신들의 방으로 들어갔다. 그녀는 침대에 힘없이 쓰러졌다. 그러자 진욱이 물었다.

"너, 괜찮아?"

"……."

"왜 그래?"

그녀가 말없이 눈물을 흘리자 진욱이 놀란 얼굴로 물었다.

"민우…… 이제, 어떻게 해요?"

"……."

"고아원에 가는 거냐며 불안해해요. 지금 민우를 힘들게 하는 건 할머니가 돌아가셨다는 사실보다 자신이 어디에서 살아야 할지 때문에 더욱 불안해해요."

"……어떻게 했으면 좋겠어?"

그녀의 말에 진욱이 부드러운 목소리로 물었다. 그의 질문에 그녀는 그의 눈치를 살폈다. 하지만 절대로 자신의 머릿속에 있는 말을 꺼낼 수는 없었다. 장례식이 치러지는 3일 동안 생각하고 또 생각했다. 민우를 어떻게 해야 하나? 정말 국가에서 운영하는 시설로밖에 보낼 수 없는 건가?

그녀는 머리가 터져 나갈 것처럼 생각했다. 하지만 그에게 자신의 생각을 강요할 수는 없었다. 그녀가 아무런 말도 하지 못한 채 고개를 숙이자 그가 그녀의 턱을 붙잡아 자신을 보게 하며 말했다.

"입양…… 할까?"

"……진욱 씨."

그의 말에 그녀는 깜짝 놀란 얼굴로 그를 바라봤다. 그의 표정은 조금의 변화도 없었다. 그가 말했다.

"너도 알다시피 나, 고아야. 그래서 고아원에 가기 싫은 민우의 마음, 잘 알아. 장례식 치르는 동안 나도 생각했어. 나 이기적이고 독한 놈이라 누군가에게 아빠 노릇 하는 거 솔직히 자신 없어. 하지만 네가 있으니까, 넌 이기적이고 독한 나 같은 놈도 바꿔 놓을 정도로 따뜻한 여자니까 괜찮지, 않을까?"

"어떻게 그런 생각을……."

"물론 네가 반대하면 강요하지는 않을게. 하지만, 민우는 너와 날 이어주는 다리 역할을 한 아이기도 하고, 또 좋은 환경에서 좋은 교육 받으며 자라면 꽤 괜찮은 녀석이 될 것 같은데, 혹시 입양하는 거…… 반대야?"

그는 그녀의 의견을 알고 싶은 듯이 물었다. 반대냐고? 그녀가 하고 싶은 말이었다. 자신 또한 엄마로 서기에는 무척이나 부족한 사람이었지만 민우에게 좋은 엄마가 되어 주고 싶었다. 그래서 민우의 아픈 가슴을 쓸어 내려주고 상처를 싸매 주고 싶었다. 그녀가 하고 싶은 말을 대신 해준 그가 고마워서 그녀는 그를 안았다. 그러자 진욱이 물었다.

"이건, 허락의 뜻으로 받아들여도 되나?"

"고마워요."

"네가 뭐가 고마워?"

"외국에서는 많이들 입양을 하지만 우리나라는 워낙에 입양이라는 걸 잘 하지 않는 나라니까 당신이 어떻게 생각할지 몰라서 말을 꺼낼 수가 없었어요."

"바보지? 내가 고아야. 그 슬픔, 고통, 괴로움 누구보다 내가 잘 알아. 그런데 내가 왜 반대를 할 거라고 생각해?"

"그러게, 나 바보 맞나 봐요. 정말, 고마워요. 흑흑…… 정말로……."

그녀는 진욱에게 고마움을 말로 다 표현할 수가 없었다. 그동안 그녀가 입 안에서만 뱅뱅 맴돌 뿐 진욱에게 말조차 꺼내지 못해 그의 눈치를 살피던 것을 알아채고, 자신의 마음을 헤아린 그의 배려라는 걸 모르지 않았다.

'나, 당신 여자 돼서 너무 행복해요. 평생, 당신이라는 남자 때문에 행복할 것 같은데 어쩌죠?'

그녀는 그 순간 그의 여자로 살 수 있게 해주신 신에게 감사했다. 믿음직한 남자 진욱으로 인해 그녀는 자신의 삶이 더욱 풍요롭고 행복해질 것이라는 사실을 느낄 수 있었다. 그들이 서로에게 감사하며 서로의 품에 안겨 있는데 갑자기 울음소리가 들려왔다.

깜짝 놀란 그녀는 자리에서 벌떡 일어나 민우가 누워 있는 방으로 뛰어갔다. 언제 깨어났는지 민우가 어두움 속에서 혼자 앉아 울고 있었다. 그녀는 재빨리 방 안의 불을 켜고 민우의 침대에 앉아 아이를 안았다.

"민우야, 아줌마 여기 있어. 괜찮아."

"흐흑…… 아줌마……."

"그래, 괜찮아. 아줌마가 민우 옆에 있을게. 괜찮아."

그녀는 흐느끼는 아이의 머리를 쓰다듬었다. 그러자 아이가 울먹이며 이야기했다.

"할머니가…… 할머니가……."

"할머니가 왜?"

"같이 가자고, 했어요."

"뭐?"

그녀는 깜짝 놀란 얼굴로 민우를 바라봤다. 민우는 두려운 얼굴로 이야기했다.

"할머니가 꿈속에 나타나서 같이 가자고, 흐흑…… 절 잡아당겼어요."

그녀는 순간 자신의 얼굴에도 두려움이 드러났다는 걸 느끼지 못한 채 멍한 공황장애를 겪었다. 그 때 그 모습을 바라보고 있던 진욱이 그들 곁으로 다가오며 말했다.

"민우라고 했지?"

"……네."

"할머니가 민우 걱정이 많이 되셨나 보다."

"네?"

"민우 혼자 남겨두기 싫으셨나봐. 하지만 이제 걱정하지 않아도 될 것 같은데?"

"왜요?"

민우는 눈물로 얼룩진 얼굴로 진욱을 바라보며 물었다. 진욱은 한 손으로 아이의 얼굴에 묻어 있는 눈물을 닦아내며 부드러운 목소리로, 마치 자상한 아빠처럼 이야기했다.

"민우는 이제 아저씨랑, 아줌마랑 같이 살 거거든."

"네?"

"아저씨랑 아줌마가 민우 엄마, 아빠 해주려고 하는데…… 민우 생각은 어때?"

아이의 의견을 묻는 그를 바라보며 그녀는 미소 지었다. 갑작스러운 말에 민우는 충격을 받은 듯 잠시 말이 없었다. 그녀가 다시 물었다.

"민우는, 혹시 싫어?"

"그럼…… 저, 고아원 안 가도…… 되는 거예요?"

"응. 민우가 아줌마랑 아저씨가 엄마, 아빠 해도 된다고 허락하면 이 집에서 오래오래 같이 살 거야. 어때?"

"……."

아이는 얼어붙은 채 아무런 말도 하지 못했다. 무척 혼란스러울 것이라는 걸 아는 진욱과 희수는 아무런 말도 하지 않은 채 아이의 생각이 정리될 때까지 기다렸다. 아이는 한참이 지나서야 입을 열었다.

"정말, 그래도…… 돼요?"

"뭐가?"

"정말, 아줌마한테 엄마라고, 아저씨한테 아빠라고 불러도…… 돼요?"

아이는 망설이는 눈길로 물었다. 엄마, 아빠가 있는 친구들이 왜 부럽지 않았겠는가?

"민우만 좋다면."

아이의 질문에 진욱이 대답했다. 그러자 멍한 눈길로 있던 아이의 표정이 조금씩 환하게 밝아졌다. 그리고 버림받지 않으려는 듯 말했다.

"말 잘 듣는 아들이 될게요. 공부도 열심히 할게요. 감사합니다. 정말, 감사합니다."

"말 잘 듣지 않아도 돼. 공부도 열심히 하지 않아도 돼. 그저 건강하고 씩씩하게 바른 생각을 하고, 어려운 사람을 도와줄 줄 아는 따뜻한 사람으로만 자라면 돼. 아줌마는 그걸로 족해. 그렇게 해줄 거지?"

"네, 그럴게요."

대답하는 아이의 눈에 다시 눈물이 맺혔다. 감격에 겨운 듯 눈물을 흘리는 아이를 그녀는 품으로 안았다. 꼭 피가 섞여야만 가족이 되는 건 아니었다. 아픔이 있는 사람들끼리 모여서도 얼마든지 가족을 이룰 수 있었다. 어떻게 보면 피가 섞인 사람들보다 더욱 끈끈한 정을 나눌 수 있는 가족이었다.

그 모습을 지켜보던 진욱이 희수와 민우를 품에 안았다. 그들은 그것으로 행복했다. 외로운 사람들끼리 함께할 수 있고, 함께함으로 행복할 수 있다면 그것이야말로 진정한 가족이라고 생각했다. 서로가 서로를 사랑할 줄 알고 서로의 행복에 기뻐해 줄줄 아는 진정한 가족.

5월의 어느 토요일 오후, 희수는 아침 일찍 병원에 갔다. 평소 같으면 자신도 함께 가겠다고 떼를 쓰는 진욱이 오늘은 기사와 함께 다녀오라는 말에 그녀는 약간 섭섭함을 느꼈다.

'벌써 애정이 식었나?'

9월에 결혼을 하고 결혼 8개월째인 그녀는 임신 6개월 된 산모였다. 처음에 그녀가 임신했다는 사실을 알았을 때 진욱과 민우가 어찌나 좋아하던지 둘이 번갈아 가며 그녀의 배에 귀를 대보곤 했었다.

병원에 갈 때도 매일 따라가겠다고 두 남자가 어찌나 떼를 쓰는지 마치 자신이 애를 둘이나 키우고 있는 엄마 같은 기분이었다. 그러던 사람이 오늘은 혼자서 다녀오라고 하니 왠지 섭섭한 기분이 들었다. 그녀는 병원에서 정기 검진을 하고 집으로 향했다.

"민우야."

그녀는 집으로 들어가며 민우부터 찾았다. 민우는 올해 3월부터 다시 학교에 다니기 시작했다. 그런데 이제까지 아파서 하지 못했던 공부를 하겠다고 얼마나 열심히 하는지 벌써 늦어진 과목들을 따라 잡고 시험 성적도 꽤 좋았다. 그녀는 놀면서 하라고 하지만 아이가 하고 싶어 하니 어쩔 수 없었다.

"민우야, 엄마 왔어. 어디 있어?"

평소 같으면 그녀의 목소리만 들려도 뛰어나오는 녀석인데 오늘은 아무 소리도 들리지 않았다.

'어딜 갔나?'

그녀는 머리를 갸우뚱하며 물을 한 잔 마시려고 주방 쪽으로 걸음을 돌렸다.

"헉……."

주방으로 들어간 그녀는 깜짝 놀랐다. 식탁에 갖가지 음식들과 케이크에 촛불이 켜져 있었던 것이다. 깜짝 놀란 그녀가 식탁 쪽으로 서서히 다가가며 케이크를 바라보자 케이크에는 이런 글자가 써 있었다.

엄마의 31번째 생신을 축하 드려요.

갑자기 그녀의 눈에 눈물이 맺혔다. 그 때 뒤에서 생일 축하 노래가 흘러나왔다. 민우의 목소리였다.

"생일 축하합니다. 생일 축하합니다. 사랑하는 우리 엄마 생일 축하합니다."

민우의 노래가 끝나자 남편 진욱의 노래가 이어졌다.

"생일 축하합니다. 생일 축하합니다. 사랑하는 여왕폐하 생일 축하합니다."

남편 진욱의 노래가 끝나자 이번에는 희정의 노래가 이어졌다.

"생일 축하합니다. 생일 축하합니다. 사랑하는 우리 언니 생일 축하합니다."

희정의 노래가 흘러나올 때 그녀의 눈에 맺혀 있던 눈물이 흘러내렸다. 그 때 마지막으로 희정과 결혼을 앞두고 있는 조 선생이 노래했다.

"생일 축하합니다. 생일 축하합니다. 사랑하는 우리 처형 생일 축하합니다."

그들의 생일 축하 노래는 조 선생의 노래를 마지막으로 폭죽을 터뜨리며 멈췄다. 노래가 멈추고 폭죽이 터지자 민우가 그녀에게 달려와 안기며 말했다.

"엄마, 생일 축하해요."

"아들! 이러면 엄마가 감동하잖아."

"엄마 감동하라고 아빠하고 같이 만든 건데요."

"여보."

그녀가 진욱을 부르자 진욱 또한 그녀에게 다가와 그녀의 볼에 입 맞추며 물었다.

"행복해?"

"너무 너무나."

"그럼 민우하고 내 작전이 성공한 거네. 사랑해."

"나도 사랑해요."

"저도, 엄마 아빠를 사랑해요."

"엄마 아빠도, 우리 민우 사랑해."

그들은 그렇게 서로에 대한 사랑을 매일 확인하며 그 사랑에 행복해하며 살았다. 그런 그들을 흐뭇한 눈길로 바라보던 희정이 갑자기 심술을 부리듯 말했다.

"닭살 좀 그만 떨어. 내가 이 집에만 오면 아주 일주일이 힘들어."

"왜 힘들어?"

"왜긴, 내 주위에는 저렇게 닭살 떠는 남자들이 없단 말이지. 대패로 살을 밀고 싶을 지경이야."

"내가 떨어 줄까?"

그녀의 말에 조 선생이 물었다. 그러자 희정은 얼굴을 잔뜩 찌푸린 채 조 선생을 노려봤다. 그 모습을 바라보며 진욱과 희수는 미소 지었다. 진욱이 말했다.

"자, 생일 촛불 끄고 점심 식사 해야지."

"네."

그들은 식탁으로 자리를 옮겼다. 그녀가 타들어가는 촛불을 끄자 박수 소리가 터져 나왔고 그녀는 행복에 겨운 미소를 지었다. 식사가 시작되고 민우가 물었다.

"엄마."

"응?"

"제 동생은 잘 크고 있대요?"

"응, 잘 크고 있대."

"에이, 오늘 같이 가서 인사하고 왔어야 했는데 아빠랑 엄마 생일파티 준비하느라고 못 갔어요."

"이 녀석아, 너만 못 갔냐? 아빠도 못 갔다."

아빠를 원망하는 듯한 민우의 말에 진욱이 심술 난 듯한 목소리로 말했다. 그 모습을 보며 희정이 못마땅한 듯이 말했다.

"부전자전이라니까. 어쩜 형부하고 민우하고 똑같은지 모르겠어요."

"처제도 참, 내 아들이니까 나하고 똑같지 누구하고 똑같아? 성민우, 안 그래?"

"그래요."

그들은 민우를 진욱의 아들로 올리면서 성까지 바꿨다. 아무도 없는 민우를 온전히 그들의 아들로 키우고 싶었기 때문이다. 민우는 진욱을 잘 따랐고 진욱 또한 민우에게 자상한 아빠가 되어 주었다.

"우리도 결혼하는 대로 애부터 갖는 게 어때? 나, 진짜 여기 올 때마다 부러워 죽겠어."

그들의 모습을 바라보며 조 선생이 신세 한탄을 내뱉듯이 말했다. 그러자 희정이 조 선생을 쏘아보며 말했다.

"말도 안 되는 소리 하지 마. 당분간 임신은 사절이야."

"내 나이가 몇인 줄 알아? 노산은 안 좋다는 말도 못 들어 봤어?"

"노산은 무슨! 어쨌든 당분간은 안 돼."

희정의 강압적인 말에 조 선생이 좌절하는 듯 얼굴을 찌푸렸다. 그러자 진욱이 조 선생 쪽으로 몸을 기울이며 말했다.

"동서, 내가 한 방에 성공하는 비법 전수해 줘?"

"정말요? 형님이라면 믿을 수 있을 것 같습니다."

"그럼 이따가 여자들 없을 때 나랑 술 한 잔 하자고. 그럼 내가 한 방에 성공하는 비법을 전수해 주도록 하지."

그들이 속닥이자 희수와 희정은 못마땅한 듯이 그들을 바라보았다. 그 때 진욱과 조 선생 사이에 있던 민우가 큰소리로 물었다.

"아빠 한 방에 성공하는 비법이 뭐예요?"

"흠흠……."

갑작스러운 민우의 질문에 진욱과 조 선생은 눈치를 살피며 목소리를 가다듬었고 깜짝 놀란 희수와 희정은 각자 자신의 남자를 불렀다.

"여보!"

"조원철 씨!"

"아, 아니, 나는 동서가 너무 애를 갖고 싶어 하는 것 같아서……."

"제가 언제 그랬어요? 형님이 그냥 알려준다고 하지 않으셨습니까?"

 여자들의 무서운 눈을 바라보며 남자들은 분열이 일어났다. 서로 자신이 잘못한 게 아니라고 티격태격하는 그들을 보며 희수가 혼잣말처럼 중얼거렸다.

 "나이가 들어도 남자는 애라니까."
 "그러게 말이야."
 "그나저나 넌, 결혼 준비 잘 돼가?"
 "뭐, 그럭저럭."
 "네 형부가 허니문 티켓 끊어 놨어."
 "정말?"

 희수의 말에 희정이 환한 얼굴로 물었다. 희수는 동생에게 무엇인가를 해줄 수 있다는 게 행복했다. 이제야 비로소 자신이 언니가 된 듯한 기분이었다. 그녀가 동생과 대화를 나누고 있는데 갑자기 뱃속의 아이가 발로 찼다.

 "아……."

 그녀가 갑자기 아픈 듯 몸을 움츠리자 조 선생과 대화를 나누던 진욱이 놀란 얼굴로 그녀에게로 다가왔다.

 "괜찮아?"
 "아, 괜찮아요. 잠깐 애가 발로 차는 바람에."
 "또?"

 그는 그녀의 배에 대고 말했다.

"이 녀석아! 엄마 좀 그만 괴롭혀. 네 엄마 힘들면 나중에 네 동생 못 낳는단 말이야."

그녀를 생각해 주는 척하며 벌써 셋째를 낳으려고 욕심을 부리는 남편을 바라보며 희수가 얼굴을 찌푸렸다. 그러자 진욱이 배시시 웃으며 그녀를 바라봤다. 그는 그녀가 얼굴을 찌푸릴 때마다 말했다.

"내가, 당신 사랑하는 거 알지?"

"몰라요."

"사랑해."

그는 부드럽게 그녀를 안으며 사랑을 속삭였다. 사랑은 신비한 힘을 가진 모양이었다. 소나무처럼 무뚝뚝한 사람을 대나무처럼 부드럽게 만들어 놓는 신비한 힘. 그의 사랑 고백에 그녀는 결국 피식 웃으며 그의 어깨를 툭 때렸다. 그리고 그의 품에 안겨 생각했다.

'행복하다……'

– 끝 –

작가 후기

나눈다는 것은 생각보다 어렵다.
하지만 우리 삶은 나눔 속에서 더 풍요로워지는 게 아닐까?
아낌없이 주는 나무처럼······.

— 파페포포 메모리즈 —

 개인적으로 저는 카툰집을 좋아합니다. 제가 카툰집을 읽고 있으면 어떤 사람들은 말합니다.
"에, 만화책이네~"
 만화책이라고 해서 나쁘다고 생각하지 않습니다. 무시 받아야 한다고 생각하지도 않습니다. 그곳에서도 저는 배우고, 느끼고, 생각하는 게 있으니까요. 무엇인가를 생각할 수 있게 만드는 매체가 바로 책이 아닐까 싶습니다.

성진욱이라는 인물에게 상처를 준 건 고아라는 핸디캡이 아닌 화려하고 허영기 많고 그의 진실한 마음을 바닥에 내팽개친 여자였습니다. 백승미, 그녀로 인해 그의 성격은 점점 괴팍해져 갔습니다. 그러던 중 사고로 인해 병원에 들어가게 되고 박희수라는 특별한 여자를 만나게 됩니다.

그가 생활하는 세계에서 그에게 이 정도로 쓴 소리를 해댈 수 있는 여자는 아무도 없었습니다. 자신을 우습게보는 여자를 혼내 주기 위해 그는 움직이고, 그 움직임은 그녀가 아닌 자신을 혼내는 꼴이 되고 맙니다. 왜냐하면 백승미라는 여자로 인해 여자의 사랑을 믿지 않게 된 그가 박희수라는 특별한 여자를 탐내기 시작하기 때문입니다.

사랑은 이렇듯 예고를 하고 찾아오는 게 아닙니다. 내가 생각지 못한 순간에, 생각지 못한 곳에서, 생각지 못한 다양한 모습으로 내게 찾아옵니다. 문제는 자신에게 찾아온 사랑의 모양을, 사랑의 형태를 얼마나 이해하고 얼마나 받아들이느냐에 따라 그 사람의 행복이 결정지어지는 거겠죠. 자신의 아집을 내려놓고 자신에게 다가온 사랑의 모습을 있는 그대로 받아들인다면 참된 행복을 맛보겠지만 자신의 아집을 버리지 못한다면 참된 행복의 맛을 볼 수 없겠죠.

사랑 앞에서 자존심 세우지 마세요. 사랑 앞에서 자존심 세우는 사람이야말로 세상에서 가장 바보 같은 사람이니까요!!

 박희수라는 인물은 어깨에 짊어진 짐이 무척이나 커다란 여자였습니다. 고등학교를 졸업하자마자 자신보다 15살이나 많은 남자에게 시집가 매 맞고 살다가 거의 죽음의 문 앞에 다다라서 구원의 손길을 붙잡은 불쌍한 여자입니다. 끔찍한 5년 간의 결혼생활 덕택에 그녀는 정신병원에서 1년을 보냅니다. 그리고 정신을 차린 그녀는 매순간 자신에게 최면을 걸듯이 속삭입니다. '난 소중하니까' 라고요.
 남자 앞에서 말 한마디 못한 채 살던 그녀는 조금씩 변화되어 성진욱이라는 남자 앞에서 자신의 의견을 당당히 말할 수 있을 정도의 호전된 모습을 보입니다. 하지만 그녀가 30년 만에 찾은 당당함은 그녀에게 생각지 못한 화를 안겨 줍니다. 그녀가 생각하는 이상적인 남성상은 진욱의 담당의인 조원철이라는 남자였습니다. 하지만 그녀의 운명은 따뜻한 남자 조 선생이 아닌 차갑고 무서운 복수의 화신 성진욱이라는 남자였습니다.

 내가 전혀 생각지 못한 사랑의 형태에 당황하고 계십니까? 당황하며 거부하기보다는 내가 생각지 못했던 사랑의 모습이긴 하지만 그것을 받아들이려고 노력하는 건 어떨까요?
「어떤 일을 피할 수 없으면 그 일을 즐겨라.」

운명은 당신이 싫어하는 사랑의 형태라고 해서 항로를 바꾸어 주지는 않습니다. 그걸 인간의 무력으로 바꾸려 할 때 사람은 불행이라는 마주치고 싶지 않은 장애물과 마주하게 됩니다. 그러니 운명이라면 수긍하고 그것을 받아들이는 것 또한 당신이 행복해지는 방법이라고 생각합니다.

사랑의 또 다른 모습은 나눔이 아닐까요?
혼자서 하는 사랑은 오랜 시간 지속될 수 없습니다. 서로가 서로에게 주는 사랑이야말로 오래 지속되는 것이지요. 사랑을 나누는 것, 그것은 당신이 행복해지는 길입니다. 나눔은 작은 기쁨을 아주 큰 기쁨으로 바꾸어 놓는 재주가 있습니다. 움켜쥐려고 하는 순간 당신은 아무것도 갖지 못한 채 불행에 빠지겠지만, 고집을 꺾고 내어놓는 순간 당신은 세상에서 가장 큰 행복감을 맛볼 수 있을 겁니다.

행복하고 싶습니까?
그렇다면 움켜쥔 손을 펴고 손에 쥐고 있는 고집을 내려놓으세요. 내려놓는 순간 당신의 텅 빈 손안에 행복이라는 이름의 파랑새가 사뿐히 내려앉아 있을 것입니다.
저에게도 나눔을 베풀어 준 분들이 계십니다. 별똥밭 카페 회원님들, 편집을 담당해 주신 편집 관계자 분들, 마주님, 그리고 출판사 관계자님들께 감사드립니다.

 '난 소중해요'가 여러 독자님들께 행복을 나누어 드리는 행복의 파랑새가 되어 주길 간절히 소망하며 후기를 이만 접을까 합니다.

당신은 소중한 사람입니다. 그 소중함을 행복이라는 이름으로 완성시키는 독자님들 되시길 바라며…….

2007년 6월
한은성 드림

"네 눈에 사내구실 못한다는 게 그렇게 우습게 보이니? 결혼 안 하고도 얼마든지 살 수 있는 게 사람이야. 네가 종알대지 않아도 내 상태 잘 알고 있으니까 그만해!"
"……그거였나요?"
"아무 말도 하지 마. 듣기 싫어!"
"싫어도 들으세요. 방법이 있는 걸로 아는데요. 정말 노력도 안 해봤나요?"
"……"
"내가 심하게 말한 것 인정할게요. 미안해요. 그래도 난 오빠가 지금보다 더 나은 미래를 위해 살았으면 해요. 그렇게 하실 거죠?"
"난 누구처럼 똑똑하지 못해서 말이야. 그나저나 그렇게 잘나신 그대는 왜 그놈이랑 헤어졌나?"

내 사랑 춘자씨

로정 지음